MICHEL BRÛLÉ

C.P. 60149, succ. Saint-Denis,
Montréal (Québec) H2J 4E1
Téléphone : 514 680-8905
Télécopieur : 514 680-8906
www.michelbrule.com

Maquette de la couverture et mise en pages:
Jimmy Gagné, Studio C1C4
Illustration de la couverture : Maxime Bigras
Révision : Élyse-Andrée Héroux, Mélanie Bérubé
Correction : Nicolas Therrien

Distribution : Prologue
1650, boul. Lionel-Bertrand
Boisbriand, Québec J7H 1N7
Téléphone : 450 434-0306 / 1 800 363-2864
Télécopieur : 450 434-2627 / 1 800 361-8088

Distribution en Europe : D.N.M. (Distribution du Nouveau Monde)
30, rue Gay-Lussac
75005 Paris, France
Téléphone : 01 43 54 50 24
Télécopieur : 01 43 54 39 15
www.librairieduquebec.fr

Les éditions Michel Brûlé bénéficient du soutien financier du gouvernement du Québec — Programme de crédit d'impôt pour l'édition de livres — Gestion SODEC et sont inscrites au Programme de subvention globale du Conseil des Arts du Canada. Nous reconnaissons l'aide financière du gouvernement du Canada par l'entremise du Programme d'aide au développement de l'industrie de l'édition (PADIÉ) pour nos activités d'édition.

Société
de développement
des entreprises
culturelles
Québec ✚✚
✚✚

ASSOCIATION
NATIONALE
DES ÉDITEURS
DE LIVRES

LES AVENTURES DU TRENCH
2-Les naufragés de l'histoire

Mathieu Daigneault

Les aventures du
TRENCH

2-Les naufragés de l'histoire

Prologue
PLANÈTE DARWYN

La femme aux cheveux roux comme le feu s'avança d'un pas confiant vers le sas d'entrée du palais, faisant crisser quelques cailloux sous ses grandes bottes, aussi noires que le reste de son uniforme.

Un garde posté à l'entrée, affublé d'une cagoule et armé d'un long bâton permettant d'emmagasiner de dangereuses impulsions électriques, lui bloqua un instant le passage, le temps de confirmer l'identité de la jeune femme.

La sentinelle, un des puissants gardes du corps généralement réservés aux barons les mieux nantis de l'Alliance, scruta la légendaire aventurière de la tête aux pieds. Celle-ci poussa un petit soupir d'impatience et contempla distraitement le paysage autour d'elle en attendant de recevoir l'autorisation de pénétrer dans le palais. Une bourrasque gonflée de sable chaud heurta le champ de force qui l'entourait en permanence et elle détourna instinctivement le regard ; il n'y avait pas grand-chose à admirer sur cette planète aride de toute manière.

Pour veiller aux intérêts des barons signataires du traité de l'Alliance, le mystérieux Conseil gris, ce groupe d'initiés voué à protéger coûte que coûte l'intégrité des lignes temporelles du Multivers, s'était fait construire un palais au sommet d'une grande tour angulaire, dissimulée parmi les pics acérés de la petite planète désertique de Darwyn.

En retrait du reste du Multivers, couverte de plaines de rocaille brune, de chaînes de montagnes hideuses et balafrée de ravins asséchés, Darwyn avait justement été choisie pour son climat inhospitalier ; l'immense orbe orangé qui flottait majestueusement dans son ciel sépia inondait sans relâche la planète de radiations qui empêchaient toute communication d'être interceptée au-delà de son atmosphère.

L'aventurière attendit patiemment que le garde reçoive la confirmation de ses supérieurs. Un témoin lumineux clignota au gantelet renforcé de l'uniforme du garde, et il lui fit signe d'entrer.

— Ils vous attendent, madame Rosencraft.

— Je l'espère bien, lança la brigadière par-dessus son épaule, ce sont eux qui m'ont convoquée ici !

Le sas circulaire qui protégeait l'intérieur du palais des vents impitoyables du désert s'ouvrit en émettant un chuintement, et la jeune femme pénétra dans un couloir sombre. Elle avança dans la pénombre, le son de ses pas résonnant en sourdine autour d'elle. Remarquant quelques lumières au bout du couloir, elle s'enfonça rapidement dans le palais, assaillie par le bourdonnement énergétique des refroidisseurs du hall d'entrée.

Quelques instants plus tard, Mary Jane Rosencraft fit son entrée à la cour d'audience du Conseil gris, un immense amphithéâtre froid et impersonnel. De nombreux gradins circulaires planaient quelques mètres au-dessus d'elle dans l'obscurité, là où siégeaient une douzaine de conseillers temporels qui attendaient patiemment l'arrivée de la brigadière renégate. De gros faisceaux furent aussitôt braqués sur elle pour tenter de l'intimider. Habituée au penchant du Conseil pour les mises en scène de ce genre, Mary Jane ignora les projecteurs et, sous les regards méfiants des conseillers, avança jusqu'au centre de la salle d'audience, là où se tenaient généralement ceux que convoquait le Conseil.

Du coin de l'œil, elle vit quelques gardes se placer sous les projecteurs, tout juste aux abords des halos centrés sur elle. Ils resserrèrent nerveusement les jointures de leurs gantelets métalliques sur le long bâton qui leur servait d'arme ; la dernière fois que Mary Jane avait été convoquée par le Conseil gris, les choses s'étaient plutôt mal terminées pour eux, et les soldats en gardaient un souvenir amer. Mary Jane demeura debout sans broncher, seule devant les gradins flottantes.

Elle crut reconnaître, dans les recoins ombragés entre les gradins, les silhouettes de quelques conseillers qu'elle avait rencontrés lors de sa dernière visite.

Il y avait Valroon, un Déternien aux longues moustaches de musaraigne qui ajustait constamment ses petits verres fumés sur le bout de son nez pointu. Mary Jane aperçut également la conseillère Laryssa, une femme qui, grâce aux traitements de jouvence de la Technence, semblait dotée d'une jeunesse éternelle. Plus près d'elle, elle remarqua le conseiller Ormond, grand génie scientifique de l'Alliance. Aussi mince que chauve, Ormond ne semblait pas du tout apprécier la présence d'une renégate parmi eux. Et bien sûr, à la tête du groupe de conseillers temporels, la matriarche Arzélie, doyenne du Conseil gris. Mary Jane connaissait bien le genre de la matriarche : stratégique, froide, prête à tout pour protéger les intérêts de l'Alliance. La matriarche portait ses cheveux grisonnants en chignon, dont quelques mèches plus blanches retombaient sur son visage ridé ; elle dirigeait le Conseil gris depuis plusieurs siècles déjà.

— Brigadière Mary Jane Rosencraft, annonça la matriarche d'une voix douce et calculée. Le Conseil gris vous remercie d'avoir répondu si rapidement à cette convocation.

Assis aux côtés de la matriarche, Ormond se renfrogna en poussant un soupir d'impatience.

— Sauf le respect qui vous est dû, matriarche, lança Mary Jane en croisant les bras sur sa poitrine, je suis présentement en mission et le temps presse. Pourquoi m'avez-vous convoquée à nouveau sur cette roche perdue? Vous avez encore du sale boulot à me faire faire?

Rouge de colère, Ormond fit un mouvement pour se lever de son siège, mais la matriarche le retint d'un simple geste de la main.

— Nous savons que vous avez récemment rencontré la comtesse Valine, brigadière, déclara doucement la doyenne.

Mary Jane voulut protester, mais se retint; cette rencontre était censée demeurer secrète.

— Nous supposons que cela doit avoir un lien avec la quête que vous menez présentement, suggéra Laryssa.

— Celle de retrouver votre ami, renchérit le Déternien, le brigadier renégat mieux connu sous le nom de Trench.

— C'est en partie pour cela que vous m'avez remis ce manteau, rétorqua Mary Jane. Cela faisait partie de notre entente, non?

Ormond se permit un petit rire méprisant.

— Notre «entente»… Vos responsabilités en tant que brigadière secrète du Conseil gris vont bien au-delà de sauver vos «amis» et vos «connaissances», déclara-t-il d'un ton hautain. Vous êtes quand même à notre service, jeune femme.

Mary Jane se retint de leur dire le fond de sa pensée. Elle avait accepté de porter un nouveau modèle de manteau expérimental, un engin semi-organique ultra-secret, principalement pour tenter de retrouver son ami Éric. Mais pour ce qui était des autres manigances que complotaient les agents du Conseil gris, elle n'en avait strictement rien à foutre. Elle avait accepté de faire affaire avec eux uniquement pour le statut privilégié que cela lui conférait; le Conseil gris possédait le meilleur réseau d'espions qui soit, et ses opérations s'effectuaient à la grandeur du Multivers. Sans leur aide, elle ne parviendrait jamais à retrouver le Trench.

— Vos parents, poursuivit Ormond, toujours aussi condescendant, avaient compris quelle était leur place au sein de notre organisme. C'est en partie en mémoire de leurs loyaux services que nous vous traitons aujourd'hui avec autant de respect, brigadière. Ils suivaient nos ordres, eux. Ils connaissaient leur devoir…

— Je vous interdis de faire de mes parents un exemple, Ormond, l'avertit Mary Jane. Ils ont peut-être travaillé pour vous par le passé, mais ce service leur aura coûté la vie. Alors, si j'étais à votre place, je ferais bien attention avant de m'aventurer dans des plates-bandes dangereuses.

— *Plates-bandes*? répéta Valroon en soulevant un sourcil.

Mary Jane secoua la tête; elle avait passé tant de temps avec le Trench qu'elle en était venue à adopter certaines de ses expressions préférées. Même avec le traducteur universel de son manteau, un Déternien comme Valroon ne devait rien y comprendre.

— Je vous interdis de vous servir de mes parents pour me faire des leçons de morale, trancha Mary Jane.

— Madame Rosencraft, intervint doucement la matriarche Arzélie. Mary Jane… pardonnez l'impatience de certains de mes conseillers. Cette guerre civile qui déchire l'Alliance des barons nous gruge tous petit à petit. La comtesse Valine avait-elle du nouveau ?

Le changement de sujet prit Mary Jane par surprise.

— Je ne croyais pas que…

— Vous avez été suivie, lança Ormond.

— Pardon ?

— La Technence surveille présentement vos moindres déplacements, brigadière, ajouta la matriarche. Votre séjour sur Darwyn doit être des plus courts, si on ne veut pas éveiller les soupçons. Vous vous dirigiez vers Spaldoon, près du Terrier des dimensions, n'est-ce pas ? À votre départ, vous devrez reprendre votre chemin en direction du Terrier, comme prévu.

La jeune aventurière hocha la tête.

— Vous m'épiez, vous aussi ?

— Évidemment, répondit nonchalamment la matriarche. Votre rencontre a été fructueuse, au moins ?

Mary Jane baissa le regard ; elle décida de ne pas révéler tous les détails de son entretien privé avec la comtesse vêtue de platine.

— Valine croit savoir où je pourrais trouver le Trench, lança-t-elle d'un ton vague. J'étais d'ailleurs sur le point de…

— Inutile, la coupa Laryssa. Nous savons déjà où il se trouve.

Mary Jane demeura stupéfaite.

— Vous êtes parvenus à retrouver Éric ?

— Il a été happé par le rappel des brigadiers, expliqua Arzélie d'un ton calme et détaché.

L'aventurière vêtue de noir tiqua.

— Il… il a été enrôlé de force ?

— Dans un des régiments de la Brigade, confirma la matriarche.

Mary Jane esquissa un sourire en coin ; elle pouvait déjà s'imaginer la tête qu'avait faite son meilleur ami en apprenant qu'il serait forcé à devenir soldat pour un des barons du Multivers, des gens qu'il méprisait avec un enthousiasme contagieux ; il avait dû être rouge de colère.

— Pour qui ? demanda-t-elle soudain. Pour quel baron se bat-il ?

— Il est en garnison sur Galaron IV, répondit Laryssa. Mais les régiments de Van Den Elst seront bientôt appelés au combat.

— Alors, il n'y a pas une minute à perdre ! s'écria Mary Jane en tournant les talons pour quitter la salle d'audience.

— Brigadière Rosencraft ! lança la matriarche, soudain plus autoritaire.

Le son de sa voix résonna dans l'amphithéâtre sombre et Mary Jane s'arrêta aussitôt. Elle se retourna lentement pour faire face aux conseillers, seule dans une lumière aveuglante.

— Vous ne m'empêcherez pas d'aller le retrouver, cette fois-ci, déclara Mary Jane avec assurance. Vous m'avez remis ce manteau justement pour…

— Il n'est pas en danger, madame Rosencraft, interrompit Ormond. Du moins, pas pour l'instant. Nous savons exactement où il se trouve ; nous pourrons facilement aller le chercher plus tard…

— Quand le moment sera plus propice, conclut Laryssa.

— Mais…, protesta Mary Jane.

— Nous avons une mission beaucoup plus urgente pour vous, brigadière, déclara Arzélie sur un ton lourd de sous-entendus. Une mission qui pourrait bien changer le cours de cette guerre.

Aveuglée par les puissants projecteurs, Mary Jane dévisagea de son mieux la matriarche qui dominait l'assemblée de son balcon suspendu.

— Si vous pensez que je vais le laisser poireauter dans l'armée !

— *Poireauter* ? répéta de nouveau Valroon, mais personne ne lui prêta attention.

— Ce n'est pas comme s'il était sans défense, madame Rosencraft, grommela Ormond. Il porte un manteau temporel depuis plusieurs années déjà ; il se débrouillait très bien avant de faire votre rencontre, vous savez.

Mary Jane plissa les yeux, méfiante. Quelque chose ne tournait pas rond dans toute cette affaire.

— Je… je croyais que vous *vouliez* retrouver le Trench ?

— Et maintenant, c'est chose faite ! conclut Ormond. Laissez donc ceci entre les mains d'agents plus compétents que vous, brigadière…

— Des agents qui ont plus d'expérience dans ce genre de situation… délicate, tenta Laryssa, adoptant une attitude faussement sympathique.

Mais Mary Jane ne lâcha pas prise aussi facilement.

— Qu'est-ce que vous manigancez encore ? Qu'est-ce que vous attendez pour le sortir de là ?

— Nous croyons qu'il peut encore nous être utile là où il est, déclara mielleusement la matriarche. Il doit rester avec son peloton pour l'instant. C'est un ordre, brigadière.

Les conseillers savaient bien ce que Mary Jane comptait faire de leurs ordres, mais, à la surprise générale, la renégate s'abstint de tout commentaire.

— Nous avons une mission plus urgente pour vous, répéta la matriarche.

— Une mission ? demanda la jeune femme. Quel genre de mission ?

Valroon se leva de son siège et descendit les quelques marches du balcon flottant, jusqu'à ce qu'il puisse mettre pied à terre dans la salle d'audience inondée de lumière. Il ajusta ses lunettes fumées sur le bout de son petit nez de rongeur pour éviter d'être aveuglé par les puissants faisceaux, puis s'avança vers Mary Jane en tenant un petit appareil électronique à la main.

— Tous les détails de votre mission sont dans le fichier que le conseiller Valroon télécharge présentement dans votre manteau, expliqua Arzélie tandis que l'homme-musaraigne appuyait le petit appareil contre la manche de Mary Jane. Sachez, brigadière, que cette mission pourrait bien sauver des milliards de vies : la vôtre, la nôtre, autant que celle de votre ami, le Trench. Éric a encore des choses à accomplir là où il se trouve. Mais votre nouvelle mission a priorité sur tout autre engagement.

Arzélie se pencha par-dessus le garde-fou de sa loge flottante.

— C'est très important, Mary Jane. C'est d'ailleurs pour cette raison que nous confions cette mission délicate à une brigadière d'expérience comme vous. N'écoutez pas les railleries du conseiller Ormond ; vous êtes une de nos meilleures agentes.

Et du même coup, cette mission m'empêchera de partir à la recherche du Trench, se dit Mary Jane.

À l'intérieur de son manteau, les informations codées contenues dans l'appareil électronique commençaient déjà à défiler dans les banques de données de son véhicule spatiotemporel. Après quelques instants, le visage de Mary Jane s'assombrit; elle comprit le danger imminent auquel ils faisaient face, et l'urgence de l'envoyer sur les lieux.

— Sialus Secundus? demanda-t-elle en lisant les données sur la manche de son engin.

— Une lune de glace, expliqua la conseillère Laryssa. C'est un des domaines du baron Gaurshin, aux abords du Terrier des dimensions.

— C'est sur le chemin de Spaldoon de toute manière, précisa la matriarche, alors votre trajectoire ne devrait pas éveiller les soupçons avant qu'il ne soit trop tard. Une fois sur place, rendez-vous le plus rapidement possible au site indiqué dans les fichiers de votre manteau. Et, Mary Jane, la discrétion est de mise…

— Évidemment! ajouta Ormond. Le Conseil gris ne doit en aucun cas être associé à vos activités, brigadière. Si Gaurshin venait à apprendre que nous sommes impliqués dans votre enquête… eh bien…

— Je comprends, répondit Mary Jane. Si je me fais capturer, vous n'avez jamais entendu parler de moi.

— C'est exact, confirma Ormond. Nous ne pourrons nous reparler avant que vous n'ayez accompli votre mission.

— Cela fera très bien mon affaire, répliqua la brigadière en leur tournant le dos. Je vous contacterai dès que j'en aurai terminé avec Sialus Secundus.

— Souvenez-vous, Mary Jane! lança la matriarche derrière elle. Nous ne pourrons vous aider contre Gaurshin. Le Conseil gris doit à tout prix conserver un semblant de neutralité dans cette guerre civile. Vous serez complètement seule!

— Mais qu'est-ce qui vous fait croire que je voyage seule? rétorqua Mary Jane par-dessus son épaule.

Elle activa le communicateur intégré au col de son manteau et appela la navette qui l'attendait quelque part dans le ciel brun de Darwyn.

— Pylmer! Je remonte vous rejoindre. Préparez la navette pour un voyage intersidéral.

Elle coupa la communication sans attendre de réponse et quitta la salle d'audience par où elle était venue.

— Le sort en est jeté, murmura la matriarche en baissant les yeux.

En arpentant le hall qui la ramènerait à la surface désertique, Mary Jane s'adressa à son long trench-coat noir.

— Manteau! lança-t-elle.

— Oui, madame Rosencraft, lui répondit la douce voix synthétique de son véhicule.

— Je désire envoyer une missive. Signal encodé, ordonna-t-elle. Veuillez relayer le message par un des satellites de communication du Conseil.

— Requête validée. Destination désirée, brigadière?

— La Citadelle de Galaron IV.

Le sas circulaire du palais s'ouvrit en chuintant pour la laisser ressortir, et Mary Jane fut accueillie par une bourrasque de sable chaud. Les systèmes de réfrigération de son manteau s'enclenchèrent aussitôt pour la maintenir au frais.

— Communication établie, madame Rosencraft. L'ordinateur de la Citadelle semble plutôt désuet; il est difficile de me faire comprendre. Je tente de joindre un communicateur de peloton. Prière de patienter.

À la sortie du palais, Mary Jane ignora le garde posté devant le sas et se dirigea vers les remparts rocailleux. À la base de la grande tour, elle put voir les ravins et les canyons bordés de pics acérés qui s'étendaient à des kilomètres devant elle. Autour, la plaine était parsemée de rochers à perte de vue. Elle attendit patiemment qu'on lui réponde.

— Communicatrice Xing-Woo Tipsouvanh, fit une voix après un moment. Comment puis-je vous aider ?

— Communicatrice, ici la brigadière Mary Jane Rosencraft. Je désire parler à votre commandant. Il s'agit d'un message prioritaire.

La jeune femme à l'autre bout sembla momentanément désemparée.

— M-Mary Jane Rosencraft ?

— Votre commandant, communicatrice.

Il y eut une détonation sourde et Mary Jane grinça des dents.

— Communicatrice ?

— C'est que…

La jeune femme semblait débordée de travail.

— La Citadelle est en état de siège. Vous comprendrez que les officiers sont tous plutôt affairés. Nous sommes sur le point de quitter Galaron IV, brigadière. Le lieutenant Lody est présentement dans l'impossibilité de vous parler, et le commandant York…

— Bon, écoutez, la coupa Mary Jane. Il y a un jeune homme à votre campement, un brigadier. Il se nomme le Trench.

— Éric ? demanda la communicatrice, surprise.

— Vous le connaissez ? Excellent ! Je veux que vous lui refiliez un message de ma part.

— Comme je vous l'ai expliqué, brigadière, nous sommes sur le point de partir en mission secrète et…

— Dites à Éric qu'il doit absolument demeurer à la Citadelle. Qu'il m'attende là, j'irai le rejoindre sous peu. Demandez-lui de m'attendre à la base, vous comprenez ? C'est important !

À l'autre bout du fil, Mary Jane entendit une nouvelle détonation monstre avant que le signal ne soit coupé pour de bon.

— La Citadelle de Galaron IV ne reçoit plus de signaux, annonça la voix synthétique de son véhicule temporel.

— Merde, souffla Mary Jane en éteignant le communicateur au col de son manteau.

Elle espérait que son message se rende jusqu'à Éric ; elle irait bien le retrouver tôt ou tard. Mais avant toute chose, elle devait rendre visite aux installations secrètes du baron Gaurshin.

Elle fit apparaître une visière protectrice sur son visage et, sous le regard ahuri du cerbère posté à l'entrée du palais, sauta dans le vide.

Le garde se précipita vers les remparts de la tour juste à temps pour voir le manteau semi-organique de Mary Jane se déployer autour d'elle comme un parachute sombre. La brigadière tomba quelques instants en chute libre avant que les pans de son manteau ne forment de grandes ailes qui, gonflées par les vents du désert, la soulevèrent dans les airs comme un oiseau de proie.

Sous le regard estomaqué de la sentinelle, Mary Jane, minuscule tache noire dans le ciel sépia, s'éleva en direction du soleil brûlant autour duquel tournait Darwyn, avant de disparaître rapidement dans la troposphère.

Épisode 1

LES VOYAGEURS DE LA TEMPÊTE

« Parfois, la seule manière de prédire l'avenir est de l'inventer. »

Douglas Adams

Chapitre 1
AUJOURD'HUI

« Mesdames et messieurs, bonsoir, et bienvenue à ce reportage spécial. Ici Jenny Moda, en direct des abords de la dévastation.

« Nous nous rappellerons tous ce sinistre événement, cet éclat de lumière qui, à midi douze précisément, il y a tant d'années, bouleversa le cours de l'histoire à jamais. Les scènes d'horreur qui ont suivi la détonation nucléaire, la première en sol canadien, seront à jamais gravées dans notre mémoire collective. Nous conservons tous un douloureux souvenir des victimes qui ont péri, ainsi que de la frénésie paranoïaque qui s'est propagée comme une traînée de poudre dans le monde entier par la suite. Nous avons été nombreux à tenter de trouver un coupable, un responsable, un criminel sanguinaire à blâmer pour cette tragédie. Nous avons d'abord cru à un horrible attentat suicide, puis à l'œuvre d'un groupe terroriste motivé par des revendications quelconques. Mais, petit à petit, la réalité s'est installée : l'attaque vicieuse, aussi sournoise que mystérieuse, s'est abattue sur Montréal sans raison apparente. Le Québec a été pris d'assaut, et personne ne semble savoir par qui ni pourquoi.

« Mais cet incident qui fascine la planète depuis des années est peu de chose en comparaison de l'arrivée de ces êtres étranges, ces mystérieux *robots* qui apparaissent régulièrement pour survoler l'île en pelotons. Leur apparence vous est certainement familière maintenant, leur image a fait le tour du globe. Vous aurez entendu à maintes reprises leur cri terrifiant. Ce hululement strident précède généralement l'arrivée imminente d'une escadrille, elle-même annonciatrice de l'apparition spectaculaire d'une immense muraille énergétique qui ne cesse de broyer les débris de l'île sur son passage, ainsi que les fondations de notre passé, année après année.

« Montréal, telle que nous la connaissions il n'y a pas si longtemps, n'est plus. Mais est-elle réellement tombée entre les mains d'une force venue d'ailleurs, comme certains observateurs friands de théories de complots se plaisent à le supposer ? Si c'est le cas, pourquoi cette force n'a-t-elle pas attaqué d'autres villes, plus importantes en termes de puissance militaire ? Qu'est-ce qui, au Québec, aurait bien pu attirer la foudre des cieux et la colère d'une civilisation encore inconnue, au point que celle-ci réduise en cendres une ville tout entière, ainsi que sa population ?

« Nous dénombrons aujourd'hui plus de 230 000 victimes, sans compter les personnes atteintes de maladies dégénératives qui commencent à faire surface à cause des radiations qui entourent l'île en permanence. Mais, avec la venue de ces mystérieuses créatures et, de manière plus importante, de ce mur indestructible parsemé d'éclairs qui confond les scientifiques depuis des années, le bilan pourrait s'alourdir de façon importante.

« Toute tentative de capturer un de ces robots volants, apparemment indestructibles, s'est conclue par un échec. À part leurs effroyables hurlements, aucune communication n'a été établie avec eux, ni même tentée de leur part. Ils n'ont émis aucune menace, aucune mise en garde ni demande de capitulation. L'armée a tenté à maintes reprises de... »

Jenny s'interrompit et mit une main sur son micro-phone.

— Simon, nous allons avoir des images au montage pendant que je parle des robots?

Le jeune cameraman, qui l'accompagnait dans la plupart de ses reportages, grimaça sous l'effort, gardant sa vedette bien cadrée, prêt pour le moment où elle reprendrait le fil de ses idées.

— Ne t'en fais pas avec ça, Jenny. On a les images fournies par les ornithologues amateurs qui faisaient une randonnée sur le mont Royal au moment de l'attaque. On a quelques bandes vidéo captées par les hélicoptères qui surveillaient la circulation au moment de l'explosion, et on a des centaines de bandes vidéo provenant des télé-phones cellulaires des gens du coin. Euh, celles qu'on a reçues avant le premier passage de l'orage, évidemment…

Jenny Moda lança un coup d'œil par-dessus son épaule, vers le cockpit. Le pilote de l'hélicoptère, un vétéran de guerre nommé Duncan qui ne cessait de mâchouiller un cigarillo éteint, leva le pouce en signe d'approbation: il était prêt à décoller. La journaliste regarda de nouveau par le hublot de l'hélicoptère et ne put que constater la dévastation; de l'autre côté du fleuve, Montréal semblait complètement ravagée.

À ses côtés, son cameraman poussa un sifflement de surprise.

— Merde, lança-t-il pour se faire entendre au-dessus du vrombissement des rotors qui commençaient à tourner au-dessus de leurs têtes. Tu veux qu'on reprenne?

— C'est pas grave, Simon, dit-elle au jeune homme blond. On reprendra une fois sur les lieux.

Quelques instants plus tard, ils étaient dans les airs, survolant les décombres. La jeune femme appuya ses doigts contre la vitre, émue. De leur point de vue aérien, les artères principales de la métropole étaient encore engorgées de blocs de béton, même après toutes ces années. Elle put voir des débris entassés en gros monticules par les intempéries, de la saleté éparpillée par le temps, et les taudis abandonnés des valeureux citoyens qui avaient tenté de retourner sur l'île au péril de leur vie. Quelques secteurs semblaient moins touchés que d'autres, mais la dévastation paraissait quasi totale : même des années plus tard, la province tout entière tentait encore de comprendre ce qui se passait dans ses terres.

Ce n'était pas la première fois que Jenny et Simon survolaient une zone sinistrée; un an plus tôt, ils avaient eu à effectuer une série de reportages dans des villages africains ravagés par une guerre raciale. Mais rien n'aurait pu les préparer à l'étendue des dégâts qu'ils observaient au cœur de la métropole.

— Ça semble encore pire vu d'en haut, Jenny, constata Simon. Tu es certaine de vouloir aller là-dedans ?

— Nous n'avons pas le choix, répondit-elle en affichant son air le plus confiant. Nous sommes les premiers à tenter de survoler les lieux depuis le dernier orage, il y a dix jours. Nous devons obtenir des réponses, Simon.

— Le bureau-chef a bien reçu le signal, Jenny, lança le jeune cameraman en soulevant brièvement son casque muni d'un écouteur. Ils gardent l'amorce en attendant la suite et nous reviennent dans 15 minutes !

Jenny hocha la tête, satisfaite. Devant elle, le jeune homme braqua son téléobjectif vers un des hublots de l'hélicoptère pour obtenir le plus d'images possible de la ville dévastée qui défilait sous leurs yeux. La prise de vue de Simon donnerait assurément une scène aérienne fantastique, historique même : aucun journaliste n'avait jusqu'à ce jour réussi à ressortir des décombres vivant, et leur arrivée théâtrale sur les lieux allait servir d'intro-duction à son reportage.

Depuis quelques mois, les patrons de Jenny l'envoyaient enquêter sur des histoires de fin de soirée. On lui commandait des reportages légers sur les régimes amaigrissants miracles de l'heure, des entrevues avec des groupes musicaux en vogue et même des mises au point météorologiques ennuyeuses.

Au début de la trentaine, Jenny était consciente que sa carrière de journaliste et ses chances de devenir un jour lectrice de nouvelles ne tenaient plus qu'à un fil. Dans ce métier, seuls les hommes pouvaient continuer impunément à exercer leur métier, même passé l'âge vénérable de 80 ans. Mais ce reportage allait changer sa vie, elle en était certaine. Elle n'aurait pu espérer mieux : son topo allait être retransmis en direct partout dans le monde. C'était sa chance de prouver une fois pour toutes qu'elle méritait ses galons de reporter-vedette, et elle n'allait pas la louper.

— Prends une pause, Simon, dit-elle au jeune homme blond qui semblait aussi impatient qu'elle de survoler la fameuse zone dévastée qu'était devenue Montréal.

De haut, l'île ressemblait à une surface lunaire zébrée de ruelles ensevelies sous des débris. Au cours des derniers mois, plus personne n'avait essayé d'y remettre les pieds, c'était tout simplement trop dangereux. La muraille des-tructrice repassait aléatoirement à tout moment. Parfois, des semaines entières s'écoulaient entre ses passages. Mais, à une autre époque, on avait déjà dénombré jusqu'à trois apparitions par jour. L'hélicoptère tournait autour de l'île depuis plusieurs minutes déjà, et la journaliste n'avait pas vu âme qui vive.

— Jenny, lança le cameraman en plaçant une main sur son casque d'écoute, la station te rappelle que tu n'as à faire qu'un reportage de routine… On survole, on résume ce qui s'est passé encore une fois pour les spectateurs qui veulent souligner l'anniversaire du désastre, et on revient. Pas de risques inutiles.

La journaliste attacha ses longs cheveux bruns qui ne cessaient de retomber sur son visage en poussant un soupir. Elle portait de vieilles espadrilles, que l'on ne verrait jamais à l'écran de toute manière, un jeans confortable et un veston rouge qu'elle avait enfilé par-dessus sa camisole. *La prochaine fois, se dit-elle, je jure que j'engage une maquilleuse et une coiffeuse lorsque je pars sur les lieux d'un reportage.*

— Fais ce que je te dis, Simon, et tout va bien aller.

Le cameraman haussa les épaules et entreprit de changer la pile de sa caméra. Jenny alla à l'avant de l'hélicoptère en titubant et tapa sur l'épaule du pilote. Du bout du doigt, elle lui fit signe de continuer encore quelques minutes à survoler les alentours, question de repérer l'endroit idéal pour atterrir. Au loin, par le pare-brise du cockpit, elle put voir d'autres hélicoptères tourner aux abords des rives comme des moustiques affamés. *La compétition s'amène, se dit-elle. Ça va faire presque deux semaines que la mystérieuse muraille n'est pas repassée, ils doivent flairer le scoop eux aussi.*

Pourtant, les autres hélicos gardaient leurs distances, semblant se concentrer davantage sur la reconstruction des ponts qui joignaient jadis l'île aux rives avoisinantes. Après la détonation initiale, on avait retrouvé de nombreux survivants, mais les radiations avaient tôt fait de ravager une bonne partie de la banlieue sud. Il avait fallu des années d'efforts cumulés, de bonne volonté et d'opérations rondement menées avant de décontaminer les rives et de permettre de nouveau à de braves citoyens d'y habiter. Cependant, leurs maisons devaient désormais comporter des modifications coûteuses pour leur permettre de supporter les radiations encore présentes, mais tolérables, provenant de Montréal.

À l'avant de l'hélicoptère, le pilote bourru se retourna quelques instants pour bien se faire entendre.

— Nous venons d'entrer dans la zone interdite, madame Moda!

Parfait, se dit-elle. *Les autres réseaux devront se contenter des histoires habituelles de valeureux pionniers qui osent vivre aux abords de l'île. De bons sentiments, sans aucun doute, mais des nouvelles plutôt insipides. Leurs bulletins de nouvelles diffuseront des pleurs et des plaintes, plutôt que de montrer ce que tous les téléspectateurs désirent réellement voir: la dévastation, le lieu de l'événement, le point zéro. La violence inouïe de l'explosion et des années de destruction causée par cette mystérieuse muraille, voilà ce que veut voir le public en ouvrant son téléviseur, et non les conséquences tragiques de cette dévastation sur la vie de quelques malheureux.*

C'était ce que voulait le public, et c'était ce que Jenny Moda allait lui offrir.

Elle jeta un coup d'œil à sa montre; il lui restait encore quelques minutes avant sa prochaine intervention en direct. Elle fit signe au pilote d'amorcer sa descente. Ils allaient bientôt pouvoir inspecter les désormais célèbres décombres de plus près. Pendant que Jenny retournait à son siège en tentant de maintenir son équilibre, le pilote retira son cigarillo pour lui dire quelque chose que la reporter ne comprit pas à cause du vacarme des rotors. Elle avait engagé Duncan spécialement pour les emmener jusqu'ici; il était le seul pilote qui soit assez fou pour violer la zone aérienne interdite par les forces armées canado-américaines. Simon lui fit signe de mettre un des casques de copilote, ce qui lui permettrait d'entendre la conversation. Elle plaça ses mèches de cheveux bruns derrière ses oreilles et enfila le gros casque d'écoute.

— Nous ne pourrons pas rester ici bien longtemps, poursuivit Duncan dans son microphone. Si ce ne sont pas ces choses qui nous abattent, ce seront les chasseurs de l'armée.

— Je comprends, Duncan. Déposez-nous où vous pourrez.

Le pilote grogna au creux de son oreille.

— Tous les appareils nous indiquent que l'endroit est encore irradié, madame Moda. Il serait dangereux d'y rester, même quelques minutes.

Il lui indiqua les hélicoptères de l'armée, au loin, qui survolaient le mont Royal ; la croix iconique avait depuis longtemps été réduite en copeaux métalliques. Deux hélicoptères vert olive apparurent soudainement à l'horizon.

— Ils viennent vers nous, madame Moda. Personne ne pénétrerait volontairement dans une zone irradiée, mais ils ne nous laisseront pas…

— Nous avions une entente, Duncan, coupa sèchement Jenny. Vous me faites entrer, et vous repartez. Je vous paie bien pour votre coopération. Tentez-vous de revenir sur votre parole ?

Le pilote balbutia.

— C'est que… je ne suis pas certain de pouvoir trouver un endroit sans trop de débris pour…

— Alors vous nous laisserez sauter à terre !

À ses côtés, Simon lui lança un regard inquiet.

— Descendez aussi près du sol que possible ! ordonna Jenny. Nous vous quitterons à ce moment.

— Ça m'a fait plaisir de vous rencontrer, madame Moda, se contenta de dire le pilote dans le casque d'écoute.

— Moi aussi, Duncan, moi aussi. Maintenant, retournez à la station. Les ondes radio ne sont pas toujours parfaites dans ce coin-ci, si je me fie à mes prédécesseurs. Dites-leur que vous nous avez bel et bien déposés au cœur du sinistre, et que notre reportage sera prêt pour le téléjournal de 18 heures.

Simon empoigna la lourde caméra, qui était encore le matériel standard au Canal 4, la station qui finançait leur expédition suicidaire, et il poussa un long soupir en retirant son casque d'écoute.

— J'espère que tu as une idée de ce qu'on s'en va faire là, Jenny. Car si on rencontre une de ces choses…

— On s'en va informer une province entière sur le drame qui nous afflige depuis toutes ces années, Simon. La situation commence à être critique, et les citoyens veulent des réponses. Nous allons être les premiers à venir sur les lieux depuis des mois, pour chercher des survivants, des explications.

— Il n'y a pas de survivants, Jenny.

Simon ne s'entêtait pas, mais il ne s'empêchait pas de lui parler franchement non plus.

— C'est un trou mort, ici. C'est une raison de partir en guerre, rien de plus.

— Tu dis des conneries, mon beau Simon. Après tout ce qu'on a vu depuis la première détonation… tu crois encore qu'il n'y a pas de mystère ici ?

Elle vit les ruelles remplies des ruines de bâtiments pulvérisés se rapprocher d'eux à une vitesse vertigineuse.

— Nous avons l'opportunité de nous faire un nom en devenant les premiers humains de l'histoire à rencontrer une race extraterrestre. Je ne dirais pas que c'est une mauvaise entreprise.

Simon fit la moue et ouvrit la porte coulissante de l'hélicoptère. Le vent emplit la cabine et Jenny retint son souffle, prête à sauter sur le sol à quelques mètres sous leurs pieds.

→|

— Ça tourne !

En arrière-plan, derrière Jenny, on pouvait discerner ce qui ressemblait en tous points à un champ de bataille. Les vitrines de commerces jadis populaires de la rue Sainte-Catherine, des enseignes au néon des magasins de disques autrefois bondés, des façades de bar très fréquentés, des célèbres restaurants de la métropole, il ne restait plus que des éboulis. Quelques bâtiments couverts de sang et de poussière avaient miraculeusement survécu aux années de passages aléatoires de la muraille, mais ils ressemblaient plus à des squelettes en béton. À quelques dizaines de mètres de la reporter, on pouvait deviner un ancien complexe de salles de cinéma, lové au creux de ruelles jonchées de débris, seule trace de la présence, maintenant évaporée, d'une civilisation évoluée sur l'île. Sans la célèbre vue du mont Royal calciné, visible au-delà des décombres, Jenny aurait pu se croire n'importe où, sur n'importe quel champ de bataille. Simon dut ajuster son angle de caméra à plusieurs reprises pour tenter le plus possible de garder la lumière du soleil sur la reporter-vedette. Le ciel était parfaitement discernable au-dessus des bâtiments rasés, telle une plaine grise qui s'étendait à perte de vue. La scène semblait tirée d'un cauchemar monochrome.

Jenny maudit Simon de ne pas l'avoir prévenue plus tôt et elle tenta de son mieux d'afficher un air dramatique professionnel.

— Merci, Samantha, dit-elle du tac au tac, sachant qu'au téléjournal, la lectrice de nouvelles l'avait déjà présentée en ondes. Ici Jenny Moda, pour le téléjournal du Canal 4.

Elle releva le menton et plissa les yeux vers l'objectif.

« La première apparition de ces créatures a précédé la détonation initiale de quelques minutes. Les mystérieux êtres volants s'en étaient alors pris aux ponts Victoria, Jacques-Cartier et Papineau. Ces structures, immenses et robustes, furent réduites en poussière de rouille en l'espace de quelques instants, grâce à de puissantes armes dont nos meilleurs scientifiques ont du mal à expliquer la provenance et la composition, encore aujourd'hui. Les créatures tentaient-elles d'isoler l'île du reste de la province? Préparaient-elles le terrain pour la détonation qui allait bouleverser le cours de notre histoire à jamais? Ou alors empêchaient-elles tout simplement les victimes de prendre la fuite? De ces ponts, il ne reste plus que des squelettes de poutrelles oxydées au fond du fleuve Saint-Laurent, abandonnés comme de vulgaires épaves. Nous tentons encore aujourd'hui de reconstruire ces voies de transit qui furent les premières à tomber aux mains de l'envahisseur.

« Du jour au lendemain, Montréal fut coupée du reste du monde, une île abandonnée, laissée à elle-même, une île en danger. Jusqu'à présent, le reste de la province, voire de la planète, ne semble pas avoir été attaqué par ces mystérieuses créatures, et cette puissante muraille énergétique semble se manifester uniquement sur la métropole québécoise. Un phénomène naturel? Une autre arme servant à isoler encore plus la province? Ou, comme certains se plaisent à croire, une preuve que les extraterrestres sont bel et bien parmi nous? S'il existe réellement une raison, nous l'ignorons toujours, même après toutes ces années.

« À l'époque, une foule d'appels et de bandes vidéo amateurs ont inondé les médias à propos de la détonation, puis de l'apparition des robots volants : vous pouvez voir sur ces images ce qui semble être une escadrille d'humanoïdes en armure fondre sur la ville et tout ravager sur leur passage. Des terroristes? Des soldats? Rien sur ces bandes vidéo ne nous permet de tirer quelque conclusion que ce soit, même si plusieurs oiseaux de malheur ont crié à l'invasion extraterrestre.

« Mais rien ne pouvait nous préparer à ce qui allait suivre.

« Portez bien attention aux hommes et femmes vêtus de longs manteaux gris en arrière-plan ; ces étranges personnages sont apparus de façon régulière au cours des dernières années et, chaque fois, ils semblent être confrontés à l'attaque des envahisseurs.

« Ces mystérieux Hommes en gris, ou HEG, comme on les appelle communément, refont surface à chaque nouveau passage de la muraille énergétique, et ce, depuis des années. Leurs figures sont devenues légendaires, au même titre que les créatures elles-mêmes, que nous désignons désormais par le terme *Banshee*. L'un d'eux, que l'on peut voir sur ces images captées lors d'un reportage effectué dans la confusion initiale de l'attaque, nous a fourni cette appellation, sans toutefois spécifier l'origine et la nature de ces étranges robots.

« Quelques jours à peine après la première attaque, poursuivit Jenny lorsque Simon lui fit signe de continuer, un homme, apparemment au milieu de la vingtaine, a refait surface après le passage de la muraille et effectué une soudaine apparition au sein d'un peloton de ces robots meurtriers. On le voit ici, peu de temps après que lui et ses mystérieux collègues aient repoussé l'attaque, en train de parler aux soldats des forces canadiennes, leurs armes braquées dans sa direction. Le jeune homme semble agité et parle français avec un accent québécois, ce qui ne fait que compliquer les choses pour les scientifiques du monde entier qui croient, à tort ou à raison, au complot extraterrestre. Les images qui suivent sont présentées pour la première fois en ondes sans avoir été censurées. »

— Allez-vous-en ! Les Banshee vont revenir ! Allez, ouste ! Si ce ne sont pas les Banshee, c'est l'orage qui va vous frapper ! Vous ne survivrez pas ! Partez !

« Nous nous souvenons tous de ce jour. C'est à ce moment que nous avons compris que le mur de l'*orage*, comme semble nous l'indiquer le jeune homme, allait revenir de façon régulière. Nous voyons ici des images renversantes des douze soldats des forces armées canadiennes pulvérisés par la muraille scintillante quelques instants plus tard. Mais remarquez bien : le jeune homme au long manteau saute littéralement dans le mur, comme s'il ne craignait pas pour sa vie.

« Il a refait surface quelques jours plus tard, précisément au moment du passage de la puissante muraille. Cet homme tente à maintes reprises de prévenir les gens qui s'y trouvent de quitter l'île. »

(On diffusa alors un court extrait de reportage, dans lequel un journaliste, vêtu d'un habit antiradiations, s'adresse à l'un des mystérieux Hommes en gris.)

— Qui êtes-vous ? demanda le journaliste.

— Vous pouvez m'appeler le Trench, répondit le jeune homme à la hâte.

— Vous avez attaqué Montréal ? Êtes-vous alliés à ces créatures volantes ?

— Je ne vais pas rester longtemps. Mais je reviendrai. Nous reviendrons tous. Et non, nous n'avons rien à voir avec les Banshee !

— Mais comment faites-vous pour résister aux radiations ?

— Ça serait difficile à expliquer… Euh, je dois y aller, ma médico m'appelle !

« Vous noterez, poursuivit Jenny à la caméra, que ce jeune homme semble parler parfaitement et clairement le français québécois. Les gens qui ont vu la scène peuvent en témoigner. Et ce détail ne fait qu'approfondir le mystère : existerait-il un lien entre le Québec et ces HEG ?

« Et s'ils désiraient notre destruction, pourquoi s'en prendre aux Banshee qui poursuivent leur œuvre d'extermination mois après mois, à chaque nouveau passage de la muraille ?

« On voit ici le même homme il y a cinq ans, en train de parler avec des téméraires qui tentaient à l'époque de construire des taudis au cœur de la métropole dévastée. Leur conversation est interrompue par l'arrivée des créatures qu'il nomme les Banshee. Nous notons alors la présence de quelques autres individus, également vêtus du même manteau, pour une raison qui demeure inconnue.

« Ce qui mystifie encore davantage les spécialistes, c'est qu'à chaque apparition, les Homme en gris sont engloutis par le mur d'énergie destructeur, mais ils réussissent à refaire surface, sains et saufs, quelques mois plus tard. Personne parmi ceux qui ont osé s'y aventurer n'a jusqu'à présent survécu à cet orage, comme en témoignent ces images de groupes religieux pacifistes qui vénèrent la venue de la tempête avant d'être pulvérisés. Toutes les études qui ont été effectuées, et même les théories les plus folles, ne nous permettent pas encore de comprendre comment ces HEG font pour survivre au passage de l'orage.

« Évidemment, ceci est loin de satisfaire les gouvernements mondiaux. Après la chute des Nations unies, il y a six ans, la situation politique a rapidement dégénéré. Les villes nord-américaines, craignant que l'attaque ne se propage jusqu'à elles, ont entamé la construction d'immenses dômes protecteurs pour parer aux éventuelles représailles nucléaires des pays qui refusent d'ouvrir leurs frontières et de révéler leurs secrets militaires. Les Américains, plus particulièrement, ont eu tôt fait de prendre le contrôle de la situation qui était aux mains du gouvernement canadien, et ils exigent que le reste de la planète fasse peau neuve : un coupable doit être trouvé, et ils ne se reposeront pas avant que justice soit faite. La théorie extraterrestre perd des plumes.

« En Europe, plusieurs dômes sont également en chantier, conçus par les meilleurs spécialistes qui se penchent sur la possibilité de copier la technologie américaine et d'innover là où les Américains ne voient qu'un système de défense.

« En effet, ces spécialistes échafaudent un plan pour construire des dômes d'habitation complètement indépendants les uns des autres, autosuffisants, isolés. Ce qui s'est passé au Québec ne se reproduira jamais ailleurs dans le monde, nous promet, entre autres, l'Italie.

« Il est même question, depuis quelque temps, d'isoler l'anomalie qu'est l'orage à l'intérieur d'un dôme spécialement conçu pour l'empêcher de quitter l'île. La tempête ne semble affecter que Montréal pour l'instant, mais plusieurs secousses sismiques importantes ont été répertoriées à la grandeur de la planète depuis les derniers mois, et de nombreux experts croient que le passage répété de la muraille pourrait en être la cause.

« Pendant ce temps, les mystérieux Hommes en gris ne cessent de réapparaître. Ici, il y a trois ans, le même peloton combattait une nouvelle volée de Banshee. Cette année-là, le groupe armé de longues épées et de boucliers lumineux a refait surface à pas moins de trois reprises, tentant de repousser l'invasion extraterrestre.

« Cette séquence, datant de quelques mois plus tard, alors que l'armée tentait de décontaminer l'île, nous montre le même individu qui, semble-t-il, aurait miraculeusement survécu aux premiers passages de l'orage, entouré de ses alliés, armés comme toujours. On en écoute un extrait. »

— Ah, sacrament ! Pas encore ! C'est la troisième fois aujourd'hui !

« L'année dernière, le même groupe, dont les membres ne semblent jamais prendre une ride, a été filmé par une caméra munie d'un téléobjectif. On peut les voir traînant une plate-forme métallique à travers les décombres de la ville, vers un des bâtiments que vous apercevez derrière moi.

(Jenny indiqua du pouce, par-dessus son épaule, un des immeubles encore intacts.)

« À quoi avons-nous réellement affaire ? À une armée secrète ? À une brigade de soldats anonymes ? Nul ne le sait. Jusqu'à présent, aucun gouvernement sur Terre n'a encore admis qu'il connaissait l'identité de ces mystérieux héros surgissant à chaque nouvelle apparition de cette puissante tempête qui ravage la ville année après année. Font-ils partie du complot ? Sont-ils eux-mêmes humains ? Quel est leur lien avec les Banshee, ou le mur de force, ou même la détonation originale qui amorça toute cette horreur ? C'est ce que nous tenterons aujourd'hui de découvrir.

« Même si ses apparitions soudaines sont plus qu'imprévisibles, nous avons calculé que l'orage dévastateur devrait, je répète, *devrait* repasser d'ici quelques heures, une journée tout au plus, au cœur de la ville dévastée. Et nous avons l'intention de rencontrer ces gens, ces soldats aux longs manteaux, dans l'espoir, pour la première fois, de trouver des réponses.

« Nous avons également… »

Jenny arrêta brusquement de parler, les yeux écarquillés, le regard porté vers le ciel.

— Simon…

Mais le cameraman avait déjà compris et s'était retourné pour filmer le ciel derrière lui ; il entendait déjà le hululement cacophonique des envahisseurs métalliques. Le soleil se couchait, et les images allaient commencer à être difficiles à capter. À l'horizon, dans un banc de nuages orangés, une douzaine d'humanoïdes firent leur apparition, volant en parfaite escadrille, comme des chasseurs militaires.

— Leur vitesse…, tenta Simon. Je les ai déjà vues sur bande vidéo, mais de si près… C'est impossible !

Le cri perçant qui les accompagnait s'intensifia et Jenny grinça des dents.

— C'est encore pire en vrai !

— Qu'est-ce qu'on fait, Jenny ? On tourne ?

Au loin, les créatures métalliques filèrent comme des fusées au-dessus de la ville et, avec une coordination désarmante, formèrent un éventail de plus en plus large au-dessus des décombres.

— Mais qu'est-ce qu'elles font ? se demanda Jenny à voix haute. Est-ce qu'elles cherchent quelque chose ?

Plus elles se rapprochaient, plus leur cri devenait strident. Dans un mouvement d'un synchronisme surhumain, les Banshee levèrent les bras, pointant leurs paumes vers les rues encore intactes des secteurs qui avaient été jusqu'à présent épargnés ; là où se trouvaient les deux journalistes téméraires. De leur emplacement, Jenny et Simon virent des lances de lumière mauve surgir de leurs paumes : aucune autre arme n'était visible à l'œil nu. Mais comme ils l'avaient vu sur les bandes vidéo, l'effet des rayons était sidérant ; la destruction allait être massive.

— Jenny !

Simon se fit insistant.

— On tourne ou quoi ? !

Sous la trajectoire des Banshee, les bâtiments en béton se transformèrent en poussière, les véhicules déjà tordus au cours des passages de la muraille s'oxydèrent en l'espace de quelques secondes et les pavés volèrent comme des galets. Au loin, Jenny et Simon purent voir l'asphalte des rues se soulever et des tonnes de débris et de poussière s'enfler en une série de vagues destructrices, toutes mues par les rayons noirs et mauves que projetaient les créatures volantes à l'aide de leurs paumes. Les débris tournoyèrent à toute vitesse, comme un ouragan meurtrier, dans leur direction.

— On court! hurla Jenny en tirant le cameraman par la manche de son blouson. Cours, Simon, cours! Mais n'oublie surtout pas la caméra, sinon c'est moi qui vais te tuer!

Chapitre 2
LES HOMMES EN GRIS

L'escadrille fila au-dessus de la ville, laissant retomber une traînée de poussière grise derrière elle ; le macadam éventré des rues de la métropole vibra sur son passage. Pris de panique, la reporter et son cameraman tentèrent de fuir la vague de destruction qui les pourchassait sans relâche. La vibration du sol fit tomber un lampadaire déjà chancelant qui fut déraciné et alla défoncer un autobus municipal renversé sur le côté depuis des années. Jenny esquiva le lampadaire juste à temps pour l'entendre percuter le toit du véhicule, répandant une pluie de vitre fracassée. L'asphalte de la rue Sainte-Catherine roula comme une vague noire sous leurs pieds, et Jenny et Simon coururent de plus belle. L'onde de choc dévala trois coins de rue et lézarda les ruines d'un centre commercial avant de bifurquer soudainement pour poursuivre son trajet dans une autre direction.

Il ne semblait pas y avoir de sens déterminé à la destruction causée par les envahisseurs ; ils survolaient le centre-ville tout entier en faisant entendre leur cri insupportable, puis effectuaient un tour complet des environs avant de revenir. Tout ce qu'ils pointaient de leurs paumes ouvertes était réduit en poussière, s'oxydant à vue d'œil.

— Nous ne survivrons pas à ça! hurla Simon en enjambant d'un grand bond les débris poussiéreux du salon d'un pauvre type qui avait dû vivre dans un des immeubles d'appartements effondrés.

Il tentait de suivre Jenny de son mieux, mais l'équipement qu'il trimbalait lui nuisait visiblement.

— Nous devons trouver un endroit où nous cacher! lança Jenny par-dessus son épaule. Les Banshee vont revenir, nous devons attendre que la vague passe!

Simon n'entendit rien de ce qu'elle hurlait: le hululement intense semblait avoir envahi la ville tout entière et les échos en étaient réverbérés de manière déroutante contre les façades effondrées de la métropole. Mais il n'eut pas besoin de comprendre les mots de Jenny pour deviner son intention: ils devaient à tout prix se retirer du champ de vision de ces monstres métalliques.

Se faufilant de ruine en ruine, ils remontèrent l'artère principale du centre-ville et empruntèrent sur leur gauche une large avenue qui semblait avoir été moins affectée par la dévastation. Ils comprirent trop tard leur erreur: leur flanc droit était complètement à découvert. Un énorme bâtiment les dissimulait sur la gauche, mais à leur droite se trouvait une grande aire déserte, l'ancienne Place des Arts, maintenant parsemée d'éboulis.

Il n'y avait aucun endroit où se cacher.

— Une ruelle! s'écria Jenny en pointant du doigt le bâtiment. Vite, avant qu'elles reviennent!

Simon la suivit aveuglément en espérant qu'elle ne se soit pas trompée. Il faillit échapper sa caméra, mais la rattrapa par l'objectif au dernier moment. Quelques instants plus tard, il vit une allée s'ouvrir subitement vers la gauche, tellement étroite qu'elle était indiscernable de l'artère principale. Simon nota distraitement au passage l'écriteau fracassé qui surplombait l'avenue; le large bâtiment qui formait un des murs de la ruelle avait dû être jadis un cinéma de taille imposante.

Ils s'engouffrèrent comme des flèches dans la ruelle étroite et se réfugièrent sous des auvents encore accrochés à la sortie d'urgence du cinéma abandonné ; ceci leur permettrait de demeurer hors de vue pendant quelques minutes. Ils entendirent les hurlements au-dessus d'eux, puis, quelques instants plus tard, le fracas d'un immeuble à plusieurs étages qui s'effondrait à quelques rues à peine d'où ils se trouvaient. Un nuage de poussière les engloutit presque aussitôt et les ensevelit sous la poudre de béton.

Jenny toussota et tenta de son mieux de balayer la poussière grisâtre qui collait à son visage.

— Ah, c'est malin, maugréa-t-elle. On va devoir trouver de l'eau quelque part avant de repasser en ondes.

Elle se laissa choir sur les talons, le dos au mur de la ruelle, et poussa un soupir.

— Je crois que nous avons des problèmes pas mal plus pressants, Jenny, dit Simon en tentant de reprendre son souffle. Le public va comprendre la situation…

Il déposa la caméra sur le sol et épousseta son blouson en recrachant un peu de flegme blanchâtre. Il prêta l'oreille pour tenter de découvrir si les envahisseurs avaient de nouveau amorcé leur tour du périmètre.

— Combien de temps crois-tu qu'on va pouvoir résister aux radiations ? demanda-t-il à la journaliste. Tu crois que ces choses sont responsables de l'explosion qui a tout déclenché ? Les images semblaient indiquer que oui…

Jenny se releva.

— Nous avons un boulot à faire, Sim. Il doit nous rester encore une heure de lumière avant que le soleil se couche, mais je ne tiens pas à passer la nuit ici dans les décombres à attendre que ces… créatures reviennent.

Elles semblent chercher quelque chose et je préférerais ne pas être ici lorsqu'elles le trouveront.

Simon essuya de son mieux le viseur de sa caméra et visionna les dernières minutes de son enregistrement.

— Les images semblent bonnes, au moins. C'est mieux que tout ce qu'on a vu jusqu'à présent ; elles portent un genre de… d'armure, un plastron renforcé, on dirait.

— Fais-moi voir.

Jenny se pencha par-dessus son épaule pour examiner les images que son cameraman avait captées pendant leur fuite. Elle poussa un sifflement.

— Fiou, beau travail, Sim. Elles n'ont pas l'air très terrestres en effet, mais je ne serais pas prête à dire qu'elles viennent d'une autre planète. Cependant…

Simon la dévisagea.

— Jenny… elles détruisent tout en poussière avec des rayons qui sortent de leurs mains ! Elles volent comme des oiseaux de proie ! Tu crois vraiment qu'elles viennent d'ici ? !

— Je ne sais même pas si elles sont humaines, Sim. Mais on dirait bien que quelqu'un les a construites et les a conçues pour être des armes de guerre, et ça, ça m'est plutôt familier.

La journaliste parlait d'expérience : au cours de ses premières années de métier, lorsqu'elle était correspondante de guerre à l'étranger, elle avait vu assez d'atrocités pour toute sa carrière. La haine et la violence, la peur, elle en avait vu, trop vu. Mais ces choses, ces envahisseurs métalliques semblaient si froids et sans merci, impitoyables… inhumains.

— Tu… tu crois vraiment que nous allons découvrir ce qu'elles cherchent ici, Jenny ? Je veux dire, l'armée est en route, ne devrions-nous pas… ?

— Chut !

Jenny lui fit signe de se taire ; elle avait entendu quelque chose au bout de l'étroite ruelle. Le soudain silence autour d'eux était déconcertant ; elle n'entendait même plus l'écho des hurlements au loin. Les créatures étaient-elles disparues ? Préparaient-elles une nouvelle vague d'attaques ?

Il serait intéressant de calculer le temps entre les vagues, songea Jenny. *Peut-être que…*

— Jenny ! siffla Simon en pointant un doigt au-dessus de leurs têtes.

Une silhouette sautait d'un escalier de secours à un autre, un homme vêtu d'un long manteau gris. Il semblait doté d'une agilité remarquable, presque féline.

— Hé ! lança Simon à l'étranger.

Mais lorsqu'il vit les traits du mystérieux personnage, le cameraman recula involontairement de quelques pas. Les yeux de l'étranger tapi dans les ombres brillèrent d'un bleu électrique. Sa mâchoire semblait effilée, reptilienne, trop longue pour être celle d'un homme, et sa dentition… on aurait dit des rangées de petits canifs acérés. Son visage paraissait couvert d'écailles olive et émeraude.

À l'aide de mains griffues, l'homme-lézard accoutré d'un manteau s'accrocha délicatement, à la renverse, aux barreaux de fer de l'escalier de secours et laissa pendre une longue queue d'iguane qu'il remua nerveusement ; il s'en servait visiblement pour faire contrepoids. Il posa son regard lumineux quelques instants sur eux, puis, d'un bond agile, sauta de quelques mètres dans les airs, se rattrapa à l'escalier de secours de l'étage supérieur et en gravit rapidement les marches avant de disparaître sur le toit du cinéma.

— Jenny ! s'écria Simon en posant la lourde caméra sur son épaule.

Mais elle l'agrippa avec force par le bras.

— Sim, nous sommes entourés de créatures qui détruisent tout sur leur passage. Ce n'est pas le moment de hausser le ton ou de crier ; elles pourraient nous entendre.

— Mais il… il sait peut-être quelque chose qui pourrait nous aider…

— Je ne sais pas ce que c'est, Simon, mais je ne suis pas certaine qu'il va vouloir nous aider.

— J'aurais dû le filmer, mais ses yeux m'ont pris par surprise. Tu crois qu'il est venu avec ces… choses volantes ? Il portait un manteau, c'est peut-être un des HEG ?

Jenny, fiévreuse, tenta de prendre une décision.

— Tu as raison, ce ne peut pas être une coïncidence, on va le suivre. Tu sais par où il est parti ? Il semblait aller vers l'ouest…

— Jenny…

Dans le viseur de sa caméra, Simon fixait le bout de la ruelle, le visage blême. Jenny se retourna.

Trois hommes blindés d'ocre, de vert et de chrome venaient de tourner le coin en flottant doucement dans les airs. Ils mirent pied à terre au même instant. Les humanoïdes, de peut-être deux mètres de haut, inspectèrent un moment la ruelle grâce aux yeux lumineux de leurs casques renforcés.

Leurs regards inquiétants se posèrent lentement sur les deux journalistes. Ceux-ci étaient figés par la peur ; ils étaient faits comme des rats.

— Tourne, Sim, tourne !

— T'es sérieuse ! ?

Simon regarda autour de lui pour tenter de trouver une issue. Il essaya la poignée de la sortie de secours, mais elle était verrouillée.

— C'est pour ça que nous sommes ici, répliqua Jenny, tentant de garder son calme. Une première rencontre extraterrestre… C'est un moment historique, alors cesse de pleurnicher et tourne !

Simon empoigna nerveusement la caméra et se mit à faire des gros plans maladroits sur les visages métalliques polis des intrus. Ils portaient des casques qui, de toute évidence, étaient fermés hermétiquement autour de leurs crânes. L'embout de la bouche faisait penser à celui d'un masque respiratoire, mais dont le filtre principal aurait été remplacé par un grillage opaque. Leurs yeux électroniques brillaient d'une lueur verdâtre. Les créatures métalliques poussèrent quelques cliquetis inquiétants, puis des vrombissements étranges.

— Leurs casques ! comprit Jenny en entendant ces sons pour la première fois de si près. Ils émettent ces horribles cris à l'aide d'un amplificateur vocal… C'est fascinant !

Les borborygmes modulés devinrent plus aigus et parcoururent quelques octaves avant de disparaître dans des hauteurs inaudibles à l'oreille.

— Si c'est comme ça que ces chose se parlent, déclara Simon en filmant toujours, j'aimerais pas voir de quoi elles ont l'air sous leur armure !

— Mais pourquoi atterrir ?

Les Banshee formaient un mur incontournable au bout de la ruelle et, bien contre son gré, Jenny fit quelques pas à reculons.

— Elles ont prouvé qu'elles peuvent détruire la ville simplement en la survolant, alors pourquoi atterrir ? Pourquoi ne pas nous réduire en poussière comme les autres ? Elles ont tué des centaines d'innocents depuis des années, et maintenant qu'il ne reste plus personne, elles prennent le temps de mettre le pied à terre… Peut-être qu'elles cherchent quelqu'un… Il doit y avoir une raison !

— Jenny, qu'est-ce qu'on fait, là ? On va pas rester ici, quand même ? !

La jeune journaliste retint son souffle. Les Banshee avancèrent en cadence, comme des soldats entraînés à la perfection.

— On dirait des automates, souffla Jenny.

— Jenny, on reste pas ici, non ?

Le son métallique de leurs lourdes bottes, assez larges pour contenir les petits rétropropulseurs qui leur permettaient de bondir et de flotter au-dessus du sol, envahit le silence de la ruelle. Leurs pas martelèrent le pavé à l'unisson, et Jenny et Simon ne purent faire autrement que de reculer rapidement face à ces envahisseurs indestructibles.

— Jenny ! ?

Les Banshee poussèrent un long cri strident qui força les deux journalistes à se boucher les oreilles.

— Un signal ! cria Jenny. Elles avertissent les autres !

— De quoi, que nous sommes ici ? hurla le cameraman. Ça te dirait qu'on dégage, maintenant ? !

Les bottes des chasseurs crachèrent quelques bouffées violacées qui les firent flotter à quelques centimètres du sol. Une des Banshee leva le poing vers eux et ouvrit la paume. Au creux de son gant renforcé, une lumière mauve et noire se mit à reluire de manière peu rassurante. À ses côtés, les deux autres chasseurs firent de même et braquèrent leurs poings meurtriers dans leur direction. Sous leurs pieds, le sol se mit à gronder et à onduler sous la force des rayons oxydants. Autour des Banshee, la ruelle se mit à vibrer frénétiquement, et les deux journalistes sentirent les os de leurs corps commencer à se tordre.

Soudain, une ombre fondit sur les chasseurs à une vitesse inouïe et attaqua les envahisseurs. Jenny n'eut que le temps de voir la masse trapue d'un homme poilu, au pelage noir et gris huppé de beige, vêtu d'un long manteau, descendre du ciel comme un prédateur à l'affût. Il avait la tête d'un chien et hurlait avec la férocité d'un loup solitaire. Jenny demeura bouche bée tandis que Simon ne savait plus où pointer sa caméra. L'homme-chien tomba de tout son poids sur l'une des Banshee et enfonça ses griffes dans sa carapace avant de la pousser avec force contre un mur de briques. Ses aboiements résonnèrent dans la ruelle comme des pétards au fond d'un seau, et une longue lame grise apparut soudain dans sa main droite.

— Mais d'où… ?!

Simon n'avait pas vu l'homme-chien dégainer une épée ; elle avait semblé apparaître de nulle part. La bête mit enfin pied à terre, esquiva une décharge meurtrière et enfonça sa lame au cœur du plastron d'une deuxième Banshee. Il remonta la lame et fendit le reste de son corps en deux, comme de la paille. Une pluie d'étincelles et de sang éclaboussa le mur derrière eux, tandis qu'il virevoltait juste à temps pour trancher l'avant-bras de la troisième Banshee. Sectionnée avant d'avoir pu ouvrir le feu, la main tomba sur le sol dans un bruit sourd.

— Il… il est capable de les tuer !

Jenny sentit un bref soulagement à l'idée que ces envahisseurs n'étaient pas indestructibles. Elle reprit rapidement son ton de journaliste, espérant que quelques images au moins se rendraient au téléjournal de fin de soirée.

— Cet homme, cet homme-animal tient tête à trois de ces créatures, avec une seule lame pour l'aider, et il semble s'en tirer plutôt bien… Ce n'est donc pas impossible !

— Ça ne durera pas, déclara une voix derrière eux.

Surpris, ils se retournèrent rapidement et virent une femme dans l'entrebâillement de la sortie d'urgence du cinéma condamné, à quelques pas d'eux. Une petite femme aux traits asiatiques, jolie, les cheveux attachés en queue de cheval… humaine. Elle portait également un long manteau gris qui lui arrivait aux chevilles, presque identique à celui que portait le chien.

— Vous…, balbutia Jenny. Qui êtes-vous ?

— Entrez, ordonna la jeune femme, vite !

Jenny hésita. Derrière elle, l'homme-chien tentait toujours de faire dévier les attaques de plus en plus rapides des chasseurs blindés. L'un d'eux émit un cri perçant, de toute évidence un signal d'alarme modulé lancé aux Banshee postées ailleurs dans la ville. Le cri sembla douloureux pour les oreilles sensibles de l'homme-chien et la première Banshee, qui se relevait de l'attaque initiale, profita de son malaise pour lui tirer une puissante décharge dans le dos. Fünf vola sur plusieurs mètres jusqu'au fond de la ruelle avant de s'écraser sur le sol, la tête en bas.

— Ils l'ont tué ! s'écria Jenny.

— Son manteau va avoir absorbé le gros du rayon oxydant, l'assura rapidement la jeune Asiatique, visiblement à bout de patience.

— Son manteau ? demanda Jenny, incrédule. Qu'est-ce que… ?

— Plus tard !

La jeune soldate empoigna Simon par le bras et le poussa à l'intérieur du couloir sombre.

— Il essaie de créer une diversion pour sauver votre peau, alors voulez-vous bien entrer avant qu'il ne perde la sienne ? !

Jenny dévisagea Xing-Woo.

— Je vous connais… je vous ai déjà vue ! Vous et les autres ! Au cours des dernières années…

Xing-Woo leva subitement la paume gauche en poussant Jenny à l'intérieur, juste avant qu'une décharge noire et mauve ne vienne heurter son écu lumineux bleuté. À sa gauche, Fünf revint à la charge et Xing-Woo referma la porte derrière elle avant de la verrouiller.

— Ça va les retenir, ça ? demanda Jenny en tentant de voir où elle et Simon avaient atterri.

Au poignet de son manteau, Xing-Woo fit apparaître un cadran lumineux qui se moula à son vêtement comme s'il avait été conçu exprès pour cela, et elle enfonça quelques touches.

— Stavros ! ordonna la jeune femme dans le communicateur de son manteau. Je réinitialise les mesures de camouflage. Fünf retient trois Banshee. Il va avoir besoin d'assistance, *pronto*.

Dans la pénombre du petit hall dans lequel ils venaient d'entrer, Jenny reprit son souffle avant de demander :

— Votre ami, le chien… qu'est-ce qui va lui arriver ?

— Où est votre collègue ? rétorqua la jeune Asiatique.

— Je l'ai vu partir… au fond du couloir.

— Ridley ! vociféra Xing-Woo dans son communicateur. Tu vas avoir un invité ! Ne l'attaque pas, je répète, c'est un civil, ne pas l'attaquer !

— Oh, meeerde ! répondit une voix exaspérée au poignet de la jeune femme.

— Vous êtes tous ici ? Tous au même endroit ? ! s'étonna Jenny ; elle flairait déjà le scoop du siècle.

— Stavros ! Vous me recevez toujours, constable ?

Une voix modulée se fit entendre.

— Je suis occupé, Xing-Woo. J'arrive dès que possible.

— Je vous envoie Morotti pour vous assister, il est dans les parages, quelque part sur les toits. Vous nous rejoignez dès que vous avez terminé, Stavros, et pas de conneries, je veux revoir tout le monde avant la tombée de la nuit.

— Oui, sergent.

Xing-Woo prit Jenny par le bras et la poussa devant elle dans le couloir sombre.

— Suivez-moi.

— Vous… vous me comprenez ? demanda soudain Jenny.

— C'est une propriété de nos manteaux, expliqua la soldate. Ils nous permettent de communiquer et de nous faire comprendre dans presque toutes les langues. C'est tout un avantage de posséder de si vastes banques de données.

L'ampoule rougeâtre qui indiquait la sortie d'urgence crépita derrière eux, alimentée par des piles rescapées dans la ville par Adler, tandis qu'elles avançaient dans le noir.

— Vous êtes une militaire… sergent ?

Jenny tentait d'assimiler le plus d'informations possible à la fois.

— Je n'ai jamais vu ce genre d'armes auparavant.

— Oui, nous sommes des militaires.

Jenny suivit de son mieux les enjambées rapides de la jeune brigadière.

— Vous êtes dans l'armée ? demanda la journaliste, tentant de se rassurer.

Se pouvait-il qu'ils soient humains ? Après toutes ces années, allait-elle enfin résoudre le mystère des énigmatiques HEG ? Puis, elle repensa aux hommes-bêtes qui leur avaient sauvé la vie, et comprit que le mystère ne faisait que commencer.

— Vous… n'êtes pas du coin, n'est-ce pas?

Mais la jeune soldate changea de sujet.

— Fünf, le chien que vous avez vu, devrait les retenir quelques instants, dit-elle en guidant Jenny en direction d'une double porte en métal, au fond du couloir étroit. Les Banshee ne penseront pas tout de suite à défoncer les portes d'entrée, nous avons installé un camouflage de sondes autour de notre campement. Elles se fient à leurs capteurs, et nous avons trouvé un moyen de les contourner.

— Vous avez établi votre campement dans un cinéma abandonné? s'étonna encore Jenny.

— Ça vous pose un problème?

— Non! bredouilla-t-elle. Non. Euh… vous venez d'une autre planète, sergent? tenta Jenny.

— Les Banshee sont féroces, mais pas très futées, poursuivit Xing-Woo en ignorant les questions de la journaliste. Fünf et Morotti vont les attirer loin de nous avant de rebrousser chemin. Cela devrait leur prendre quelques heures avant de retrouver notre trace.

— Vous connaissez ces hommes volants? tenta de nouveau Jenny. Vous venez du même endroit?

— Ce ne sont pas des hommes. Ce sont des chasseurs de têtes sans pitié programmés pour causer le plus de ravages possible. Les Banshee ne repartent jamais sans leur victime.

— Des chasseurs de têtes? Vous les appelez *elles*… Ce sont des femmes, sous ces armures?

— Ce sont des choses, poursuivit la brigadière, créées dans des voûtes secrètes, clonées à répétition et entraînées pour être sans merci, ni grande originalité d'ailleurs.

— Mais qui êtes-vous? insista Jenny.

La brigadière semblait refuser catégoriquement de répondre à ses questions, et cela ne fit que rendre la journaliste encore plus curieuse.

— Madame, vous êtes sergent au sein de quelle armée?

— Jenny!

La voix de Simon lui parvint en écho par la double porte entrouverte au bout du couloir.

— Il faut que tu viennes voir ça!

Elle pressa le pas pour rejoindre son collègue et aboutit enfin à une immense salle de cinéma, haute d'une vingtaine de mètres. Les recoins sombres étaient à moitié éclairés par des torchères, des flambeaux à l'huile accrochés aux multiples gradins qui entouraient la salle, comme en attente d'un public qui ne viendrait plus jamais.

Jenny demeura bouche bée quelques instants en apercevant la taille et le contenu de la grande salle, et retint son souffle.

Chapitre 3
LES RUINES DE L'IMPÉRIAL

— Mais… c'est immense !

La salle de cinéma de deux étages comprenait à l'avant une large scène construite de planches de bois vernies, témoin de l'époque où l'auditorium avait dû accueillir des troupes de théâtre. Le grand écran argenté avait été retiré, laissant paraître le trou béant d'une arrière-scène peu spacieuse. Le mur du fond, celui qui abritait la cabine du projectionniste, semblait avoir été en partie défoncé pour laisser passer une immense structure métallique maintenant suspendue au-dessus de la scène par de lourdes chaînes dont les premiers maillons disparaissaient dans les corniches sombres du plafond.

La structure devait mesurer dix mètres de long et ressemblait à une simple plate-forme munie de petits garde-fous. Ce qui s'apparentait à une console de pilotage avait été installé à la proue, et une série de propulseurs démontés jonchait les planches de la scène, quelques mètres sous le navire. À voir les fils qui dépassaient de partout comme des viscères et les écorchures qui ternissaient le métal chromé, Jenny fut certaine que l'objet en question n'était plus en état d'être utilisé.

— C'est votre… vaisseau ? demanda-t-elle en s'approchant de la plate-forme, les yeux écarquillés.

Elle avait oublié, l'espace d'un instant, l'attaque-surprise des Banshee qui patrouillaient assurément encore à l'extérieur. Elle en était certaine, elle se trouvait devant une preuve irréfutable que l'homme avait voyagé hors de son système solaire. Une preuve concrète, tangible…

— Simon !

Mais il était inutile qu'elle intervienne, le camera-man avait déjà commencé son travail.

— Ne t'en fais pas, Jenny, dit-il, l'œil enfoncé au creux de la lucarne de sa caméra. Je suis déjà en train de le filmer sous tous ses angles.

— Nous l'appelons *drakkar*, annonça Xing-Woo en les suivant de près.

Elle surveillait nerveusement le communicateur encastré à son poignet.

— C'est un vaisseau de troupes. Nous l'utilisons pour être certains de tous atterrir au même endroit, au même instant.

— Fascinant ! souffla Simon, fébrile.

— Sim ! lança Jenny en claquant des doigts.

Simon fit tourner son objectif pour capter quelques images de la jeune soldate, tandis que Jenny prenait soin de se placer à ses côtés devant l'objectif ; ce serait une entrevue du tonnerre.

— D'où venez-vous, sergent… Xing-Woo ?

La communicatrice sembla se refermer.

— Je ne suis pas autorisée à discuter de ce genre de choses avec vous, madame.

Jenny s'esclaffa.

— Allons, soldat, je suis visiblement hors de mon domaine d'expertise, ici, aidez-moi un peu. J'ai été formée pour faire des entrevues avec des accusés, des ministres, des rois, mais toute cette… idée de voyager dans l'espace…

— Pas seulement dans l'espace, fit une voix qui leur parvint du dessus du drakkar.

Le visage d'un petit homme, tout souriant et rougi par l'effort, apparut sur le flanc du navire suspendu au-dessus de leurs têtes. Ses cheveux et ses favoris blancs étaient souillés de graisse. Il déposa quelques outils à ses côtés. Il avait l'air d'un mécano qui tentait de réparer son véhicule préféré. Il paraissait passablement plus âgé que la jeune officière, mais humain lui aussi. Il agrippa une des chaînes inutilisées et se laissa descendre lentement jusqu'à eux. Lorsqu'il mit enfin pied à terre, essoufflé, Simon demeura saisi : le soldat devait mesurer moins d'un mètre cinquante. Le vieillard s'essuya les mains sur un vieux torchon avant de leur tendre la main.

— Madame, dit-il galamment.

Jenny lui serra la main, un sourire aux lèvres ; il avait les traits généreux, un gros nez, des yeux expressifs et une bouche sympathique, mais il n'avait en rien l'air d'un soldat extraterrestre. Et pourtant, il portait lui aussi un long manteau de couleur grise, ajusté à sa petite taille.

— Nous voyageons aussi dans le temps, déclara le petit homme.

— Professeur ! siffla Xing-Woo à l'ingénieur.

— Oh, allez, sergent ! De toute évidence, ces gens sont chanceux d'avoir survécu à l'attaque des Banshee. Ils ne pourront pas aller bien loin sans notre aide.

Il tapota la ceinture de piles qui alimentaient la caméra de Simon.

— De plus, même avec des images… qui va les croire ? Des voyageurs temporels, des manteaux technologiques, un drakkar ? Les gens se moqueraient d'eux, vous le savez bien.

Xing-Woo allait lui ordonner de se taire, mais un signal tinta à son poignet et elle dut se retirer quelques instants pour prendre l'appel.

— Je me présente, enchaîna le petit homme en serrant de nouveau la main des deux reporters. Professeur Saska Adler. Historien, ingénieur, géologue et…

Il indiqua le drakkar d'un mouvement de bras.

— … mécano à mes heures.

Jenny ne put cacher sa surprise.

— Professeur ? Vous ne me semblez pas être du type militaire, monsieur Adler.

Le petit brigadier se hissa péniblement sur la scène pour s'asseoir et faire une pause.

— Je ne le suis pas. Ou plutôt, je ne l'étais pas avant cette foutue guerre temporelle.

— *Guerre temporelle* ? demanda Simon en farfouillant dans ses poches pour prendre un paquet de gomme à mâcher ; il ne croyait visiblement pas grand-chose de ce qu'on lui avait raconté jusqu'à présent.

Il en prit quelques morceaux et les mastiqua vigoureusement en prenant des images du professeur Adler, du drakkar suspendu et de la salle de cinéma désormais transformée en campement militaire.

— Ce serait long à expliquer, répondit le professeur en faisant signe au jeune blond de lui refiler un morceau.

Assis sur le bord de la scène, ses petites jambes pendouillant doucement dans le vide, Adler mastiqua sa gomme à mâcher avec enthousiasme, comme s'il n'en avait pas goûté depuis des années.

— Je donnais un cours sur l'économie pétrolière à travers les âges lorsque la guerre a éclaté, expliqua-t-il en faisant claquer sa gomme. Tous les brigadiers de réserve ont été rappelés de force. Vous devez comprendre que les brigadiers ne sont pas tous des soldats de métier. Il existe

quelques milliers de citoyens qui ont suivi un entraînement militaire pour être réservistes, mais certains, comme
moi, ont obtenu le droit de voyager à travers le temps
grâce à leurs capacités plus… intellectuelles, disons, que
physiques. Stavros est également un de ces hommes.

Il fit un geste vague en direction des sorties au fond
de la salle.

— C'est notre spécialiste en biologie humaine et
extraterrestre.

Simon observa le drakkar endommagé par la lucarne
de sa caméra.

— Il est fait en quoi, votre vaisseau ? Ça me semble
plutôt léger pour une embarcation interstellaire.

— En méthanium, répondit distraitement Adler.

— Du méthanium ? demanda Jenny, intriguée.

— Mais le méthanium n'est pas un métal ! lança
Simon, toujours aussi dubitatif.

— Non, tu as raison, expliqua le professeur, il
s'agit plutôt d'une molécule de méthane protonée que
l'on transforme en laboratoire pour en faire un ion
auquel on insuffle de petites particules métalliques.
À son état naturel, c'est un ion complexe que l'on
retrouve principalement dans le milieu interstellaire.
Les laboratoires martiens, par exemple, sont reconnus
pour leurs installations spécialisées : ils extirpent
l'ion des profondeurs de l'espace et y ajoutent ensuite
des fragments métalliques tirées de leurs « mines de
méthanium », comme se plaisent à dire les mineurs de
la planète rouge, même si cette appelation est plutôt
erronée.

— Je ne comprends pas, fit Jenny, votre vaisseau est
fait à partir d'un gaz ?!

— Un gaz extrêmement dense, poursuivit le petit
ingénieur. Il est composé de milliards de particules

métalliques qui flottent en suspens dans une forme gazeuse. Si celle-ci est bien manipulée, comme à l'intérieur d'un champ de force, le gaz devient solide comme du diamant, presque indestructible.

— Mais encore assez flexible pour permettre d'en faire un manteau comme les vôtres? s'enquit Simon.

— Tout à fait, répondit Adler, impressionné. Bonne déduction, le jeune. Nos manteaux sont faits du même gaz métallisé.

Jenny décida de laisser le petit homme parler. Elle ne croyait guère à cette idée de voyage dans le temps, même après avoir vu des hommes blindés voler au-dessus de la ville, mais elle était venue ici pour réaliser une entrevue exclusive qui saurait jeter un peu de lumière sur toute cette situation, et cet historien semblait plus qu'à l'aise de parler devant des gens. Elle était venue pour rencontrer les Hommes en gris, et dans l'espoir de trouver une preuve de vie extraterrestre. Elle le laissa donc aller dans la direction qu'il souhaitait emprunter; elle pourrait toujours présenter le tout de manière intéressante une fois que son reportage serait passé au montage.

— Mais les autres, demanda Jenny en s'asseyant dans la première rangée, ce sont également des soldats?

— Oui, pour la plupart, répondit Adler. Ils ont tous été déracinés, eux aussi. Je n'ai même pas eu le temps de dire au revoir à mes collègues. Pfft! En un instant, je me suis retrouvé sur Galaron IV à subir des évaluations psychologiques.

Il fit de nouveau claquer sa gomme à mâcher.

— Vous savez, quand on me voit comme ça, je sais que j'ai l'air d'un solide gaillard, mais croyez-moi, ce ne sont pas tous les professeurs d'histoire qui sont faits pour aller au combat. Ça n'est… ça n'a pas été une adaptation facile pour nous tous…

— Et… le lézard? demanda Jenny. Morotti, c'est bien ça?

Adler acquiesça d'un signe de tête.

— Et le chien…

— Fünf…

La tête de la reporter fourmillait de questions.

— Ils viennent d'une autre planète? Ce sont… des extraterrestres?

Adler pouffa de rire, un gros rire caverneux, puissant pour un si petit homme.

— À leurs yeux, vous devez paraître aussi extra-terrestre qu'eux le semblent aux vôtres, madame, euh… Moda. Mais, oui, certains d'entre nous viennent d'une lointaine planète dont vous n'avez pas encore entendu parler. Vous aurez cependant remarqué que, pour la plupart, nous sommes humains. Xing-Woo et Ridley, par exemple, sont des colons, des Terriens élevés sur des colonies que la Terre va développer dans le système solaire d'ici… oh, eh bien, pas avant *plusieurs* décennies. T'Gan, Lody, Nikka… nous avons tous des histoires différentes, tous des idéologies différentes… C'est ce qui rendait l'Alliance si forte, à son apogée.

— L'*Alliance*? s'enquit Simon distraitement.

— Un traité de non-agression entre les barons du Multivers, répondit Adler.

Mais Simon ne l'écoutait plus; il regardait autour de lui, à la recherche de la jolie jeune Asiatique. Il aurait de loin préféré la filmer plutôt que ce vieux professeur d'école qui semblait aimer écouter le son de sa propre voix. Il la vit qui revenait vers eux, terminant une conversation dans le petit communicateur dissimulé à la manche de son manteau. Simon profita de l'occasion pour la filmer en long et en large; il semblait visiblement trouver la jeune femme fort attirante.

— Des colons? répéta Jenny en prenant des notes. Votre communicatrice est donc humaine?

En entendant les propos de la reporter, Xing-Woo fronça les sourcils et serra les poings.

— Je suis humaine comme vous et lui, rétorqua-t-elle, irritée de toujours devoir se justifier à ce sujet.

— Vous venez de…

Jenny se sentait ridicule de prononcer ces mots.

— Le professeur Adler me dit que vous êtes issue d'une colonie?

— La colonie de Galileo Regio, sur Ganymède, acquiesça Xing-Woo en évaluant ses réactions.

Tout en la filmant, Simon fit à son tour claquer sa gomme.

— Ganymède… Clac! Sur Jupiter…

— En orbite, à vrai dire, répondit froidement la communicatrice.

— Même si la Terre ne colonisera pas les autres planètes du système solaire avant…

Simon lança un coup d'œil vers Adler.

— Qu'est-ce que vous avez dit, professeur? *Pas avant plusieurs décennies?*

Adler hocha innocemment la tête.

— Oui, je sais, grommela Xing-Woo, cela doit vous sembler impossible, mais…

Simon se rapprocha pour cadrer la soldate de son mieux.

— Et vous êtes la commandante de cette unité de… voyageurs? Vous aussi, vous avez été enrôlée de force dans cette… *guerre temporelle?*

Xing-Woo semblait peu habituée à ce genre d'attention, et chercha dans l'approche du cameraman un signe d'hostilité, de manque de respect; il ne lui arrivait pas souvent d'être courtisée par les garçons de son âge.

— Non, je suis la communicatrice de cette lame… Lorsque notre Citadelle a été attaquée…

— *Lame*? demanda Jenny.

— C'est le nom des sous-pelotons de la Brigade. Cela représente habituellement une unité de dix.

— La Brigade aime bien donner des noms théâtraux à ses joujoux, ajouta Adler. Et avant que votre petit ami ne le demande, la Brigade, c'est la branche militaire de l'Alliance. C'est elle qui s'assure que ce qui est arrivé ici ne se produira pas ailleurs.

— Beau travail, marmonna Simon.

— Alors, reprit Jenny en dévisageant la communicatrice, si vous n'êtes pas leur commandante, qui l'est?

— Je ne suis pas autorisée à dévoiler les détails de notre organisation, déclara Xing-Woo d'un ton exercé.

— Le lieutenant… Lody a été blessée au cours de notre atterrissage, expliqua Adler.

Xing-Woo le foudroya du regard, mais le petit homme balaya son agressivité du revers de la main.

— C'est une femme remarquable, vous savez, une femme de caractère.

— Comment a-t-elle été blessée?

— Quelqu'un a saboté notre drakkar. Nous nous sommes retrouvés ici, à cette époque, par erreur… du moins, pas tout à fait au moment où nous aurions voulu arriver. Lody a été gravement blessée lors de l'écrasement du drakkar.

— Mais elle est toujours vivante? s'enquit Jenny.

Adler et Xing-Woo demeurèrent un instant silencieux.

— Pour l'instant, conclut Adler.

— Le lieutenant Lody Romanoff est notre commandant, annonça la communicatrice avec fierté. Elle est docteure et médico de Brigade, elle était la plus expérimentée de nous tous. Maintenant… nous allons devoir trouver un hôpital.

— Je ne sais pas si elle pourra être sauvée sur notre planète primitive, tenta Jenny pour amadouer la communicatrice, mais si vous nous aidez à sortir de cette ville, nous lui trouverons de l'aide, j'en suis sûre. Nous avons de très bons hôpitaux dans cette province, je suis certaine que nous pourrions trouver une manière de nous entraider.

— Votre offre est appréciée, répondit Xing-Woo sobrement. Je vais voir ce que nous pouvons faire.

— Vous n'avez donc pas un autre docteur dans tout votre arsenal de géographes et d'historiens ? demanda Simon.

Adler s'empourpra. Debout sur la scène, le petit brigadier se plaça de manière à pouvoir regarder Simon dans les yeux.

— Nous ne sommes pas tous soldats, mon garçon, mais ne va surtout pas penser que nous soyons incompétents. Nous faisons ceci depuis… oh, eh bien, pour certains d'entre nous, depuis bien avant ta naissance, alors ferme-la avant d'insulter des gens que tu ne connais pas, veux-tu ? !

Froissé, Adler retourna rapidement à son boulot en grimpant pour se retrouver juste sous le drakkar ; il arracha brusquement quelques fils qui dépassaient d'un des réacteurs démontés. Simon demeura un instant hébété, mastiquant sa gomme à mâcher.

— Je ne voulais pas l'insulter…

— En ce moment, nous ne disposons pas de l'équipement nécessaire pour soigner le lieutenant, expliqua Xing-Woo. Mais Stavros possède une formation médicale. Il agit en tant que médico intérimaire au sein de notre lame, en attendant de savoir si Lody…

Elle baissa les yeux.

— Dégagez! beugla soudain un rouquin en entrant en catastrophe.

Le soldat tenait Morotti par le bras; l'homme-lézard avait été blessé par une des Banshee et il boitait péniblement.

— Nous avons besoin d'aide!

Xing-Woo relaya l'information à la manche de son manteau.

— Éric, Morotti est blessé!

— Sssce n'est pas grave, siffla Morotti en tentant de ne pas mettre trop de poids sur sa jambe blessée. Un des rayons des Banshee m'a frappé la jambe, ssça devrait aller d'isssci quelques heures…

— Néanmoins, répondit Xing-Woo, je préfère ne pas prendre de risques.

Elle s'adressa de nouveau à la manche de son manteau:

— Éric, faites monter Stavros quelques instants, voulez-vous? Morotti est dans la salle de projection.

Le rouquin tenta de son mieux d'installer confortablement l'homme-lézard sur des coussins éparpillés au sol, récupérés sur les bancs du cinéma. Il s'assura que la jambe de Morotti ne saignait plus, avant de remarquer la présence des deux civils.

— C'est qui, ces deux zigotos?

Adler fit rapidement les présentations.

— Selon ce que me dit le professeur Adler, dit Jenny en se levant pour le saluer, vous êtes colon, soldat Ridley?

— Vous êtes vraiment primitifs, ici, commenta le constable en tentant d'éviter la caméra. Tu m'enlèves ça du visage, le jeune, ou je te défonce le portrait?

Simon décida de se diriger discrètement vers Morotti pour faire des gros plans de l'homme-lézard; l'allure de l'extraterrestre le fascinait. Il mâchouilla sa gomme paresseusement en cadrant le soldat qui allait figurer au premier plan de leur reportage ; il s'imaginait déjà le super que le Canal 4 afficherait au bas de l'écran : « Lézard bipède qui voyage dans le temps, blessé au combat ».

— Il est toujours aussi jovial, celui-là ? demanda Jenny.

— Pardonnez à Ridley, madame Moda, nous sommes un peu épuisés, intervint Adler, qui était visiblement le plus diplomate du lot, depuis les entrailles du drakkar. Ce qu'il veut dire, c'est que la Terre de votre époque est tellement éloignée de notre noyau d'activités que vous n'avez pas encore eu à vous ranger d'un côté ou de l'autre dans le conflit qui déchire l'Alliance.

— La Terre de notre époque, répéta Jenny en jaugeant le petit vieillard.

Commençait-elle vraiment à le croire ?

— Dites-moi, professeur... vous avez obtenu vos diplômes en quelle année ?

— Oh, hé, interrompit Ridley, vous n'allez pas lui raconter votre vie personnelle, quand même ? On a autre chose à faire, professeur. Ça fourmille de Banshee à l'extérieur, alors un peu de professionnalisme, d'accord ?

Xing-Woo vint les rejoindre.

— Nikka est encore à l'extérieur ?

Ridley hocha la tête.

— Fünf aussi. Ils terminent leur patrouille.

— Éric te demande d'aller les chercher dès que tu le pourras. Il préfère que tout le monde soit à l'intérieur avant la tombée de la nuit.

Ridley grogna, mais obtempéra et quitta la salle de projection.

— Je vais aller m'assurer que l'entrée est bien barricadée, ajouta Xing-Woo. Nos brouilleurs d'ondes sont encore en place, mais je préfère en avoir le cœur net.

— Je crois que je vais vous accompagner, lança Simon en lui emboîtant le pas. Jenny, je vais aller filmer quelques plans de raccord avec le sergent. Je ne serai pas loin, si tu as besoin de moi.

Il se retira avant même que Jenny n'ait le temps de répondre, heureux de se retrouver en compagnie de la jeune communicatrice.

— Ridley a raison, madame Moda, déclara Adler en revenant s'asseoir au bord de la scène. J'aurai peut-être le temps de vous donner plus de détails au cours de la soirée, mais nous sommes toujours en état de siège et, après les derniers jours, nous sommes passablement épuisés.

Il tenta de se faire rassurant.

— Il est vrai que la nature… reculée de cette planète pourrait peut-être nous avantager au cours des prochaines heures. L'orage temporel ne devrait pas repasser avant cela… si on peut survivre aux raids des Banshee, bien entendu.

Jenny, habituée à déceler des informations avec très peu de détails, tiqua en entendant le petit historien.

— Vous… vous venez *tout juste* d'arriver sur Terre?

Adler et Morotti échangèrent des regards pleins de sous-entendus.

— En quelque sorte, tenta Adler.

— Non, ssc'est tout à fait sscela, coupa Morotti. Nous sssommes arrivés issci il y a trois jours à peine, et ssc'est trois jours de trop. Nous n'avons pas l'intensstion de ressster plus longtemps qu'il ne le faut.

— Trois *jours*? s'exclama Jenny. Vous êtes terrés dans ce cinéma depuis seulement trois jours? Mais cela va faire des années qu'on vous voit apparaître et réapparaître partout dans la ville!

— Des années? s'étonna Adler, fasciné. Comme c'est intéressant. La vision extérieure de nos apparitions semble étalée sur une plus longue période pour les gens de cette époque…

— Vous êtes certains de ne pas être venus ici en 1997? demanda Jenny. Ça coïnciderait plus avec la première vague d'attaques de Banshee à Montréal.

— Est-ssce que vous insssinuez que nous avons eu quelque chossse à voir avec sscela?

— Vous devez admettre que la coïncidence est plutôt flagrante, conclut Jenny. Nous nous faisons envahir par des forces extraterrestres le jour même où des soldats venus d'une autre planète, voire appartenant à une autre race, font leur toute première apparition sur Terre. Nous avons des preuves, vous savez, vous avez été enregistrés sur bande vidéo.

— C'est une question de distorsion temporelle, expliqua Adler, visiblement heureux de pouvoir se lancer sur un de ses sujets préférés. Voyez-vous…

Au fond de la salle, Morotti grogna d'impatience. Sa jambe le faisait souffrir et les histoires d'Adler ne faisaient rien pour le distraire.

— Enfin, dit Adler en atténuant son entrain, ça serait effectivement peut-être trop long à expliquer. Mais comme nous ne sommes pas sur le point de partir, peut-être aurons-nous le temps de vous en parler plus longuement au cours de la soirée.

— Vous restez ici toute la nuit? demanda Jenny, qui n'avait guère envie de passer la soirée dans ce théâtre miteux, entourée d'étrangers armés.

— Vous préféreriez être à l'extérieur avec les Banshee?

— Vous me parliez de distorsion temporelle? soupira Jenny en se mettant à son aise.

Chapitre 4
LE *BATHLOPIN*

— Madame Rosencraft s'apprête à quitter la surface de Darwyn. Tu veux aller lui ouvrir le sas, Brian?

Depuis que Mary Jane était descendue sur la planète désertique pour un rendez-vous secret avec des conseillers de l'Alliance, la jeune pilote Eketerina Pletiouk n'avait pas quitté ses instruments des yeux. Aux commandes de la navette du capitaine Brian Pylmer, la petite Russe remarqua, par les lucarnes en plexi-acier du cockpit, qu'une silhouette sombre filait rapidement vers eux dans le ciel sépia. Elle fronça les sourcils; Mary Jane arrivait trop vite.

— Demande à Bath de le faire elle-même, répondit distraitement Pylmer, un grand homme chauve aux yeux verts, assis aux côtés de la blonde, les pieds sur la console de pilotage.

— J'ai présentement beaucoup d'autres choses à faire, rétorqua Bath, l'intelligence artificielle du vaisseau. Madame Rosencraft est sur le point d'entrer en collision avec moi. Elle vole de manière erratique. Je dois compenser son vecteur d'approche avec quelques poussées de mes rétropropulseurs, sans quoi elle risque de s'aplatir contre ma coque.

La voix de Bath, diminutif du nom du vaisseau, *Bathlopin*, avait été construite à partir des enregistrements de plusieurs individus différents. Le résultat, une voix féminine particulièrement plaisante, était programmé pour comprendre et parler de nombreux dialectes, ce qui lui permettait de converser notamment en anglais avec Pylmer et en russe avec Eketerina lorsque la jeune pilote perdait le fil de leur conversation.

— Les calculs accaparent présentement une bonne partie de mon attention, dit la voix du vaisseau. Alors sois gentil, Brian, et va lui ouvrir le sas, veux-tu?

Même si Bath était dotée d'une des rares intelligences artificielles que Pylmer ait connues à ne pas souffrir d'un complexe de supériorité, Eketerina avait néanmoins réussi à déverrouiller quelques programmes de logistique émotive, ce qui permettait à la navette de s'adresser à ses passagers sur un ton plutôt familier. En dépit de ceci, Bath était entièrement dévouée au service du capitaine Pylmer et d'Eketerina, ses propriétaires. Elle leur devait son existence et semblait satisfaite de transporter ces gens d'un coin reculé du Multivers à l'autre.

— Madame Rosencraft paraît distraite, poursuivit Bath. J'apprécierais que tu ailles lui ouvrir le sas, Brian ; cela lui permettrait d'entrer plus rapidement dans la soute.

Pylmer serra les cartes à jouer qu'il brassait depuis 15 minutes déjà. Le vétéran à la peau sombre comprit que Ket et Bath n'allaient pas lui laisser le choix et décida d'aller accueillir leur passagère lui-même.

— Bon, bon, j'y vais.

— Ne tarde pas trop, Pylmer, ajouta la jeune blonde avant que son compagnon ne quitte le cockpit. J'ai un mauvais pressentiment.

Elle amorça aussitôt les préparatifs de départ ; elle ne savait pas où elle allait devoir les conduire, mais à la manière dont filait présentement Mary Jane, il n'y avait aucun doute que le temps pressait.

— Tu dis ça à chaque planète que l'on rencontre, maugréa Pylmer, boudeur.

— Tu nous laisses faire notre boulot, le grand? lança Bath d'un ton pressé.

Sa voix se déversait par de petits haut-parleurs encastrés au plafond du cockpit.

— Merci, Bath, renchérit Eketerina avant de se remettre au travail.

Pylmer soupira et sortit de la cabine de pilotage; il n'était pas certain d'adorer toutes les dernières modifications que Ket avait apportées à sa navette. Il se rendit soudainement compte qu'il était le seul homme à bord, la seule présence masculine parmi trois femmes, si l'on comptait la matrice de Bath. Il longea le couloir angulaire qui parcourait les entrailles du vaisseau et arriva à la salle commune, une aire octogonale soigneusement décorée par Pylmer lui-même pendant ses temps libres.

Il parcourait les galaxies depuis de nombreuses années et avait réussi à accumuler, au fil des mondes qu'il avait visités, une impressionnante collection de plantes et de spécimens végétaux de plusieurs espèces. Il gardait les plus exotiques et les moins toxiques à bord du *Bathlopin*, sa seule véritable demeure depuis qu'il avait pris la décision de quitter la Brigade. Désormais civil, il voyageait maintenant avec les deux femmes de sa vie, Ket et Bath.

Les portes closes des chambres de l'équipage étaient réparties autour de la salle octogonale, une par mur. Pylmer se rendit au mur du fond, ouvrit la soute et s'enfonça dans le petit hangar de rangement en titubant. Au même moment, Bath fit une manœuvre rapide et il dut s'appuyer contre quelques caissons maintenus en place par des sangles pour éviter de s'étaler au sol. Une fois au fond de la soute, il parvint à ouvrir le sas extérieur manuellement, et une bourrasque de vent chaud vint aussitôt lui fouetter le visage. Des kilomètres plus bas, les plaines brunes de Darwyn filaient rapidement sous la coque. Aveuglé par le soleil impitoyable, Pylmer fit la grimace.

— Foutue planète, grommela-t-il en recrachant quelques grains de sable.

Il revint rapidement au salon et referma derrière lui la porte qui protégerait le reste de la navette des vents de Darwyn.

— Le sas est ouvert, lança-t-il en direction du plafond avant de s'effondrer sur un divan moelleux.

Seul au centre du salon octogonal, Pylmer déposa ses pieds sur une petite table et attendit l'arrivée de la brigadière.

Mary Jane les avait contactés quelques mois plus tôt : le Trench était de nouveau disparu et elle leur avait demandé leur aide afin de le retrouver. Pylmer ne comprenait toujours pas ce que la légendaire Mary Jane Rosencraft, héroïne dans plus d'un univers, pouvait trouver à ce jeune homme éparpillé. Et pourtant, elle lui rappelait souvent qu'elle devait beaucoup de son intuition au Trench. L'entreprise lui avait d'abord semblé plutôt amusante. Après tout, ce n'était pas la première fois que lui et Ket avaient aidé Éric à se sortir d'un ennui temporel.

Cependant, à peine quelques jours après qu'ils eurent commencé leurs recherches, les canaux de l'Alliance s'étaient affolés, rapportant des attaques éclair perpétuées contre diverses installations éloignées. Suivant les ordres de leur baron respectif, les soldats de deux camps ennemis avaient d'abord pillé un astéroïde de plaisance situé en terrain neutre ; l'affrontement chaotique entre les factions rivales avait coûté la vie à des milliers de civils. De l'astéroïde, il ne restait plus que des débris.

Puis, quelques heures plus tard, un deuxième communiqué avait été lancé, annonçant le début des hostilités : les barons du Multivers partaient en guerre !

Les barons étaient de puissants monarques qui avaient la mainmise chacun sur au moins une ligne temporelle, une dimension ou un système solaire ; la plupart d'entre eux en détenaient passablement plus. Leurs hommes, les unités sous leur commandement, étaient regroupés en pelotons qui, ensemble, formaient la Brigade, l'armée de l'Alliance.

Ancien brigadier temporel, Pylmer avait conservé tous les codes de communication de la Brigade dans les banques de données du *Bathlopin*, justement afin de pouvoir surveiller les activités des brigadiers de près. Il ne portait peut-être plus un de leurs fameux manteaux, mais il n'allait guère se gêner pour les garder à l'œil. Les communications se firent alors de plus en plus rares, et devinrent souvent cryptées. L'Alliance, le traité de non-agression entre les divers barons du Multivers, s'effondra en l'espace relatif de quelques heures, laissant de nombreuses baronnies isolées et sans défense.

Puis, peu de temps après, un troisième communiqué avait été diffusé par relais éthéré, provenant cette fois du Conseil gris, la police secrète relevant directement de l'Alliance : la Brigade rappelait tous ses porteurs de manteaux, de toutes les époques et de toutes les dimensions organisées et connues, qu'ils soient soldats ou non, pour renflouer les rangs des nombreux régiments coincés au front. Minute après minute, heure après heure, sur les instruments de Bath, Pylmer, impuissant, avait vu déferler des centaines de déplacements temporels et interdimensionnels.

Comme il ne portait plus de manteau, Pylmer fut épargné par le rappel des brigadiers. Vétéran de plusieurs conflits, le capitaine, qui connaissait très bien les tactiques de la Brigade, demeura néanmoins certain d'une chose : peu importe l'événement ou l'individu qui avait initialement engendré ce conflit, l'escalade des hostilités était devenue irréversible. Les baronnies du Multivers venaient de se fragmenter en divers domaines féodaux indépendants, et la guerre intestine qu'allaient se livrer les régiments de la Brigade n'épargnerait personne.

Mais comment en sommes-nous arrivés là ? se demanda Pylmer.

La porte s'ouvrit derrière lui et il mit ses idées en suspens. Mary Jane sortit de la soute et entra rapidement dans le salon, laissant quelques traînées de sable sur le plancher. Son long manteau noir, aussi fluide qu'une nappe de pétrole, reprenait lentement sa forme habituelle autour d'elle.

— Je sens que tu as de mauvaises nouvelles à nous annoncer, soupira Pylmer en se levant de son divan.

Sans la regarder, il se dirigea vers le couloir qui menait au cockpit.

— Il y a un changement au programme, Brian, lança Mary Jane en lui emboîtant le pas.

— On ne va plus à Spaldoon ? demanda-t-il distraitement.

— Demande à Ket de programmer Bath pour nous emmener à Sialus Secundus.

Tout en marchant, Pylmer fronça les sourcils.

— Sialus Secundus ? La lune de glace ? Mais qu'est-ce que tu veux aller faire dans ce trou perdu ?

— Fais ce que je te dis, Brian.

Elle se reprit.

— S'il te plaît.

— Sialus Secundus est enfouie quelque part au milieu du Terrier, Mary Jane. Ce ne sera pas facile de nous y rendre sans nous faire repérer par les armées de Gaurshin…

Mary Jane suivit Pylmer dans le couloir angulaire, mais le grand homme chauve arrêta soudain de marcher et se retourna vers elle pour la dévisager un instant. Puis, il sembla se reprendre et lui adressa un sourire sympathique.

— Qu'est-ce qu'il y a ? demanda Mary Jane, irritée.

— Je pensais au rappel de la Brigade, répondit Pylmer après un moment, celui qui a fort probablement happé le Trench.

Impatiente, Mary Jane arqua un sourcil.

— Oui ? Et alors ?

— Comment se fait-il que ton manteau et toi n'ayez pas été rappelés à un camp d'entraînement, comme tous les autres ?

Mary Jane passa nonchalamment à côté de lui dans l'étroit couloir et reprit sa marche vers le cockpit de la navette.

— Qu'est-ce qui te dit que je ne nous emmène pas au front ?

Pylmer demeura un instant figé, incertain du ton.

— Mary Jane, insista-t-il derrière elle. J'ai toujours respecté tes décisions, tu le sais bien. Mais pourquoi as-tu besoin de nous cette fois-ci ?

— De quoi parles-tu ? demanda-t-elle sans ralentir.

— Avec ton manteau, tu pourrais voyager n'importe où dans l'espace-temps. Tu pourrais te rendre sur Sialus Secundus beaucoup plus rapidement seule qu'avec les moteurs conventionnels de Bath.

— Qu'est-ce que tu as, Brian ? C'est la guerre qui t'inquiète ?

Pylmer se renfrogna. Il avait déjà vu la guerre de près ; il savait ce dont étaient capables les brigadiers de l'Alliance.

— Ce n'est pas une place pour une jeune femme comme Ket, protesta le capitaine. Elle pourrait être blessée…

— J'ai besoin de ses talents de pilote, répondit Mary Jane. Elle connaît ta navette mieux que toi, Brian, et je vais avoir besoin de Bath, là où on va.

— Et quand as-tu l'intention de nous dire ce que nous allons faire là-bas, au juste ?

Mais la brigadière aux cheveux roux ne répondit rien ; elle entra dans le cockpit en trombe, laissant Brian broyer du noir derrière elle.

Chapitre 5
LES HOMMES DU TRENCH

Simon sortit de l'amphithéâtre en compagnie de Xing-Woo. Ils empruntèrent un des petits couloirs sombres coincés sous la cabine du projectionniste ; cela les mena directement au hall d'entrée du cinéma, jadis somptueux, désormais soumis à la décrépitude du temps. La grande salle de deux étages était dotée d'escaliers majestueux qui montaient aux gradins supérieurs. Les torchères installées aux quatre coins du hall lui permirent de filmer l'état lamentable des lieux : les fenêtres fracassées et les portes avaient toutes été barricadées par de grandes planches de bois et des barils rouillés. Les murs, défigurés, n'étaient plus que des pans rouges couverts de veinures de plâtre et de vieilles affiches de films déchirées, et les lustres magistraux suspendus à l'étage supérieur paraissaient ternis et menaçaient de céder chaque fois que les Banshee passaient à l'extérieur. Le kiosque où l'on vendait jadis boissons et pop-corn était évidemment hors d'usage, mais cela n'avait pas empêché les soldats d'y installer de petits fourneaux fonctionnels pour faire chauffer des rations.

La caméra lovée contre son épaule, Simon fit quelques plans rapides, tandis que Xing-Woo aidait Ridley à défaire les barricades qui protégeaient l'entrée du cinéma. Les protections rudimentaires qu'ils avaient érigées n'empêcheraient pas les Banshee d'entrer si elles venaient à découvrir leur repaire, mais cela bloquait au moins la vue de l'extérieur.

Un homme à la taille imposante sortit d'un des couloirs qui sillonnaient le reste du spacieux bâtiment et se dirigea à la hâte vers la communicatrice, une trousse à la main. Ils échangèrent brièvement quelques mots avant que Xing-Woo n'indique la salle de cinéma. Stavros s'éloigna en vitesse en ouvrant sa trousse de premiers soins, une petite serviette remplie d'instruments métalliques et de fioles diverses. Simon n'eut pas le temps de filmer le grand homme chauve, mais remarqua au passage une série de pansements et de bouteilles au fond de la trousse, de toute évidence assemblée grâce à leurs maigres moyens. Quelques instants plus tard, le jeune cameraman put entendre, provenant de la salle de cinéma, le sifflement de Morotti, un cri de douleur étouffé ; le grand médico devait avoir commencé à administrer des soins à sa jambe.

— Xing-Woo ! interpella Simon en se dirigeant vers l'entrée barricadée plongée dans l'obscurité, si loin des torchères.

Il interrompit visiblement une conversation entre elle et Ridley. La jeune communicatrice se retourna vers lui, l'air amusé.

— Je n'ai pas bien saisi votre nom.

— Simon, répondit-il, tentant de paraître décontracté. Mais tu… vous pouvez m'appeler Sim.

Ridley leva les yeux au ciel et se remit à déplacer de lourds barils pour lui permettre de sortir. Simon alluma le petit projecteur perché sur sa caméra et cadra Xing-Woo de son mieux en adoptant la position du journaliste prêt à toute éventualité.

— Expliquez-moi quelque chose, sergent, demanda-t-il à la jeune femme. Vous me dites que votre… *Citadelle* a été attaquée?

Xing-Woo le ramena dans le hall d'entrée, prenant soin de l'éloigner des fenêtres barricadées.

— Alors, si vous êtes des voyageurs spatio-temporels, poursuivit Simon, pourquoi ne pas tout simplement retourner en arrière et arrêter l'invasion?

— Ce n'est malheureusement pas aussi simple que cela, répondit la communicatrice.

— Pouvez-vous essayer de me l'expliquer? demanda le blond en souriant. Pour le bien de nos téléspectateurs…

Xing-Woo semblait mal à l'aise. Elle n'aimait visiblement pas être filmée et ne savait pas trop comment se comporter dans une telle situation.

— Eh bien, euh… Simon…

— Vous pouvez m'appeler Sim.

— Eh bien, Sim, l'Alliance a depuis longtemps adopté des mesures pour empêcher la plupart de ses brigadiers d'interférer dans ses affaires. Sinon, il n'y aurait aucune manière de contrôler la situation, et aucun des barons qui dirigent l'Alliance ne se sentirait réellement en sécurité.

— Ça me semble assez logique, répondit Simon. Mais ces règlements ne s'appliquent pas à tous les mondes que vous visitez, n'est-ce pas?

— Non. Notre fonction de brigadiers est de veiller à maintenir l'intégrité des lignes temporelles et de s'assurer que des intrus malveillants ne les modifient pas à leur avantage.

— Mais vous devez quand même interférer à l'occasion, non?

Elle se sentit piégée, comme si ce reporter tentait de mettre des mots dans sa bouche.

— Oui, nous devons intervenir. Mais en règle générale, les gens qui interfèrent dans le temps sont souvent issus de l'Alliance elle-même, voyez-vous, alors nous n'avons pas le choix d'intervenir dans ces cas-là. C'est notre devoir.

— Ah. Donc, vous êtes une sorte de… police temporelle ?

— Euh, si vous voulez…

— Et vous pourriez retourner dans le temps ? Arrêter les Banshee, empêcher l'explosion de 1997, empêcher tout ceci de commencer ? La planète veut savoir.

— C'est notre intention. Mais la situation n'est pas aussi simple que cela. En temps normal, nous pourrions retourner en arrière, comme vous dites, et réparer l'erreur. Mais nous sommes présentement coincés sur cette île, dans un orage temporel qui nous empêche de voyager à notre guise.

— Vous… ne pouvez donc *pas* voyager dans le temps et l'espace ?

— Pas en ce moment, concéda Xing-Woo. Mais vous devez savoir que ceci est une exception. Voyez-vous, les manteaux de la Brigade amincissent la membrane temporelle à chaque passage…

— Amincissent… la membrane temporelle…, répéta Simon sans comprendre.

— En temps normal, cela ne pose pas trop de problèmes, mais à l'époque dont vous parlez, le Trench était déjà passé à deux reprises et avait déjà affaibli la membrane de l'espace-temps. La présumée détonation nucléaire a donc pu déchirer la membrane plus facilement.

— Le Trench ? L'homme qui s'est adressé aux militaires il y a quelques années ?

Xing-Woo sourit patiemment.

— Vous devriez le rencontrer sous peu. C'est le second de notre lieutenant. C'est lui qui m'a nommée sergent en attendant que notre médico se rétablisse.

— Alors, si je comprends bien, votre… Trench, il est allé se visiter à deux reprises ? demanda Simon, curieux.

— Oui, râla Ridley en roulant péniblement un baril près d'eux. Éric aime bien aller se revoir dans le temps. Ça fait trois fois qu'il y va !

— Ne l'écoutez pas, Simon.

Xing-Woo semblait embarrassée par son compagnon.

— Cette fois-ci, dit-elle, c'était un accident, Ridley, tu le sais bien.

— Donc, si votre compagnon, enchaîna Simon en faisant claquer sa gomme, si votre Trench ne s'était pas retrouvé à plusieurs reprises au même endroit dans le passé, l'explosion nucléaire de 1997 n'aurait peut-être pas déchiré cette membrane temporelle dont vous me parlez… C'est un peu à cause de lui que vous êtes emprisonnés ici, non ? Il a plongé la province entière dans un état de panique !

Xing-Woo devint agitée.

— Vous ne pouvez pas blâmer Éric pour ce qui s'est passé ! D'après ce que nous avons pu déduire, une des Banshee serait responsable de la détonation qui a secoué votre île. Éric ne pouvait pas savoir que nous viendrions ici ; ce qui est arrivé n'est pas sa faute !

— Mais il n'a pas tout à fait tort, quand même, intervint Ridley innocemment.

Xing-Woo fulminait. Elle foudroya le rouquin du regard, mais Ridley l'ignora et continua à déplacer les barils. Derrière eux, Stavros ressortit de l'amphithéâtre en tenant Morotti par l'épaule. L'homme-lézard, qui portait maintenant un bandage à la jambe, réactivait le champ protecteur de son manteau. Stavros avait dû déchirer la tunique noire à la hauteur de sa cuisse, et Simon vit quelques écailles émeraudes dépasser du pansement. Le grand chauve, qui ne semblait éprouver aucune difficulté à soutenir le poids de son compagnon, l'aida à s'asseoir sur un des petits bancs près du kiosque à friandises.

Simon se dirigea rapidement vers eux pour leur poser de nouvelles questions, et Xing-Woo poussa un soupir en le suivant.

— Vous êtes médecin? demanda Simon à Stavros.

Dans son objectif, le gros homme chauve paraissait être au début de la cinquantaine. Il s'essuya les mains sur une serviette propre et y laissa quelques traces de sang. Son visage sobre arborait une barbiche taillée avec soin, et il portait lui aussi un long manteau gris, semblable à ceux des autres: capitonné, terni, et doublé d'une membrane munie de circuits électroniques. Stavros arqua un sourcil en voyant le jeune homme se diriger vers lui, caméra à l'épaule, et leva la main devant son visage pour se protéger de la lumière vive du petit projecteur.

— Vous savez que vous pourriez être en danger d'une minute à l'autre? demanda doucement Stavros.

— On m'a dit que vous alliez nous aider, exagéra Simon.

Le cameraman se retourna vers Xing-Woo.

— Vous me présentez votre peloton?

Xing-Woo et Stavros échangèrent des regards amusés et le gros homme lui tendit la main, une masse de chair deux fois plus grosse que la sienne.

— Simon, le cameraman, annonça Xing-Woo, je vous présente Stavros, notre xénobiologiste. Il se spécialise en races extraterrestres, en animaux étranges, en intelligences artificielles, etc.

— Enchanté, fit Simon, tentant de garder la caméra en équilibre sur son épaule tandis que le grand soldat lui secouait la main.

— Moi de même, répondit le gros homme avec un accent qui, Simon l'aurait juré, paraissait européen.

— Vous m'excuserez, ajouta le xénobiologiste avec l'aisance d'un diplomate, mais nous allons bientôt heurter un mur temporel et je dois aller effectuer des préparatifs.

Il s'éloigna d'un pas pesant en direction du couloir d'où il était venu.

— Un homme imposant, déclara Simon en suivant la démarche du lourdaud.

— Un homme très doux, répondit Xing-Woo, sauf lorsqu'il se fâche. C'est un membre indispensable de notre lame.

Simon alla ensuite cadrer le visage reptilien de Morotti, qui se massait la jambe frénétiquement. L'homme-lézard lui lança des regards sombres avant de siffler brusquement dans la lentille de la caméra. Simon recula de quelques pas, effrayé, et Xing-Woo le prit par l'épaule pour l'attirer un peu plus loin, tentant d'éviter une confrontation.

— Vous avez déjà rencontré Ridley, dit-elle en indiquant le rouquin à l'entrée, alors on peut passer.

Ridley afficha un air de profond dédain envers le cameraman.

— Nous n'avons pas le temps pour ce genre de conneries, s'exclama-t-il. Nikka n'est pas encore revenue et Fünf est toujours à sa recherche pendant que toi, tu passes ton temps avec ce gars-là…

— Vous faites quoi, au juste? interrompit Simon, à l'abri derrière sa caméra.

Ridley se renfrogna.

— Quoi? Qu'est-ce que tu veux dire?

— Monsieur Stavros est xénobiologiste, mademoiselle Xing-Woo est communicatrice de votre… lame, et le professeur Adler est historien. Vous faisiez quoi, vous, avant le rappel forcé?

Ridley poussa un juron et ouvrit rapidement la double porte qui menait au vestibule.

— Je vais aller les chercher moi-même.

— Tu as 15 minutes, Ridley! le prévint Xing-Woo. L'orage va frapper, que tu sois ici ou à l'extérieur!

— Et Nikka, elle, est encore dehors avec ces saloperies! s'écria Ridley par-dessus son épaule.

— Elle va y survivre, ce n'est pas sa première crise.

Ridley se retourna d'un coup sec, faisant claquer les pans de son manteau autour de lui.

— C'est avec une attitude du genre que nous avons perdu le lieutenant! dit-il en la pointant d'un doigt accusateur.

— Elle n'est pas encore morte, Ridley! Tu…

Mais le jeune homme claqua la porte pour clore la conversation.

— Je suis désolé, bredouilla Simon. Je…

— Oh non, répondit la communicatrice d'un ton amical, ne vous… je peux te tutoyer? Ne t'en fais pas avec ça. Ridley est toujours hargneux comme ça. C'est son talent spécial.

— Décidément, je ne me fais pas d'amis, aujourd'hui, tenta Simon. Je voulais simplement savoir ce qu'il avait fait avant…

— Ridley, intervint une voix derrière eux, est un soldat aguerri. Il aime tout simplement la bagarre. C'est un des seuls parmi nous qui est véritablement fait pour ce métier, à vrai dire.

Simon se retourna pour filmer le nouvel arrivant et figea en apercevant le visage étrange du brigadier dans son viseur. À peu près de sa taille, le soldat au long manteau portait des lunettes d'aviateur qui couvraient entièrement ses yeux. Sous un petit nez effilé poussaient de longues moustaches éparses, soyeuses et beiges. Lorsqu'il parla, Simon put voir sa dentition prononcée, comme celle d'un rongeur.

— Simon, voici T'Gan, annonça Xing-Woo.

— M-Monsieur T'Gan, balbutia Simon, surpris de faire à nouveau la connaissance d'un véritable extra-terrestre.

— T'Gan, tout simplement, répondit amicalement le brigadier.

— Qu'est-ce que vous êtes?

— Je suis… j'étais anthropologue.

Sa voix était douce, mélodieuse. On aurait dit le son d'un instrument de musique.

— Non, se reprit Simon, je veux dire… d'où venez-vous?

— Ah! Je suis Déternien. C'est loin d'ici, Déternia.

Simon revint rapidement vers Xing-Woo, qui figea sur place lorsque la caméra se braqua de nouveau sur elle.

— Et vous? Vous êtes aussi un lézard sous vos jolis traits? Ou une extraterrestre?

— Non, répondit-elle sèchement. Je te l'ai dit, je suis née dans une colonie terrienne.

— Ah oui, sur Ganymède… et que faisiez-vous là-bas, au juste?

— Les pôles de Jupiter sont si puissants qu'ils attirent toutes les radiations environnantes et les absorbent en de gigantesques aurores boréales énergétiques, répondit Xing-Woo. La colonie de Galileo Regio s'occupe d'accumuler et d'entreposer ces énergies.

— Vous… vous êtes des foreurs de radiations?

— Les membres de ma famille le sont, oui. Mais mon devoir à moi est désormais de servir la Brigade.

Simon se rapprocha de Xing-Woo, tentant de capter des images-choc.

— Vous êtes humaine, alors?

— Conçue *in vitro*, annonça fièrement T'Gan, près d'eux.

— *In* quoi?

Xing-Woo parut vexée.

— Je ne viens pas de cette époque…, commença-t-elle, comme pour s'excuser.

— Elle a été créée artificiellement, poursuivit l'anthropologue, dans une colonie terrienne, alors que l'espace et les ressources limitaient le nombre d'habitants. Cela a restreint leurs variétés génétiques et ils ont dû développer un système de reproduction artificielle.

— Je ne crois pas que ce soit le moment de parler de ma génétique! grommela Xing-Woo, le teint écarlate.

— Vous… vous êtes tous des scientifiques? s'enquit Simon. Je veux dire, je ne veux pas insulter quiconque, vous nous avez sauvé la vie après tout, mais… n'êtes-vous pas en guerre? N'y a-t-il donc aucun vrai soldat parmi vous?

— Ridley est bagarreur, répondit Xing-Woo d'un ton neutre.

— Et Morotti, le lézard là-bas, est pugiliste, ajouta T'Gan, le meilleur guerrier d'entre nous tous. En fait, je crois que si nous devions l'avouer franchement, Fünf, notre éclaireur, est probablement celui qui possède le plus d'expérience réelle au combat.

— Mais vous êtes des *soldats*! Ne possédez-vous pas des fusils, des canons à rayons comme dans les films, des grenades, quoi que ce soit du genre?

T'Gan sourit.

— J'ai souvent posé la même question, mais Lody et Éric croient fermement que nous n'en avons pas besoin. C'est une philosophie typiquement humaine, je trouve.

— Mais… n'êtes-vous pas censés constituer une unité militaire entraînée au combat ?!

Xing-Woo se plaça devant la caméra en croisant les bras sur sa poitrine ; elle semblait avoir perdu sa timidité.

— Au contraire, il ne reste que des gens comme nous pour faire la sale guerre des barons. Tous les autres brigadiers sont ailleurs dans le Multivers à se livrer des affrontements au nom d'un fief ou d'un autre, éparpillés sur des *centaines* d'époques. Il ne reste plus de véritables soldats à recruter, alors l'Alliance a commencé à piger dans ses rangs les moins militarisés.

— Une guerre froide ? tenta Simon.

— Une guerre civile, rectifia T'Gan en s'appuyant contre le comptoir de friandises.

Il inspecta distraitement le contenu d'une des poches de son manteau et ajusta ses lunettes protectrices à l'aide de ses longs doigts gantés.

— Une guerre sanglante, insensée, qui dure depuis trop longtemps déjà. Les barons de l'Alliance ont ordonné un rappel de tous ceux qui portaient un morceau de technologie appartenant à la Brigade, un de leurs manteaux, pour renforcer les rangs, qu'ils aient été soldats ou non. Nous nous sommes tous retrouvés dans une des nombreuses Citadelles d'entraînement, et madame Lody nous a pris sous son aile.

— Le lieutenant qui a été blessé lors de votre atterrissage, comprit Simon en hochant la tête.

— Sssabotage, siffla Morotti dans son coin.

T'Gan figea sur place.

— Quoi ? demanda Simon en se retournant.

Il tenta de prendre un gros plan de l'homme-lézard, mais ne put voir que des reflets d'écailles et une lueur bleutée dans ses yeux reptiliens ; le reste de sa forme se confondait dans les ombres. Laissant son long trench-coat faire le travail de régénération sur sa jambe, Morotti s'était emmitouflé dans son manteau, ce qui lui donnait une allure sinistre.

— Lody n'a pas été blesssssée, rétorqua-t-il, l'accent lourd. Un ssssoldat a tenté de nous tuer en ssssabotant le drakkar.

— Qui ça ? demanda Simon. L'un de vous ?

— Eh bien, telle est la question, n'est-ce pas ? répondit T'Gan. Y a-t-il un traître parmi nous ?

— Si c'est le cas, ajouta Xing-Woo, en rogne à l'idée que l'un des leurs puisse les avoir trahis de la sorte, il est plutôt maladroit, car il est maintenant prisonnier ici avec nous.

— Si tout ceci est vrai, évidemment, ajouta discrètement T'Gan.

— Vous êtes prisonniers du temps, termina Simon.

— Précisément, acquiesça Xing-Woo.

Ils entendirent une détonation à l'extérieur, et la saccade secoua dangereusement les vieux lustres fracassés au-dessus de leurs têtes, faisant tomber un peu de poussière de plâtre sur le tapis troué du grand hall. Les trois brigadiers se mirent aussitôt aux aguets, armes sorties, boucliers crépitant. Simon se demanda s'il devait prendre la fuite ou filmer l'attaque imminente, mais on cogna quelques instants plus tard à la barricade d'entrée. Xing-Woo rangea ses armes en poussant un soupir et alla rapidement déverrouiller les portes.

— Je l'ai trouvée !

Ridley entra en vitesse dans le hall d'entrée, traînant contre son épaule une petite femme aux cheveux de couleur rouille, comme les siens. Elle semblait étourdie et son manteau, strié de balafres noires, avait visiblement été écorché.

— Il y en a encore à l'extérieur, je n'y comprends rien ! Une des Banshee nous a pris par surprise ; Nikka est blessée, mais je crois qu'elle va survivre.

— Nikka ! lança Morotti en se servant de ses longues mains plates pour sauter habilement par-dessus le comptoir et se rendre jusqu'à elle.

Il atterrit en avançant péniblement de quelques pas sur sa mauvaise jambe, mais sembla faire abstraction de la douleur. Il prit la jeune femme dans ses bras.

Simon demeura quelque peu surpris pas la démonstration d'affection de l'homme-lézard qui, protecteur, enroula Nikka dans les pans de son manteau. L'iguane se laissa choir contre le mur et caressa les cheveux de la jeune soldate d'une main verte et griffue.

— Ils… ?

Simon retint la question qui lui brûlait les lèvres.

T'Gan posa une main sur son épaule.

— Vous savez, nous nous côtoyons dans des situations dangereuses depuis des mois, monsieur. Ce genre de climat est souvent propice à des relations plus… intimes.

Derrière sa caméra, Simon déglutit en voyant le lézard caresser amoureusement le visage de la jeune femme meurtrie et blessée.

— Vous… vous avez également une petite amie, monsieur… T'Gan ?

— Non, j'ai une femme et des enfants. Ils m'attendent… quelque part, dans toute cette foutue guerre, sans savoir où je suis. Je… je ne peux même pas communiquer avec eux…

Simon braqua sa caméra sur Xing-Woo.

— Et vous ?

Après s'être épousseté, Ridley passa derrière la communicatrice et l'enlaça brièvement d'un bras en affichant un sourire narquois en direction de Simon.

— Elle a déjà un intérêt pour le plus beau du groupe.

Xing-Woo se défit de son étreinte, écarlate.

— Ridley, ce n'est pas le moment…

— Vous… et *lui*? s'étonna Simon.

La communicatrice rougit de plus belle.

— Nous avons tous des faiblesses, parfois…

— J'aurai cru que le second… je veux dire, le Trench…

En allant refermer la porte, Ridley s'esclaffa.

— Ha! Le Trench. Comme s'il allait lui montrer le moindre intérêt.

Xing-Woo détourna le regard, embarrassée.

— Je ne comprends pas…, dit Simon.

— Éric, expliqua T'Gan, a déjà laissé savoir à plusieurs reprises que son cœur appartenait à une autre.

— Votre… lieutenant? tenta Simon. La femme qui est blessée?

Mais les soldats se turent. Un silence inconfortable tomba dans le hall.

— Je crois que je vais vous quitter quelques instants, lança T'Gan, rompant enfin le silence. J'ai des choses à faire.

Il les salua cordialement et emprunta un des couloirs du hall d'entrée.

— Allons rejoindre le professeur Adler au drakkar, déclara Xing-Woo en prenant le jeune cameraman par le bras pour le guider vers la salle de projection. L'orage temporel devrait frapper de nouveau au cours de la nuit, et tu ne veux pas être loin de nous quand la tempête va commencer, Simon.

→|

— T'Gan, tinta la voix du régent. Répondez-moi immédiatement, T'Gan !

Le Déternien mit la main sur son communicateur de peur de se faire entendre et gravit rapidement les marches de l'escalier menant à l'étage supérieur.

— M-Maître Bruton ! bredouilla-t-il le plus discrètement possible. Mon père, ce n'est peut-être pas le meilleur moment pour…

— Nous allons arriver en orbite autour de la Terre d'ici quelques heures, répondit sèchement le prêtre de la Technence.

La plupart de ses Banshee encore capables de naviguer dans l'espace-temps l'avaient déjà devancé, envoyées sur Terre à la recherche de Van Den Elst, farfouillant de nombreuses époques de l'histoire de Montréal. Mais le manque de résultats et la colère grandissante du baron Gaurshin avaient dû le forcer à se rendre sur les lieux. Son ton ne laissait guère place à l'imagination : le régent Bruton était mécontent.

— Vous allez… venir ici en personne ?

T'Gan déglutit.

— J'exige un rapport.

— Oui, seigneur… Euh, la première partie de l'opération se déroule bien, mais nous avons eu un pépin…

— Je ne suis pas intéressé à vos excuses !

— Maître Bruton, tenta T'Gan plus fermement, vos premières vagues de Banshee et moi sommes prisonniers de l'orage temporel auquel vous avez contribué en les envoyant ici année après année !…

— Je n'apprécie pas votre ton, infidèle, prévint Bruton à l'autre bout.

T'Gan se confondit en excuses.

— Je vous demande pardon, mon père…

— Régent, lui rappela Bruton, je suis régent de Galaron IV, maintenant ; souvenez-vous-en.

— Oui, maître. Mais mes mouvements sont limités. Je suis constamment épié par les soldats de Lody, et ce foutu Trench ne la quitte pas d'une semelle. De plus, nous ne cessons de sauter à travers les mêmes époques, emberlificotées ensemble comme de la paille au vent. Je ne peux rien accomplir ici, et…

Bruton poussa quelques violents jurons. T'Gan couvrit de son mieux le récepteur encastré dans la manche de son engin. Lorsqu'il crut que le régent avait terminé sa tirade, le Déternien reprit le fil de ses pensées :

— Régent, je ne suis pas certain de pouvoir retrouver le baron Van Den Elst dans de telles conditions.

— Je m'occupe de Van Den Elst. Je vous ordonne de vous occuper du lieutenant une bonne fois pour toutes.

— Mais maître, c'est ce que nous… c'est ce que j'essaie de faire, mais…

— Alors, vous allez devoir trouver mieux !

À sa manche, un petit témoin lumineux s'alluma et se mit à clignoter fébrilement. *Il est toujours capable de me repérer*, se demanda T'Gan, *même à travers l'interférence ? Non, son navire doit être doté de puissants satellites de communication, mais il ne sait pas encore où nous sommes. Il doit relayer la transmission par l'entremise de ma balise temporelle, sinon il aurait déjà transmis nos coordonnées aux Banshee. Si seulement je n'avais pas répondu à son signal, il n'aurait eu aucun moyen de me contacter…*

— Cela pourrait s'avérer plus difficile que…

Le petit voyant à sa manche clignotait toujours aussi rapidement.

— Régent, si je peux me permettre, qu'est-ce que vous faites à mon communicateur ?

— Je vous fais parvenir un programme infecté par la Technence, répondit Bruton, affairé à l'autre bout.

— Infecté ? demanda T'Gan, alarmé.

— Un virus de la Technence, un prototype. Vous devrez vous approcher du lieutenant et lui faire entendre cette communication enregistrée. Le signal sera immédiatement sauvegardé par son manteau et se reproduira automatiquement par la suite dans son système sanguin.

T'Gan sentit son cœur battre.

— Q-quel genre de virus… maître ?

— Faites ce que je vous demande, et Lody ne pourra jamais retrouver Van Den Elst.

— Et si le Trench s'en mêle ?

— Je laisse cela à votre discrétion ; je doute que ce Terrien puisse faire ce que la meilleure médico de York n'a pu accomplir.

T'Gan hocha la tête.

— Ne le sous-estimez pas, régent, cet homme est… débrouillard.

— Alors, je vous enverrai une nouvelle horde de Banshee dès que je serai amarré en orbite autour de la Terre. Tâchez de les aider à retrouver votre emplacement dans l'orage ; les capteurs de ces vieux modèles ne sont pas de la toute dernière qualité, et l'île est vaste.

T'Gan leva les yeux au ciel.

— Mais, maître Bruton… je suis encore ici, moi ! Si vos Banshee nous attaquent…

— Vous devrez donc trouver un moyen de quitter l'île avant que cela ne se produise.

Et avant que T'Gan ne puisse protester davantage, la communication fut interrompue.

Dans l'obscurité sécuritaire du balcon suspendu au-dessus du hall d'entrée, T'Gan s'assit et poussa un long soupir. Ses mains tremblaient. Il ne savait pas comment il allait exécuter les plans du nouveau régent. Il tira nerveusement sur ses moustaches, et en fit tomber une.

À sa manche, le petit communicateur émit un bref signal sonore et resta allumé, un point bleu dans la pénombre : le virus de la Technence avait été téléchargé.

Chapitre 6
LE TERRIER

Mary Jane s'installa à côté de la jeune pilote dans le cockpit du *Bathlopin*. L'attention de la petite Russe était rivée sur ses écrans.

— Pylmer m'informe que nous avons un problème ? demanda-t-elle à la blonde.

Eketerina serra les mâchoires en effectuant quelques manœuvres difficiles ; son plan de vol était beaucoup trop complexe en ce moment, et elle ne devait subir aucune distraction.

— Nous venons de croiser un secteur bourré d'anomalies, annonça-t-elle. Je ne crois pas que nous pourrons nous rendre à destination sans être repérés.

La voix féminine du *Bathlopin* déferla depuis les haut-parleurs encastrés au-dessus de leur tête.

— Ce secteur est communément appelé le Terrier, madame Rosencraft.

— ... et c'est un vrai champ de mines, conclut Ket.

Elle jeta un coup d'œil rapide en direction de la légendaire aventurière. Celle-ci hocha la tête ; elle ne semblait aucunement surprise par la révélation.

— Pylmer dit que tu es la meilleure pilote qu'il ait jamais connue, Ket ; tu ne peux pas trouver une manière de contourner les anomalies ?

Eketerina fronça les sourcils.

— Sans trop de problèmes, je crois. Mais je pensais que ce genre de chose aurait attiré votre attention… Cela ne vous intrigue pas ?

Au-delà des grands panneaux en plexi-acier du cockpit, Mary Jane observa l'espace étoilé qui filait autour d'eux. Les anomalies n'étaient évidemment pas toutes visibles à l'œil nu, mais Mary Jane scruta tout de même les quelques points de lumière blanche et bleue qu'elle put discerner au loin.

— Qu'est-ce que je ne saisis pas, Ket ? demanda-t-elle après un instant. Tu es capable de nous amener à bon port ou non ?

— Nous sommes entourés de trous temporels, trancha la voix mélodieuse de la navette. Pour être plus précis, nous sommes aux abords d'une zone poreuse de cette galaxie.

— Une zone *poreuse* ? répéta Mary Jane, intriguée.

— Oui, poursuivit Bath, comme une éponge. C'est un lieu bourré de carrefours dimensionnels, idéal pour le déploiement de troupes. Au Terrier, une force militaire pourrait aisément cacher quelques campements, puis éparpiller ses hommes aux quatre coins du Multivers par la suite. Ce n'est pas un événement inhabituel, madame Rosencraft, mais compte tenu de ce qui se passe ces temps-ci, avec la guerre qui sévit présentement dans presque tous les secteurs habités, nous pensions qu'il était important de vous prévenir.

— D'après toi, Bath, demanda lentement Mary Jane, cette zone pourrait dissimuler une base militaire secrète de la Brigade ?

Le petite Russe au visage pointu lui lança un regard en coin. *Elle sait quelque chose*, se dit-elle.

— Plus d'une, j'en suis certaine, répondit Bath avec l'assurance d'une intelligence artificielle sophistiquée.

— Alors, allons-y.

Mary Jane se retourna vers la pilote.

— Ket, trouve-nous une porte d'entrée dans le Terrier, veux-tu ? Nous avons du boulot à faire sur Sialus Secundus.

→|

Au campement militaire de Sialus Secundus, lové au creux du carrefour dimensionnel qu'était le Terrier, un jeune soldat observait avec intérêt les transmissions de l'unique antenne du complexe.

— Capitaine ! Nous avons repéré l'entrée d'une navette inconnue !

Sialus Secundus était une lune de glace recouverte d'épaves gelées issues d'une autre époque. La lune artificielle avait jadis servi de réserve d'eau pure pour la planète autour de laquelle elle orbitait. Mais un ancien cataclysme avait depuis longtemps ravagé la civilisation qui y vivait et, au fil des années, les générateurs atmosphériques de la lune d'eau, abandonnés, étaient tombés en désuétude. Le vide de l'espace avait tôt fait de transformer la sphère liquide en une boule de glace qui tournerait éternellement en orbite autour de la planète mère désertée.

Le baron Gaurshin avait choisi d'y installer une de ses nombreuses bases chargées de surveiller le carrefour dimensionnel du Terrier. Sialus Secundus était reconnue pour être un des camps d'entraînement les plus durs et les plus reculés de la Brigade. 500 soldats y affinaient quotidiennement leurs capacités de survie et leur patience. Les hommes de Gaurshin n'avaient peut-être pas encore reçu d'ordres officiels les appelant au front, mais les ennemis du baron semblaient aujourd'hui amener l'offensive à leurs portes.

Le capitaine Yaavik s'appuya contre le dossier de la chaise de son communicateur. Par-dessus l'épaule du constable, il inspecta les données qui défilaient à l'écran.

— Aucun signal, aucune identification, capitaine.

Le jeune officier lança un regard inquiet à son supérieur.

— Nos antennes ne reconnaissent pas le modèle de la navette. Ce n'est pas une des nôtres, en tout cas.

Yaavik réfléchit un instant.

— Autre chose ?

Le soldat s'affaira à ses capteurs.

— La station polaire vient de repérer la navette : elle semble avoir passé par un des carrefours du Terrier.

Le jeune officier mit la main à l'écouteur enfoui dans son oreille et prit le temps d'interpréter les communications encodées provenant de la base polaire avant de lui répondre.

— Capitaine ! Nos capteurs confirment la présence d'un manteau de la Brigade à bord de la navette étrangère ! Le signal ne ressemble à rien de ce que je connais ; je n'ai jamais vu de signature énergétique pareille. Ce n'est assurément pas un envoyé de Gaurshin. Il y a deux autres signes de vie à bord, capitaine, mais un seul brigadier.

— Constable Marrt, descendez-moi ça du ciel.

Yaavik quitta le poste du communicateur.

— Capitaine ? demanda le soldat.

— Vous m'avez compris, répondit Yaavik en quittant la petite salle de commandement. Vous avez vos ordres, constable. Abattez-moi ces espions !

Chapitre 7
LA DIRECTIVE DE LODY

Stavros donna quelques coups contre l'épaule du Trench, qui commençait à somnoler dans un coin du sous-sol sombre. L'endroit inconfortable avait dû jadis servir au rangement de l'équipement d'entretien du cinéma, du matériel promotionnel et des sacs de grains de maïs, mais, au cours des derniers jours, le grand xénobiologiste avait transformé le caveau en infirmerie. L'espace, beaucoup trop petit et obscur pour ses besoins, devait mesurer trois mètres sur cinq. Stavros pouvait même toucher le plafond en étirant les bras, mais au moins l'endroit était sec et propre.

Éric bâilla à s'en décrocher la mâchoire. Depuis combien de temps était-il ici, dans ce sous-sol abandonné? *Trois jours au moins*, se dit-il. *Trois jours à repousser les attaques des Banshee, trois jours à naviguer dans l'orage temporel qui ne cesse de revenir s'abattre sur la métropole.* Distraitement, il remarqua que Stavros avait allumé quelques chandelles dénichées dans les réserves du cinéma et les avait placées dans des cendriers; les petits halos parvenaient à peine à éclairer l'aire de repos.

Les yeux lumineux, le Trench s'extirpa de ses coussins; pour une fois, il aurait profité avec plaisir de son heure de repos forcé. En avançant dans la pénombre, son pied heurta des contenants en plastique ; autour de lui, le sol était jonché de désinfectants de fortune, de pansements et d'instruments que Stavros avait récupérés dans la trousse de premiers soins du drakkar et un peu partout dans les ruines de la ville.

Éric lança un coup d'œil rapide à Lody, étendue au fond de la salle ; son manteau blanc prenait une teinte orangée à la lumière vacillante des chandelles. Près d'elle, il remarqua la jeune rouquine ; Stavros venait de déposer Nikka sur une autre couchette et lui avait administré un tranquillisant pour contrer la douleur, le temps que son manteau puisse guérir ses blessures.

— Stavros ? demanda le Trench dans l'obscurité. Quelle est la situation ?

— Morotti et Nikka ont été attaqués à l'extérieur, répondit le grand brigadier barbu. Morotti n'a subi que des blessures mineures, mais je préfère ne prendre aucun risque avec la petite.

Au-dessus de leurs têtes, une détonation sourde se fit entendre, accompagnée par une nouvelle secousse ; les Banshee continuaient à survoler la ville à la recherche de leurs proies.

— Les choses ne s'améliorent pas là-haut, si je comprends bien, grommela le Trench.

Il tenta de voir l'heure sur le chronomètre intégré à la manche de son manteau.

— Combien de temps avant le prochain passage de l'orage temporel, constable ?

— Selon les calculs du professeur Adler, nous devrions encore avoir une partie de la nuit avant qu'il ne repasse.

Éric hocha la tête en prenant la ration de nourriture que son collègue lui tendit.

— J'ai demandé à parler à Xing-Woo…

— Elle est en chemin, répondit Stavros en rangeant sa trousse de premiers soins. Elle a été retardée par des invités…

— Des invités?

— Je vais la laisser vous expliquer ça en personne.

— Et Lody? demanda le Trench en indiquant le lieutenant.

La jeune femme était étendue sur une couchette faite à partir de coussins arrachés aux bancs de l'amphithéâtre. Son état était stable, mais son manteau semblait mettre beaucoup de temps à guérir ses blessures, et Stavros commençait à être inquiet.

— Elle s'est réveillée et demande à vous voir, sergent. Je vous laisse seuls, dit-il en se retirant pour vérifier l'état de Nikka.

Le Trench s'agenouilla aux côtés de Lody et prit sa main entre les siennes. La jambe de la médico était coincée dans une éclisse improvisée et son visage présentait des traces de brûlures. *Son manteau aurait dû guérir tout cela depuis le temps*, se dit Éric. *Elle a dû être électrocutée beaucoup plus sévèrement qu'on ne le croyait.*

— Ce n'était pas les Banshee, n'est-ce pas? demanda soudain Lody, les yeux fermés, prenant Éric par surprise. Quand j'ai été électrocutée, sur le drakkar…

Sa voix était douce, fatiguée, mais intelligible.

— Ça ne peut pas être les Banshee, répéta-t-elle. Nous venions d'atterrir…

Le Trench hocha la tête.

— Quelqu'un a saboté le drakkar après notre arrivée, lieutenant.

— Mais pourquoi maintenant? insista la jeune femme doucement.

— Je pense que c'est évident; quelqu'un veut nous empêcher de repartir d'ici. Le piège a complètement grillé les circuits de la plate-forme. Adler fait de son mieux pour la réparer, mais il estime que cela prendra encore plusieurs heures avant que le drakkar ne soit opérationnel. Nous ne pourrons quitter cette ligne du temps avant ça.

— Tu crois que c'est l'un de nous? Tu crois que le traître nous a suivis ici pour s'assurer que nous échouerions dans notre mission?

Après un moment de réflexion, le Trench répondit franchement:

— C'est mon avis, oui.

— Mais qui? Et pourquoi?

— L'assassin qui m'a attaqué à la Citadelle de Galaron IV portait le costume d'un prêtre de la Technence. Je ne dis pas que c'était un prêtre, mais ce doit être quelqu'un qui avait accès à leur équipement.

— Oui, murmura Lody, je me souviens. Tu étais convaincu qu'il y avait un traître parmi nous. Tu le penses encore?

— Oui.

Elle ouvrit les yeux pour le dévisager, laissant passer un filet de lumière bleutée qui n'avait pas diminué depuis les trois derniers jours.

— As-tu pensé que c'était moi, Éric?

Le Trench hésita.

— Je n'ai pas vu grand-chose, mais je sais que ce n'était pas un gros homme.

Il indiqua Stavros du menton.

— J'ai des soupçons, mais… je sais que ce n'est pas lui, il n'entrerait pas dans le costume. Adler est trop petit, et Nikka est trop menue pour correspondre à l'assassin que j'ai entrevu.

— Trois de moins, rétorqua faiblement Lody. C'est déjà ça. La vague est-elle passée?

Le Trench haussa les épaules.

— Pour l'instant. L'orage temporel rabroue l'île trois fois par jour maintenant ; du moins, selon nos repères hors-temps. Mais ici, à cette époque, la tempête semble repasser environ une fois par semaine. Selon les calculs du professeur, si l'on se fie aux chronomètres de nos manteaux, l'extrémité de l'orage devrait revenir d'ici quelques heures. Nous devrions essayer de repartir ensemble au matin.

Lody lui agrippa le bras solidement et le tira vers son visage pour le regarder dans les yeux.

— Éric…, dit-elle, la voix rauque, tu vas devoir prendre le contrôle, car je ne sais pas si je vais pouvoir t'aider encore bien longtemps.

— Lody…, tenta le Trench, mais devant son insistance, il se tut.

— Garde l'œil ouvert. Si tu as raison et que l'un de nous est un traître, il va sûrement tenter de nous abandonner à notre sort et de s'enfuir. S'il en est encore capable, évidemment.

Elle s'assit péniblement, s'efforçant de garder un air digne.

— Éric, le Trench, compte tenu de mon incapacité à mener ce peloton en ce moment, avec l'autorité du front qui m'est déléguée en tant que lieutenant-médico de cette lame, je te nomme lieutenant intérimaire.

Le Trench demeura silencieux, ne sachant trop quoi répondre. À vrai dire, la dernière chose qu'il voulait, c'était obtenir encore plus de responsabilités au sein de la Brigade.

Il sentit un courant passer entre leurs mains, une chaleur qui entra par l'implant défensif encastré au creux de sa main gauche et remonta le long de son bras.

— Je viens de te transmettre les codes d'accès aux manteaux de nos hommes, déclara Lody, de plus en plus fatiguée. Tu vas pouvoir leur permettre de se reposer à ta guise, comme je l'ai fait avec vous, et les réorienter au besoin. Sers-t'en judicieusement, Éric : leur vie est entre tes mains.

Elle s'étendit de nouveau, épuisée, et ferma lentement les paupières.

— Maintenant, va te reposer. Nous allons avoir besoin de toi demain matin.

Le Trench attendit de voir la lueur disparaître sous les paupières du lieutenant avant de quitter sa couchette.

— Xing-Woo ! lança-t-il dans le communicateur au col de son manteau en se relevant. J'ai besoin de te parler, maintenant !

— Euh, oui, sergent !… répondit aussitôt la soldate à l'autre bout du communicateur ; elle semblait être en pleine conversation. C'est que…

— Tu n'es pas ici pour jouer les gardiennes d'enfants, Woo. Je veux un rapport !

Il éteignit son communicateur, se massa les tempes et poussa un soupir.

La nuit allait être longue.

— Pylmer ! hurla Eketerina dans l'interphone. Cinq signaux viennent de décoller du cap polaire que l'on vient de survoler. Prépare-toi à du grabuge !

Mary Jane revint dans le cockpit au pas de course et fit coulisser la porte derrière elle.

— Est-ce que je peux aider ?

Ket serra les dents en réactivant les commandes manuelles de la navette.

— Je ne sais pas ; savez-vous faire quoi que ce soit à bord d'une navette, brigadière ?

Mary Jane demeura figée.

— Pardonnez-lui, madame Rosencraft, s'interposa Bath, diplomate. Mais je vais avoir besoin de toute sa concentration.

— Que se passe-t-il, Ket? demanda froidement Mary Jane.

— Nous avons été repérés…, répondit la blonde d'un air distrait. Et… cinq missiles viennent d'être lancés à notre poursuite. Pylmer, aux armes!

La voix de Pylmer leur parvint en sourdine à l'interphone; quelque part dans la salle des machines, il cherchait à augmenter la puissance des moteurs de Bath.

— C'est le moment de vous rappeler que nous n'avons pas eu le temps de tout réparer avant notre départ!

— Fais ce que tu peux, lança Eketerina. Ils seront sur nous dans 30 secondes!

— Pourquoi s'en prennent-ils à nous? demanda le capitaine que l'on entendait s'affairer à allumer les réserves d'énergie des canons.

— À cause de moi, déclara lourdement Mary Jane.

— Évidemment, marmonna Ket.

— Non, elle a raison, Eketerina.

Bath continuait ses manœuvres dilatoires, mais écoutait quand même leur conversation.

— Ils ont sûrement repéré le signal de son manteau et doivent supposer que madame Rosencraft est une espionne.

— Une brigadière dans une navette, grommela Ket. Même les soldats de la Brigade ne sont pas assez niais pour croire que cela représente un réel danger pour eux.

— Ils n'ont aucune manière de vérifier cela, répondit Bath. Nous sommes en temps de guerre. Et c'est une guerre dimensionnelle et temporelle: tout devient relatif.

Eux, cela fait peut-être des mois qu'ils sont sur cette lune de glace à attendre des nouvelles fraîches du front. Même si la guerre civile entre les barons de la Brigade n'existe pour nous que depuis quelques mois, dans leur dimension, dans leur ligne du temps, ils sont peut-être ici depuis des années à monter la garde dans ce secteur. Ils ne voudront pas prendre de risques.

Soudain, une détonation sourde vint ébranler l'arrière de la navette. À l'interphone, Pylmer poussa un juron.

— Ils ont des mines gravitationnelles! hurla-t-il. À moins d'enclencher les moteurs infraluminiques, nous ne pourrons pas leur échapper.

Une seconde détonation heurta le *Bathlopin* à tribord, puis une troisième secoua l'arrière.

— Bath? fit Eketerina.

— L'intégrité de la soute est compromise, répondit la voix calme du *Bathlopin*. Le dernier missile vient de défoncer la…

Une double explosion interrompit la voix artificielle et éteignit toutes les lumières principales à bord de la navette. La voix de Bath devint une vocalisation hachurée d'algorithmes et de déformations linguistiques, puis, plus rien; Bath ne répondait plus. Un effroyable grincement leur provint de l'arrière de la navette, et les commandes devinrent inertes.

— Bath! hurla Eketerina.

Mais elle n'obtint aucune réponse.

Devant eux, la grande baie vitrée du cockpit leur montra une nouvelle vue: celle d'une énorme plaine de glace qui se dirigeait rapidement vers eux.

— Bath! cria de nouveau Eketerina. Brian?!

Mais même Pylmer ne répondait plus. La double détonation, causée par les deux derniers missiles lancés à leur poursuite, avait anéanti leurs moteurs principaux, percé la coque et, du même coup neutralisé l'intelligence artificielle qui gérait le vaisseau.

— Accrochez-vous! hurla Ket au-dessus du grincement de plus en plus alarmant. Nous allons nous écraser!

Quelques instants plus tard, la navette fut engloutie par le champ gravitationnel de la lune et ne put s'en échapper. Le *Bathlopin* piqua en vrille comme un dard porté par une tempête et alla s'écraser durement contre la lune glacée de Sialus Secundus. La navette glissa sur plusieurs centaines de mètres, laissant derrière elle une écorchure profonde dans la glace.

Au moment de l'impact, le *Bathlopin* fut réduit en poussière.

Chapitre 8
LE VIRUS DE LA TECHNENCE

— Adler, je reviens dans quelques minutes, lança Xing-Woo par-dessus son épaule. Ne les laissez pas sortir avant mon retour.

En sortant de l'auditorium à la hâte, Xing-Woo traversa le grand hall d'entrée pour emprunter le petit couloir qui la mènerait à l'escalier du sous-sol. Elle tomba sur T'Gan : le Déternien redescendait du balcon situé à l'étage supérieur, l'air nerveux comme toujours.

— Qu'est-ce que vous faisiez là-haut, constable ? demanda-t-elle, la main sur la poignée de la porte. Vous savez bien que l'accès à cet endroit est interdit.

— Accès interdit…, marmonna T'Gan. Sergent Tipsouvahn, nous sommes tous dans le même pétrin ici, je ne vois pas pourquoi…

— Vous savez très bien pourquoi, répondit sèchement la jeune femme. Éric a interdit à quiconque d'aller là-haut. Nous y avons installé le brouilleur d'ondes qui empêche les Banshee de nous retrouver, et nous ne voulons pas qu'un espion s'y attarde.

— M'accusez-vous d'être le traître ? s'indigna T'Gan en affichant un air faussement blessé.

Xing-Woo le dévisagea un instant.

— N'y allez tout simplement pas, constable. C'est un ordre.

— Je n'accepte les ordres que s'ils viennent de Lody, répondit T'Gan.

— Elle n'est pas en mesure de les donner en ce moment. Cet ordre vient du Trench. Allez vous préparer ; nous devons être prêts pour le décollage lorsque l'orage frappera de nouveau.

— Je vais avec vous, répondit T'Gan. Je veux voir comment se porte Nikka.

Xing-Woo haussa les épaules et ils descendirent tous deux le petit escalier de l'infirmerie que Stavros avait installée au sous-sol.

— Vous vouliez me parler, patron ? demanda-t-elle au Trench en arrivant dans le caveau sombre.

T'Gan entra furtivement derrière elle et se dirigea en douce vers la forme allongée de Nikka.

Éric leva la tête, perdu dans ses pensées.

— Comment est la situation en haut ?

— Morotti semble en bon état, répondit la communicatrice, mais je le sens plutôt agressif. Je crois que la douleur va finir par le faire sortir de ses gonds. Il aurait peut-être besoin de vos services pharmacologiques, constable.

Stavros ramassa sa trousse de premiers soins en grognant et y rangea quelques instruments.

— J'y vais de ce pas.

— Un instant, dit le Trench avant que son médico n'ait le temps de remonter. J'ai besoin de vous parler, à tous les deux.

En remarquant son air sérieux, les deux officiers se mirent au garde-à-vous.

— Lody m'a mis en charge. Nous partons au matin.

— En charge ? demanda Xing-Woo en lançant un regard vers la forme étendue de Lody.

— Je vais avoir besoin de vous deux, poursuivit le Trench. Vous êtes les meneurs les plus efficaces de cette lame. Et la situation est telle que je ne peux me fier à tous mes hommes en ce moment.

Xing-Woo le regarda de ses yeux bridés, l'air surpris.

— Vous voulez dire que…

— Lody m'a nommé lieutenant intérimaire en attendant qu'elle reprenne ses forces. Je vais avoir besoin de bras droits. Je vous donne donc la promotion de sergent à tous les deux. La tienne devient permanente à partir de maintenant, sergent Xing-Woo. Cela devra évidemment être certifié par des capitaines de la Brigade à notre retour, mais vous avez maintenant l'autorité qui vient avec ce grade.

Stavros hocha solennellement la tête, puis sourit lentement lorsque Xing-Woo fit de nouveau un garde-à-vous enthousiaste.

— Vous êtes sérieux ? demanda la jeune femme, les yeux pétillants.

— Très sérieux.

— Ma promotion est officielle ? s'écria Xing-Woo. C'est Ridley qui va être content, lança-t-elle avec un plaisir évident.

Le Trench leur ordonna de préparer leurs hommes pour le lendemain, avant d'aller s'étendre un instant.

Alors que ses deux nouveaux sergents allaient remonter, Xing-Woo se retourna vers le Trench.

— Patron, dit-elle, embarrassée, je sais que vous êtes sûrement épuisé, mais…

Éric se rassit.

— Quoi ? Qu'est-ce qu'il y a, Woo ?

— C'est que nous avons des invités en haut.

— Ah oui, j'allais les oublier. Qui sont-ils, au juste ?

— Deux civils, des reporters. Ils demandent à vous parler. Je peux leur dire que vous êtes incommodé, si vous le désirez…

Éric poussa un soupir.

— Non, dit-il en se levant. Non, ça va, je vais aller les rencontrer.

Stavros et Xing-Woo remontèrent les marches vers le hall d'entrée.

Le Trench observa un moment de plus la forme allongée de Lody, puis se dirigea à son tour vers Nikka.

— Il semblerait qu'on a de la visite. Tu viens, T'Gan ?

— Je vais rester ici quelques instants de plus, répondit le Déternien en évitant son regard.

— J'ai besoin de tout mon monde à la même place, constable.

T'Gan fit la moue.

— Vous ne voulez pas me laisser seul avec le lieutenant, c'est bien ça ?

Éric fit quelques pas dans sa direction.

— Tu as un problème avec ça, T'Gan ?

T'Gan jaugea le Trench, tentant de deviner ses intentions. Il se ravisa.

— Non…, dit-il après un moment. Je comprends la situation.

Il enfonça discrètement un petit objet au creux de la poche du manteau de Nikka avant de se diriger à son tour vers le petit escalier.

Éric bâilla et activa le petit générateur d'urgence qu'Adler avait mis au point à partir des morceaux récupérés du drakkar. Un champ protecteur semblable à ceux qu'émettaient leurs implants défensifs s'érigea derrière eux, barricadant l'accès à l'infirmerie d'un écran bleu électrique.

— Nikka, lança le Trench en montant l'escalier, je reviens dans quelques minutes ; tu veux surveiller Lody un instant ?

La jeune rouquine ouvrit les yeux.

— Oui, pas de problème.

— Est-ce bien nécessaire ? s'enquit T'Gan, vexé.

L'homme-musaraigne toucha le champ d'énergie du bout des doigts et sentit un petit courant électrique parcourir ses longues moustaches.

— Oui, répondit Éric en continuant de monter le petit escalier, c'est nécessaire. Le générateur est encodé aux modulations du lieutenant de la lame, alors je suis désormais le seul à pouvoir entrer au sous-sol. Si les Banshee réussissent à pénétrer dans le cinéma, au moins Lody et Nikka seront en sécurité. Personne ne vient ici sans ma permission. Tu viens, constable ?

T'Gan serra les mâchoires.

— Je vous suis… lieutenant…

Lorsque le Trench eut remonté et que T'Gan entendit la porte d'en haut se refermer, il redescendit rapidement les marches et poussa un petit sifflement aigu pour attirer l'attention de Nikka.

— J'ai besoin de te parler, dit-il, la voix grave.

— Maintenant ? protesta Nikka, visiblement engourdie par les médicaments.

— Oui, maintenant, répondit sèchement le Déternien.

— Qu'est-ce que tu veux, T'Gan ? chuchota-t-elle.

— Nous n'avons pas beaucoup de temps, dit-il en tentant de ne pas toucher à l'écran protecteur qui les séparait. Dans la poche de ton manteau, je t'ai laissé un petit communicateur… Il doit être utilisé sur Lody, le plus rapidement possible.

Nikka secoua la tête, sans comprendre.

— Qu'est-ce que tu veux dire?

Elle enfouit la main au creux de sa poche et en ressortit un petit disque métallique de la grosseur d'une pièce de monnaie; il s'agissait d'un des boutons du manteau de T'Gan. Le petit témoin lumineux était toujours activé et clignotait sur le dessus. Elle retourna l'écu sans comprendre.

— Qu'est-ce que c'est?

— C'est un cadeau de la Technence, répondit T'Gan, résumant ce que lui avait révélé Bruton. D'ici quelques heures, nous devons absolument avoir quitté cette foutue île de malheur. Tu as dit que tu m'aiderais, Nikka, tu t'en souviens? Je dois retourner en haut avant qu'ils ne se doutent de quoi que ce soit, mais tu *dois* placer cet émetteur à l'oreille de Lody…

La soldate bredouilla.

— Mais, T'Gan… ils sont tous en haut et…

— Tu connais Éric, il va vouloir parler à ses invités en long et en large. Il ne pourra pas s'empêcher de leur étaler ses vues sur le Multivers. Tu auras au moins cinq minutes…

— Je pense que tu exagères…

— Et Stavros a dû monter pour soigner Morotti; c'est le bon moment. C'est le *seul* moment, Nikka!

— Mais qu'est-ce qui presse tant?

Elle se leva péniblement et se dirigea vers le champ de force qui bloquait l'entrée. Nikka chercha dans les yeux du Déternien, tapis sous ses épaisses lunettes, une raison de risquer de se compromettre si rapidement.

— Nous sommes ici depuis trois jours, et…

Mais en le voyant baisser les yeux, elle sentit qu'il tramait quelque chose.

— T'Gan… qu'est-ce qui se passe? Qu'est-ce que tu as fait?!

— Nous n'avons pas beaucoup de temps, répéta-t-il, tu dois faire ce que je te demande.

Elle recula de quelque pas, s'éloignant de l'écran bleuté.

— T'Gan, je ne suis pas certaine que…

— Ne va pas changer d'idée maintenant! J'ai besoin de toi, Nikka, tu le sais bien, maintenant plus que jamais.

— Je comprends, T'Gan, mais ne crois-tu pas que…

Les moustaches du Déternien frémirent de colère.

— C'est toi-même qui m'as dit que tu préférerais n'importe qui à Lody! Même le Trench serait plus facile à manipuler qu'elle, tu te souviens de m'avoir dit cela?

— Oui, mais…

— Tu ne veux pas être guerrière toute ta vie, non?

La voix de T'Gan était devenue un chuchotement intense; il ne désirait pas se faire entendre, mais il n'allait pas laisser cette fillette bousiller tous ses plans; la survie de sa famille en dépendait! Il reprit la maîtrise du ton de sa voix et poursuivit plus calmement.

— Ceci n'est pas notre combat, Nikka, nous ne sommes pas faits pour cela, tu le sais autant que moi. Nous sommes de vulgaires prisonniers, esclaves d'une Alliance qui ne parle aucunement en notre nom!

Il abattit ses poings contre le champ de force et fut propulsé de quelques pas vers l'arrière. Il revint lentement vers elle, les doigts crispés.

— Tu veux être libre à nouveau, n'est-ce pas? demanda-t-il en s'assurant que personne ne l'avait entendu à l'étage supérieur. La Technence désire éliminer Lody de l'équation, et c'est exactement ce que nous allons faire. Peu importe qui nous mène, du moment que nous pouvons prendre la fuite le moment venu.

— Mais le Trench possède les codes de nos manteaux, maintenant, et…

— Je m'occupe du Trench.

Nikka mesura un instant les propos de son collègue, cherchant à gagner du temps.

— Je… je n'ai pas encore eu le temps d'en parler avec Morotti, je ne sais pas si…

T'Gan retint son mouvement de colère et tenta de reprendre le contrôle de la conversation. Il défit délicatement les plis de son manteau, changeant d'approche.

— Nikka, gémit-il, tu ne vas pas abandonner ma famille aux mains de ces monstres, quand même?

La rouquine se mordilla la lèvre.

— Qu'est-ce que c'est? demanda-t-elle en soupesant délicatement le disque métallique entre ses mains.

— Eh bien… je ne le sais pas, répondit franchement T'Gan. Mais si cela vient de la Technence, ça doit être virulent.

La soldate hésita.

— Ça va être rapide, Nikka. Personne ne saura que c'était nous, j'ai tout planifié.

— Je… je vais voir ce que je peux faire, marmonna-t-elle.

— Non, Nikka! Ce soir! Demain, il sera trop tard! J'ai besoin que tu le fasses cette nuit! Ce soir, tu comprends, Nikka?! Ce soir!

— Vous savez que je suis éveillée depuis un bon moment déjà? lança soudainement Lody du fond du caveau, les yeux fermés.

Nikka retint un cri de surprise.

— Elle est consciente! glapit T'Gan. Elle nous écoute! Vite, Nikka, vite!

— Je…

— MAINTENANT!

Terrorisée, Nikka fit quelques pas en boitant vers la forme étendue de Lody et alla s'agenouiller aux côtés du lieutenant. Tenant le disque métallique au-dessus de l'oreille de Lody, elle hésita.

— Maintenant! gronda T'Gan, menaçant. *Maintenant!*

Lody entrouvrit faiblement les yeux, laissant passer un filet bleuté entre ses paupières, et aperçut le petit communicateur que Nikka tenait nerveusement près de son visage.

— Qu'est-ce que vous faites, recrue? C'est vous qui êtes responsable de toute cette affaire? Le sabotage du drakkar, le court-circuit?

— Oh, lieutenant, répondit Nikka, angoissée. Je… je ne veux pas être guerrière… je n'ai jamais voulu me battre, je veux juste… je veux simplement la paix…

De l'autre côté de l'écran de force crépitant, T'Gan monta les premières marches de l'escalier pour s'assurer que personne ne vienne les interrompre. Éric l'attendait encore en haut, et si Lody venait à crier…

— Appuie sur le bouton de l'émetteur! Nikka, fais ce que je te dis!

La jeune femme lança un coup d'œil à T'Gan, puis se pencha vers Lody.

— Je suis désolée, lieutenant…

Lody tenta d'agripper le disque métallique, mais sa main n'avait plus de force.

— Nikka, ne faites pas ça…

— Vous allez voir, dit nerveusement la jeune femme en tentant de se convaincre elle-même, vous allez vous sentir beaucoup mieux par la suite…

— Nikka, tenta faiblement Lody, non… ce n'est pas une solution…

Les yeux remplis de larmes, Nikka plaça délicatement le communicateur de T'Gan à l'oreille de sa supérieure.

— Je suis désolée, lieutenant… je suis vraiment désolée…

Elle appuya sur le bouton d'activation de l'émetteur. Le petit communicateur se remit à clignoter rapidement et émit une série de modulations aiguës au creux de l'oreille de Lody. Nikka n'entendit rien, mais remarqua tout de suite que les effets du virus se faisaient sentir.

De petites veinures noires apparurent sur le visage de Lody, sous son oreille, et se mirent à filer le long des artères de son cou à une vitesse inouïe. Le blanc immaculé de son manteau de médico se teinta rapidement des mêmes veinures sombres, le long des manches, sur les flancs, puis le torse. Lody tenta de se rasseoir, mais elle était déjà étourdie par ses blessures, et le virus qui ravageait son corps serrait sa gorge, l'empêchant de respirer normalement. Ses yeux s'affolèrent, elle crispa les doigts et ses muscles infestés lui firent bomber le dos en une contorsion horrifiante.

Nikka maintint le disque métallique fermement appuyé contre l'oreille de Lody pour être bien certaine qu'aucun son ne s'en échapperait pour l'atteindre, elle.

Lody cessa de bouger quelques instants plus tard.

Au bas de l'escalier, T'Gan baissa le regard, plus attristé qu'il n'aurait cru l'être.

— Pas un mot de tout ceci à personne, prévint-il en montant les marches vers le hall d'entrée. Pas même à Morotti, Nikka. Personne, c'est compris?

Enragée, Nikka lui lança le communicateur éteint en plein visage, mais le petit disque bondit contre le champ de force et alla s'écraser dans un coin du sous-sol.

— Assure-toi de cacher ça avant qu'ils ne redescendent, souffla T'Gan en remontant l'escalier.

Quelques instants plus tard, elle entendit la porte d'en haut se refermer.

Nikka pleura silencieusement pendant un moment, vidée. Elle ramassa le petit communicateur, désormais éteint, et l'enfouit au creux d'une poche de son manteau. Elle alla péniblement s'allonger sur sa couchette, dos à la pièce, dos à la dépouille de Lody, et fit semblant de dormir.

Chapitre 9
JENNY ET LE TRENCH

— Laissez-moi récapituler, reprit Jenny en toisant les brigadiers.

Simon et elle étaient assis dans la première rangée de l'amphithéâtre, entourés de quelques-uns des soldats aux longs manteaux. Près d'eux, Xing-Woo répondait patiemment à leurs questions, accompagnée de Stavros, qui tentait de trouver une manière de s'asseoir confortablement sur un des petits bancs. Au fond de la salle, Morotti et Ridley, assis un à côté de l'autre, attendaient que l'orage repasse pour pouvoir enfin quitter cette époque sombre. Adler travaillait toujours sous le drakkar ; le navire avait été redescendu sur scène, et on pouvait voir ses petits pieds dépasser à l'arrière, coincés sous les moteurs.

Jenny relut les notes dans son calepin.

— Vous êtes des policiers…

— Une brigade militaire spécialisée, la corrigea Xing-Woo.

— Spécialisée dans l'intervention… temporelle ?

Stavros hocha la tête.

— Vos manteaux vous permettent de voyager dans le *temps* ?

— Tout à fait.

— Mais ils n'ont pas l'air très…

Jenny observa les vêtements des étranges personnages autour d'elle.

— Ils sont plutôt petits pour contenir une telle technologie, non ?

— À vrai dire, intervint Adler en s'extirpant du navire, les mains graisseuses, le manteau n'est en réalité que l'apparence extérieure, dans notre dimension, d'un engin beaucoup plus gros.

Jenny prit des notes en secouant la tête.

— Vous pouvez approfondir ?

Adler s'essuya les mains et déposa quelques outils sur la scène entre ses petites jambes.

— Selon Minkowksi, le temps est la quatrième dimension, dit-il. Enfin, entre autres. Ce serait beaucoup trop long à expliquer concrètement en termes de géométrie euclidienne…

— Professeur ! râla Ridley du fond de la salle.

Adler s'éclaircit la gorge.

— Donc, le Multivers est composé de plusieurs dimensions qui coexistent simultanément. Les énormes moteurs de nos manteaux seraient beaucoup trop gros pour être portés sur le dos et prendraient l'espace de quelques bâtiments uniquement pour les sauts de téléportation. Les lois de la physique du Multivers nous permettent de compresser dans cette dimension-ci des objets qui seraient normalement de la grosseur… d'une école, par exemple, en une forme plus facilement accessible, de façon à ce qu'ils passent inaperçus à la plupart des époques. Les immenses moteurs temporels de nos manteaux sont en réalité entreposés dans une dimension de poche, et les circuits spécialisés installés dans les pans de tissu nous permettent d'accéder à cette réserve d'énergie.

— Et vous êtes soldats de… l'Alliance? demanda Jenny.

— L'Alliance est un accord de paix intergalactique et intertemporel, répondit Stavros. Nous faisons partie de la Brigade, la branche militarisée de cette Alliance; nous sommes chargés de surveiller les lignes du temps.

— Qui dirige cette Alliance? demanda Jenny en prenant des notes.

— Les barons du Multivers, répondit simplement Xing-Woo.

— Et qui supervise ces barons? s'enquit Simon, mais Jenny le fit taire d'un geste de la main.

— Nous n'avons jamais entendu parler d'eux, ajouta la reporter en s'installant plus confortablement. S'ils se partagent l'univers, la Terre aurait peut-être aimé en être avisée!

Xing-Woo dévisagea un instant la journaliste; elle aimait de moins en moins cette femme qui semblait un peu trop encline à donner des ordres.

Jenny se reprit.

— Vous devez bien posséder un système judiciaire, non?

— L'Alliance compte parmi ses rangs des magistrats, expliqua Xing-Woo, des juges nommés par les barons pour intervenir en personne lors de conflits. Cependant, ce n'est pas un système parfait: les services des magistrats sont parfois retenus par certains barons mieux nantis pour intervenir dans leur cause juridique, ou encore pour les protéger le temps d'un conflit territorial. Certains deviennent même gardes du corps, mais seulement lorsqu'un baron est en mesure de payer leur salaire exorbitant.

— Ce sont des juges à la solde des barons de l'Alliance ? fit Jenny. Votre justice universelle a un prix, si je comprends bien.

— Ce sont de puissants officiers ; vous ne tenez pas à les rencontrer.

— Et ces magistrats, poursuivit Jenny, pourraient-ils, eux, empêcher cette invasion de la Terre par les Banshee ?

Xing-Woo et Stavros échangèrent un regard ; l'idée avait du bon. Jenny avait lancé la supposition de façon téméraire, sans trop comprendre les enjeux, mais les sergents du Trench y virent une possibilité intéressante.

— Nous ne pouvons rien faire sans avoir d'abord réussi à sortir d'ici, expliqua la jeune communicatrice, mais je saurai en faire mention au Trench.

— Mais vous pouvez combattre les Banshee par vous-mêmes ? insista Jenny, tentant d'obtenir des réponses plus claires.

— Nous ne sommes pas venus ici pour cela, répondit Xing-Woo d'un ton neutre, mais nous allons essayer de notre mieux de mettre un frein à leurs activités.

Jenny contempla la soldate.

— Vous êtes capables de faire ça ?

— Vous nous avez vu les abattre, non ? répondit sèchement Xing-Woo. Nous en avons même capturé une.

— Une Banshee ?! demanda la reporter avec incrédulité. Elles sont donc vulnérables ?

— Oh oui, répondit modestement Adler. Enfin, devant un ennemi qui dispose du bon équipement. Mais grâce à notre ami Fünf, l'éclaireur que vous avez rencontré, c'est la première que nous réussissons à capturer relativement intacte. Il a réussi à la prendre par surprise et l'a plaquée au sol en attendant qu'on vienne la désactiver.

— Vous savez donc comment les désactiver? demanda fébrilement Jenny.

Adler sembla embarrassé.

— Oui, enfin, on a dû sectionner quelques bouts, ce n'est rien de très scientifique, mais bref, elle n'est plus en état de marche. Elles sont nucléaires, vous savez, alors il ne faut pas jouer dans leur organisme sans savoir ce que l'on fait…

— Nucléaires?

Jenny tourna une page de son calepin et continua de griffonner.

— Oui, tout comme nos manteaux, répondit Adler.

La reporter resta bouche bée.

— Vos manteaux sont *nucléaires*?

— Et notre navire aussi, lança Ridley, à l'autre bout du cinéma. Mais il a été endommagé lors de notre atterrissage et les moteurs sont foutus.

— Le professeur Adler, intervint Stavros de sa douce voix grave, va tenter de remplacer un des moteurs de notre drakkar par la pile nucléaire de la Banshee que nous avons capturée.

Simon posa un regard méfiant sur le câblage qui dépassait des entrailles du drakkar.

— Il me semble y avoir beaucoup de morceaux en trop.

— C'est vrai, ça, commenta Ridley. Vous savez ce que vous faites, au moins, professeur?

Adler poussa rapidement quelques tuyaux du bout de sa botte.

— J'en profite pour retirer des morceaux qui ne serviront plus à rien, rétorqua le petit ingénieur. Au cours des derniers jours, j'ai réussi à cerner le problème et j'espère pouvoir utiliser la surcharge d'énergie pour construire un engin qui serait capable de ralentir la force de l'orage.

Du coin de l'œil, Jenny remarqua que son camera-man ne portait pas trop attention à l'échange ; il semblait toujours subjugué par la jeune Asiatique. La journaliste poussa un soupir et se cala au fond de son siège, songeuse.

— Vous… vous venez tous du futur ? demanda-t-elle. Je dis ça, car, à notre époque, le voyage dans le temps est…

Elle faillit dire *hypothétique*, mais se ravisa.

— … impossible.

Stavros sourit chaleureusement.

— Pour la plupart, nous venons du futur, oui. Mais le lieutenant, lui, vient de votre passé.

Jenny écarquilla les yeux.

— De notre *passé* ?

Les surprises ne cessaient de pleuvoir, et Jenny commençait à avoir de la difficulté à croire au récit que lui faisaient les Hommes en gris.

— Ce serait une longue histoire.

— Nous avons décidé de le baptiser Éric, lança sournoisement Ridley, comme s'il avait parlé d'un chiot égaré qu'ils avaient adopté.

— Mais vous, madame Jenny Moda, reporter-vedette du Canal 4, vous pouvez m'appeler le Trench.

Jenny et Simon se tournèrent vers le fond de la salle : par l'arche située sous la cabine du projectionniste, un homme fit son entrée. Il portait un long manteau gris comme l'acier, et ses yeux luisaient d'un bleu électrique. Il fit un sourire en coin, et Jenny se demanda comment il avait fait pour deviner son nom.

— Nous… nous nous sommes déjà rencontrés ? demanda Jenny en se levant pour aller à sa rencontre.

— Je suis un de vos grands admirateurs, madame Moda, expliqua le Trench en descendant l'allée principale de l'amphithéâtre.

Il paraissait bien : les cheveux noirs, le regard sombre, l'air confiant. Sous son manteau aux pans rembourrés, il portait une combinaison noire qui s'attachait au cou, des bottes de style militaire et des gants de cuir noir dont les doigts avaient été coupés aux dernières phalanges.

Jenny observa l'homme qui se dirigeait vers eux d'un pas assuré et tenta de deviner son âge ; il était mal rasé, cerné et il avait l'air grave, ce qui n'aidait pas les choses, mais elle aurait estimé son âge quelque part au milieu de la vingtaine. Son uniforme lui allait plutôt bien, et il affichait un air désinvolte assez séduisant ; en l'apercevant, elle se dit tout de suite qu'elle ferait mieux de le tenir à l'œil.

— Un admirateur ? rétorqua Jenny en indiquant à Simon de braquer son objectif sur le chef de la bande plutôt que sur la jolie communicatrice qu'il ne cessait de lorgner. Je ne suis pas certaine de comprendre, monsieur ?…

Éric ignora la question.

— Je me souviens d'avoir écouté vos reportages au téléjournal de fin de soirée, lorsque j'étais jeune. Vous étiez jolie à l'époque, et vous étiez téméraire…

Il se reprit et afficha un sourire charmeur.

— Vous n'avez pas beaucoup changé.

— Je vois, soupira Jenny. Vous êtes responsable de ces gens ?

— Je suis leur chef de lame, oui.

— Vous pouvez me dire ce qui se passe ici ?

— Vous êtes dans un cinéma.

Le Trench la contourna d'un pas pressé, monta sur scène et alla inspecter les réparations qu'Adler effectuait aux moteurs du drakkar. Il hocha la tête à plusieurs reprises, visiblement concentré sur l'état des travaux. Mais Jenny ne se laissa pas impressionner et monta sur la scène pour le suivre.

— Vous êtes conscient de la situation à l'extérieur…
Éric?

Le Trench donna quelques indications à Adler avant de se retourner vers elle.

— Madame Moda, si vous connaissez un moyen de quitter cette île rapidement, je vous conseille de l'utiliser immédiatement et de ne plus penser à tout ceci.

Il lui tourna le dos pour poursuivre sa discussion avec le professeur.

— Pffft! Vous voulez rire? Vous croyez que je vais oublier l'attaque de ces robots?…

— Ce ne sont pas des robots, lança-t-il par-dessus son épaule.

— … et la destruction quasi totale de Montréal? Je ne parle même pas de la Rive-Sud, ou de Laval, ou du reste de la province qui, soit dit en passant, est en état de panique!

Elle prit la fatigue du Trench pour de l'indifférence, et sentit sa colère bouillonner.

— Le monde entier est sur le point d'entrer en guerre à cause de ces foutues machines volantes, et vous ne semblez pas trop pressé de lui révéler que l'ennemi ne vient pas de la Terre, mais bien de l'espace!

Jenny regarda autour d'elle; entourée de soldats épuisés qui ne semblaient guère concernés par les problèmes du reste de la planète, elle se sentit impuissante.

— Si vous êtes le chef, lieutenant, vous êtes peut-être en mesure d'empêcher un conflit qui s'étend aujourd'hui à la grandeur de la planète et de mettre fin à une crise internationale!

Éric poussa un soupir.

— Vous avez raison, les gens doivent être prévenus. Mais cela est *votre* boulot, madame Moda, pas le nôtre.

La reporter faillit perdre contenance ; cet homme venait de leur planète et semblait au-dessus des conflits de la Terre comme s'il avait été investi d'une mission plus importante que la survie de sa propre race. Elle ne put s'empêcher de lui dire sa façon de penser :

— Je n'en reviens pas ! Vous… vous qui, quoi, prétendez parcourir l'univers…

— Entre autres.

— … à l'aide de manteaux magiques…

— La magie n'existe pas.

— … à la recherche de… quoi, au juste ? Mais qui êtes-vous ? !

Xing-Woo poussa un soupir.

— Patron, vous voulez que je…

Mais le Trench secoua discrètement la tête.

— Madame Moda, vous allez mettre votre vie et celle de votre compagnon en danger si vous ne quittez pas Montréal d'ici…

— Nous ne pouvons pas partir, rétorqua Simon, en bas de la scène. Même si nous le voulions, nous ne pourrions pas. L'hélicoptère qui est censé venir nous chercher ne reviendra pas avant demain…

Puis, plus bas, comme pour lui-même :

— S'il en est encore capable…

Jenny acquiesça d'un signe de tête.

— Il a raison : à part l'armée, il n'y a plus personne qui puisse venir nous chercher, tout a été bouclé. Il semblerait que vous soyez coincé avec nous, monsieur Éric.

Le Trench fronça les sourcils, puis s'adressa à Xing-Woo :

— Sergent, nous devons trouver une manière de protéger ces civils avant que l'orage ne revienne.

La jeune Asiatique hocha stoïquement la tête.

— Sergent? lança Ridley du fond de la salle en se levant d'un bond. Hé, oh! Comment est-ce qu'il vient de t'appeler, Woo, il a dit *sergent*?! Je croyais que c'était temporaire!

— Je vous avais prévenu, patron, murmura Xing-Woo, un sourire en coin.

— Plus tard, constable! répondit le Trench d'un ton autoritaire. Le temps presse.

Jenny, pour sa part, n'était pas sur le point de lâcher prise. Elle se plaça de nouveau devant le Trench pour le questionner. Simon s'assura de ne pas manquer une seule minute de leur échange; la désinvolture du Trench commençait à pousser la journaliste à bout de patience et il était convaincu que cela ferait un topo du tonnerre.

— Pour nous, autant que pour le reste de la planète, lança Jenny en indiquant l'objectif de la caméra, une planète qui ne cesse de se poser des questions à votre sujet depuis des années, lieutenant, des réponses seraient grandement appréciées.

Elle relut ses notes.

— Un conflit intersidéral? Un orage temporel? Une invasion extraterrestre?! Si vous êtes en mesure de mettre fin à tout ce conflit, qu'est-ce que vous attendez? On vous voit réapparaître année après année au beau milieu de toute cette affaire et vous ne restez que quelques minutes! Pas depuis deux ou trois jours, lieutenant, mais bien depuis des *années*!! Et maintenant que je rencontre enfin ce mystérieux Trench…

Elle s'arrêta avant de dire quelque chose qu'elle pourrait regretter.

— Eh bien, je m'attendais à plus…, laissa-t-elle tomber en baissant la tête.

Éric parut surpris.

— Des années?

Il se retourna vers le professeur Adler.

— Vraiment ?

— Je vous l'ai dit, tenta Adler en poursuivant ses travaux, c'est une question de distorsion temporelle…

Sentant que le temps alloué à son entrevue allait être limité, Jenny tenta de changer d'approche et ramena la discussion sur un sujet plus terrestre.

— On me dit que vous venez de Montréal ? demanda-t-elle au Trench.

Elle tenait toujours à découvrir l'identité de ce mystérieux personnage qui avait fasciné le monde entier par ses apparitions soudaines ; elle était venue au cœur du sinistre en partie pour cela.

— Vous ne pouvez pas demeurer indifférent devant ce qui se trame à l'extérieur, quand même ?

Distrait, Éric jeta un coup d'œil au chronomètre de son manteau avant de répondre.

— Je n'étais pas revenu ici depuis… eh bien, je ne sais plus trop quand au juste, mais depuis bien longtemps. Croyez-moi, j'ai été aussi attristé que vous d'apprendre la destruction de ma ville natale par les Banshee.

— C'est vous qui avez mentionné ce terme en premier, dit Jenny en s'adressant à la caméra, il y a quelques années, lors d'une de vos apparitions mystères.

— Les créatures qui attaquent Montréal se nomment les Banshee.

— Oui, nous savons, la Terre au complet a adopté ce terme pour les désigner. C'est comme ça que vous les aviez appelées à l'époque : les Banshee… comme les créatures mythologiques ? demanda-t-elle en se retournant vers lui, l'air amusé. Vous ne trouvez pas ça un peu drôle comme coïncidence, que les envahisseurs qui apparaissent au même moment que vous et vos hommes portent un nom plutôt… « terrestre » ?

— La Terre n'est pas la seule planète dans l'univers, Jennifer… je peux vous appeler Jennifer? D'après les dossiers d'Adler, les Banshee sont maintenant présentes à plusieurs époques sur Terre; le nom *Banshee*, que l'on retrouve dans la mythologie irlandaise, provient de ces mêmes créatures.

Jenny s'esclaffa.

— Vous pensez que je vais croire…

— Madame Moda, prévint le Trench.

— Oh, allez-y, je vous en prie.

— Ces cyborgs cherchent quelqu'un qui se serait réfugié sur Terre, sur cette île. Nous sommes venus nous assurer que les Banshee ne le retrouvent pas.

— Qui est cet individu?

— Un baron de l'Alliance, un homme important.

— Votre chef?

Le Trench haussa les épaules.

— Non, pas le mien particulièrement, mais à ce que l'on me raconte, un des moins sanguinaires du groupe.

— Alors, ce sont des chasseurs d'hommes, vos Banshee?

— Exactement. Et leur réputation de terreur universelle est méritée : elles n'abandonnent jamais leur proie, elles terminent *toujours* leur boulot. C'est ce qui en fait de si bons chasseurs. Mais lorsqu'elles sont contrariées, elles ont tendance à éliminer toute la population autour d'elles. Elles ne prennent pas de risques, elles ne laissent aucun survivant sur leur passage.

— Et Montréal dans tout ça? poursuivit distraitement la reporter.

— En arrivant sur Terre, nous avons été happés par une anomalie temporelle hors du commun. L'île semble figée dans une brèche, une fissure où toutes les époques se recoupent sans cesse.

Adler alla s'asseoir au bout de la scène, les pieds dans le vide ; il semblait prendre un malin plaisir à voir Éric vulgariser ses théories.

— L'effet est plutôt… sidérant, ajouta le Trench.

— L'effet ? demanda Jenny. Quel effet ?

— C'est un…

Éric s'interrompit et lança un regard vers Adler.

— Professeur, comment avons-nous décidé de l'appeler au juste, cet effet ?

— Une brèche pluritemporelle, annonça Adler, à applications exponentielles.

— *Pluri*…, marmonna Jenny en griffonnant. Vous pouvez répéter ?

— Un trou, simplifia le Trench. Un carrefour, un endroit où toutes les époques, passées et futures, sont attachées les unes aux autres par cette brèche, comme des bandages collés à une blessure.

— Un instant, qu'est-ce que vous voulez dire, *toutes les époques* ? Le passé et le futur de quoi… Montréal ? !

— L'effet s'étend présentement presque à la totalité de l'île, répondit Éric, et ne cesse de grandir. Nous ne pouvons encore rien faire pour l'arrêter.

— L'orage d'anomalies temporelles qu'ont créé les Banshee, ajouta Adler d'un ton calme, risque de grossir jusqu'à ce qu'il engloutisse la province tout entière, puis, on peut le supposer, le reste de la planète… et l'effet pourrait même s'étendre au-delà.

— Cette brèche, demanda Jenny, étourdie, elle a été causée par les Banshee ?

Éric baissa les yeux.

— Selon ce que nous comprenons maintenant, poursuivit Adler pour son lieutenant, l'une d'elles, cherchant à éliminer le baron qu'elles poursuivent, aurait fait surchauffer sa pile nucléaire et se serait fait exploser à Montréal en 1997. La détonation qui a tout déclenché, c'était ça. Elle aurait percé un trou dans la structure de la physique moderne telle que vous la connaissez.

— Elles explosent?

— Elles sont essentiellement des piles nucléaires. Quelques-unes d'entre elles pourraient facilement raser l'île tout entière, et les retombées radioactives tueraient une bonne partie de la population des rives avoisinantes. Elles semblent suivre ou précéder la venue de l'orage, et comme elles n'ont pas encore retrouvé le baron…

— Mais si vous pouvez retourner dans le temps, ne pouvez-vous pas aller jusqu'en 1997 et… et les empêcher de détruire la ville?

— Je leur ai posé la même question tantôt! lança Simon.

Adler se leva et fit quelques pas sur la scène, tentant de demeurer simple dans ses explications.

— Premièrement, l'orage temporel qui gravite autour de Montréal nous empêche d'utiliser adéquatement nos manteaux pour tenter d'effectuer ce que vous proposez. Nous ne pouvons faire que de petits sauts, et guère plus. Mais de manière plus importante, et c'est ici qu'entre en jeu le caractère exponentiel de la brèche que j'ai décrite tout à l'heure, les Banshee ne cessent de récidiver.

Constatant les regards d'incompréhension qui accueillaient les explications du petit homme, Éric tenta de résumer:

— Lorsqu'elles ne parviennent pas à trouver leur proie, dans ce cas-ci le baron que nous sommes venus sauver, les Banshee amorcent leur protocole d'urgence. Elles font exploser l'une des leurs au cœur de la métropole pour s'assurer que le baron ne survivra pas à leur visite. Ni personne d'autre, d'ailleurs.

— Mais comme elles n'ont pas reçu l'ordre d'arrêter leur chasse à travers le temps, enchaîna Adler, et qu'elles se retrouvent toujours bredouilles, elles tentent de faire exploser l'une des leurs chaque fois qu'elles s'apprêtent à quitter une nouvelle époque.

— Ce qui ne fait qu'agrandir la brèche, conclut le Trench. Et c'est là le gros du problème.

— Plus gros que des robots armés de nucléaire? demanda Simon en faisant claquer sa gomme à mâcher.

— Ce ne sont pas des robots, répéta le Trench, et oui, passablement plus gros. Jusqu'à présent, au fil de tous mes voyages, je n'ai jamais constaté la présence d'une explosion nucléaire à Montréal.

— Je ne comprends pas, tiqua Jenny.

— L'histoire du futur n'a pas enregistré cet incident, insista le Trench. Ce qui se passe en ce moment ne devrait pas exister, il ne devrait jamais y avoir eu de détonation, et pourtant…

— Et pourtant?

Adler intervint:

— Ces puissantes détonations, réparties sur de nombreuses époques, sont en train de dissoudre l'étoffe de l'espace-temps. L'orage temporel dont nous vous parlons est la manifestation de cette brèche dans notre dimension. Le nord de l'Amérique risque d'y passer…

Jenny observa les brigadiers, médusée.

— Vous… vous êtes sérieux?

— La province ne s'en remettra pas de sitôt, expliqua le Trench. Les retombées radioactives, la chasse aux sorcières pour trouver le coupable… Disons que l'avenir immédiat du Québec et du reste du Canada sera plutôt gris…

Jenny se renfrogna.

— Vous n'avez pas à me dire ce que nous réserve l'avenir, Éric. C'est la situation que nous vivons présentement qui m'intéresse ! Je n'ai pas besoin d'un homme du futur… ou… ou du passé pour me dire cela, alors que la planète tout entière cherche un coupable !

Le Trench la dévisagea d'un air sombre.

— Nous n'avons aucun contrôle sur ce phénomène, se défendit-il, nous sommes emprisonnés dans cet orage autant que vous. La brèche nous a déjà projetés à répétition aux alentours de votre époque, c'est ce qui explique pourquoi vous nous avez vus à différentes reprises au cours des dernières années.

— Mais en fait, conclut Adler, nous ne sommes ici que depuis trois jours, selon notre propre alignement universel, et nous faisons tout ce que nous pouvons.

— Jenny, tu te rends compte ?! lança Simon. Ce qui s'est passé pour nous il y a des années n'est arrivé pour eux qu'il y a trois jours !

— Oui, Simon, j'avais compris, soupira la reporter.

— Lieutenant, les interrompit soudain Xing-Woo en regardant autour d'elle, alarmée, où est T'Gan ?

Éric remarqua également l'absence du Déternien, et fit un signe discret à sa communicatrice.

— Je m'en occupe, grogna-t-elle.

Elle quitta la salle, furieuse. *Si je le retrouve encore en haut, ce rongeur*, se dit-elle, *je le coupe en rondelles.*

— Vous avez un plan en tête ? poursuivit Jenny, irritée.

— On y travaille, répondit calmement le Trench.

Il se retourna vers son médico.

— Stavros, je te transmets les codes du champ de force de l'infirmerie ; va chercher Nikka et assure-toi qu'elle est consciente pour le voyage. Ramène-la ici, veux-tu ? Je préfère avoir tout le monde au même endroit.

Et vérifie si Lody est en état d'être déplacée. Nous avons des civils et des blessés, maintenant ; lorsque l'orage va revenir, nous allons devoir agir vite.

Le grand scientifique s'extirpa difficilement de son banc inconfortable et sortit de la salle à la suite de Xing-Woo.

Ridley pointa les journalistes.

— Et qu'est-ce qu'on fait de la poupée et du gamin ? On n'a pas que ça à faire, nous, ils vont être dans nos jambes.

Jenny arqua un sourcil.

— Poupée ?

Éric poussa un soupir.

— Ils sont tous aussi… entêtés, vos hommes ? demanda Jenny en croisant les bras sur sa poitrine.

— C'est ce qui nous a permis de survivre tout ce temps, madame Moda.

Le Trench fit quelques signes pressés à Adler, qui acquiesça à son tour avant de commencer à emballer ses outils dans un sac de jute.

Après un moment, Jenny baissa les bras et redescendit les marches de la scène.

— Non, je suis désolée, mais c'est beaucoup trop pour moi. Ce que vous me dites… est difficile à avaler. Vous me demandez de croire des impossibilités, des choses contraires à tout ce que je connais…

Elle se laissa choir dans le siège à côté de Simon, dans la première rangée.

Le Trench s'approcha du bord de la scène et s'agenouilla devant eux pour les regarder directement dans les yeux.

— Jennifer, vous avez vu des hommes métalliques voler au-dessus de votre ville, vous les avez vus détruire des bâtiments en ouvrant la paume de leurs mains, et maintenant vous faites la rencontre de soldats de races extraterrestres qui se promènent dans le temps grâce à de longs manteaux. Et pourtant, vous semblez encore très en possession de vos moyens. Vous me paraissez tous les deux très intelligents, et très courageux. Alors cessez de m'interrompre et écoutez-moi bien.

La reporter voulut ajouter quelque chose, mais, sa curiosité étant piquée, elle se tut.

— Tout ce que vous venez d'entendre n'est rien en comparaison de ce qui va vous arriver d'ici quelques instants.

Jenny cligna des yeux.

— Qu'est-ce que vous voulez dire?

— D'ici quelques minutes, l'orage temporel dont je vous parle va revenir frapper l'île de plein fouet. Vous n'avez jamais été témoins directement de ce phénomène et vous devez vous attendre au pire; nous ne pourrons vous sortir d'ici avant qu'il ne repasse. Nous ne pourrons l'éviter, nous ne pouvons le contourner : nous sommes tous prisonniers ici en attendant sa venue.

— Vous pourriez nous aider à quitter Montréal si on vous le demandait? s'enquit Simon.

Éric se permit un sourire.

— Je n'ai pas l'intention de vous abandonner ici, mais notre lame a pour mission, d'abord et avant tout, de retrouver le baron.

— Alors, il n'y a donc aucun espoir? s'écria Jenny.

Sa carrière de reporter, sans parler de sa vie et de celles de milliards de Terriens innocents, semblait se diriger vers une fin abrupte.

— L'orage fluctue à intervalles réguliers, intervint Adler, du moins dans le hors-temps du reste du Multivers. Nous ne pouvons pas contrôler notre destination à l'intérieur de la tempête temporelle, parce que le drakkar est endommagé. Cependant, nous avons réussi à calculer l'intervalle entre les vagues.

— Vous allez être les premiers à voyager dans l'orage, expliqua doucement Stavros.

— Voyager?... balbutia Jenny sans comprendre.

Adler tenta de mimer l'effet à l'aide de ses petites mains.

— Une des membranes énergétiques du carrefour temporel va bientôt repasser sur cette île. Ce mur du temps va frapper Montréal et les environs et nous transporter à une autre époque.

Jenny et Simon échangèrent des regards inquiets.

Le Trench observa d'un air morne les deux journalistes téméraires.

— Nous allons utiliser nos manteaux pour nous enfoncer dans la tourmente et tenter de nouveau de suivre les Banshee jusqu'à leur prochaine destination avant qu'elles ne fassent exploser l'une des leurs. Avec un peu de chance, Adler aura eu le temps de terminer les réparations de notre drakkar et nous pourrons tenter de sauter à une période plus reculée à partir de là. Si tout va bien, nous pourrons nous sortir de cet orage et tenter de réparer les lignes du temps.

— Ce que vous êtes entraînés à faire, compléta Simon, pas vrai? Vous êtes entraînés pour ce genre de situation, non?

— Nous devons mettre un frein à leurs agissements, poursuivit le Trench sans commenter. Les Banshee vont détruire la planète si on ne parvient pas à les arrêter.

— S'il n'est pas déjà trop tard, ajouta discrètement Adler.

— Et nous? demanda Jenny. Vous pensez que...

— Vous devez venir avec nous, trancha Éric. Vous ne pouvez pas rester ici.

— Partir avec vous ? fit la journaliste, éberluée. Dans… dans le *temps* ?

— Vous m'avez dit que vous ne pouviez pas quitter l'île avant demain, répondit le Trench. Si vous restez ici, vous allez être déchirés par les fluctuations temporelles. Vous *devez* venir avec nous. Nous possédons des manteaux conçus pour résister à ce genre de phénomène, pas vous.

Jenny déglutit et tenta de reprendre son souffle ; elle commençait à manquer d'air.

— Comme vous pouvez le constater, conclut Éric, il ne vous reste plus beaucoup d'options.

Jenny demeura silencieuse un moment. À ses côtés, Simon leva les yeux au ciel.

— Allons, Jenny ! dit-il d'un ton enjoué, tu ne vas pas manquer ta chance de voyager dans le temps, quand même ?! C'est le rêve de tous les journalistes !

— Et pour quand est prévue cette prochaine vague… temporelle ? demanda-t-elle enfin, résignée.

Le Trench regarda de nouveau le cadran sur sa manche.

— Dans un peu moins d'une heure.

— Lieutenant !

Xing-Woo revint dans la salle de cinéma en courant, furieuse.

— T'Gan a disparu !

Éric mit un moment à enregistrer l'information.

— Quoi ?!

— Il n'est plus dans le cinéma, expliqua la communicatrice, je l'ai cherché partout. La porte d'entrée est déverrouillée, et je suis allée faire un tour aux balcons d'en haut : le brouilleur d'ondes est démonté !

— C'est grave ? demanda Jenny en se levant.

Elle rangea son calepin et enfila sa casquette, laissant sa petite queue de cheval bondir à l'arrière.

Le Trench, contrarié, observa la voûte dorée du cinéma d'un air inquiet.

— Je crois que nous allons devoir trouver un endroit où vous cacher, madame Moda.

Avant qu'il n'ait le temps de coordonner ses hommes, Stavros entra à son tour dans la salle de projection, accompagné de Nikka. La jeune recrue semblait mal en point et fixait le sol.

— Lieutenant! lança Stavros, vous devez venir au sous-sol. Il y a du nouveau!

En voyant son air grave, Éric sauta à bas de la scène et se dirigea rapidement vers lui.

— Stavros, je ne veux pas d'autres mauvaises nouvelles. Dis-moi que Lody est...

Une détonation sourde les fit tous sursauter. Au-dessus de leurs têtes, les candélabres précaires vacillèrent quelques instants, laissant tomber une pluie de poussière de plâtre sur eux. Puis, quelques secondes plus tard, une seconde détonation fit craquer la voûte dorée du cinéma, deux étages plus haut.

Éric poussa un juron et maudit l'interférence de T'Gan.

— Le brouilleur d'ondes a été désactivé; les Banshee nous ont retrouvés!

— Je te jure, Éric, ragea Ridley en faisant apparaître une lame à la manche de son manteau, si je parviens à mettre la main sur ce foutu hamster!...

Chapitre 10
LA LUNE DE GLACE

Sur Sialus Secundus, seule une série de taches sombres encastrées dans la surface blanche et bleue de la petite lune de glace permettait de deviner la présence d'une installation militaire. La couche supérieure de la lune avait été creusée pour y construire une série de hangars, un héliport et assez de baraques pour loger les 500 soldats qui vivaient à la base depuis quelques années déjà, montant la garde dans le secteur.

Pourtant, ailleurs dans le Multivers, la guerre civile qui déchirait l'Alliance n'avait été déclarée que quelques mois plus tôt. Mais Sialus Secundus était lovée au fond d'un terrier dimensionnel qui déviait le cours normal du temps ; pour les soldats de la lune de glace, trois années entières s'étaient écoulées depuis le début des hostilités et, pour eux, le conflit commençait à s'étirer.

Ce genre de décalage représentait d'ailleurs la complexité d'un conflit livré simultanément à plusieurs époques : chaque faction résidait dans une ligne temporelle différente. Ce n'était pas un phénomène rare ; plusieurs autres bases militaires éparpillées aux carrefours des dimensions connues vivaient de pareils décalages.

Le capitaine Yaavik, officier supérieur de la base, n'avait pas reçu de nouvelles de son baron depuis plusieurs mois. Par l'entremise des derniers ordres transmis, il lui avait recommandé de maintenir une certaine vigilance, même si aucune manœuvre n'était prévue dans son secteur avant un bon bout de temps. Il fut donc surpris lorsque son officier des communications lui signala l'apparition d'une navette inconnue parcourant le territoire. De plus, les instruments de la base avaient détecté la présence d'un brigadier à bord de la navette. Pourtant, Yaavik n'attendait personne. Suivant au pied de la lettre les directives reçues, il ordonna qu'on abatte l'intrus par précaution ; un agent pourrait essayer de les infiltrer, et cela représentait un risque que le capitaine refusait de prendre, surtout en temps de guerre.

Des missiles furent lancés, et la navette fut happée à plusieurs reprises. Observant le dénouement de l'attaque sur les écrans de leur bunker souterrain, les soldats félicitèrent l'artificier. Quelques secondes plus tard, la carcasse de la navette ennemie heurta de plein fouet la surface gelée de la lune et fut réduite en poussière.

Yaavik ordonna alors qu'on aille fouiller les décombres ; il ne voulait absolument pas mettre en péril la sécurité de la base. La tâche ingrate de se rendre à l'extérieur et d'inspecter le site de l'écrasement incomba au constable Marrt et à son équipe de recrues.

Grise comme une éclisse de métal, la navette de l'équipe de reconnaissance survola les plaines de glace de la petite lune, laissant retomber derrière elle une traînée de poudrerie. Les hélices des gyromoteurs étaient inutiles sur une lune dénuée d'atmosphère ; elles avaient été conçues pour des mondes plus hospitaliers. La navette de Marrt utilisait donc ses moteurs antigravité pour se déplacer au-dessus de la surface gelée. Elle ne filait peut-être pas aussi vite qu'elle l'aurait fait sur une planète dotée d'une atmosphère, ou même sous l'eau, mais la sensation de planer était tout au moins agréable.

À travers la lucarne du cockpit, Marrt vit apparaître la grande balafre qui éventrait la plaine de glace sur quelques kilomètres. De la poussière cristalline retombait doucement, encore mue par l'apesanteur de la petite lune ; il avait trouvé le site de l'écrasement. Le gyroplane se posa doucement, silencieusement, sur la toundra glacée de Sialus Secundus, et Marrt alla rejoindre ses hommes à l'arrière.

— Préparez-vous à descendre, les gars, lança-t-il aux recrues. On arrive au site de l'écrasement.

Les deux hommes grognèrent, comprenant que leur supérieur ne viendrait pas avec eux, mais ils turent leurs réflexions.

— On cherche quoi, au juste ? demanda l'une des recrues.

— Un espion, répondit Marrt avec amertume.

Puis il se reprit.

— Ou plutôt, son vaisseau. Il semble qu'un brigadier se soit écrasé ici dans une navette, et le capitaine veut être certain qu'il n'a pas survécu.

— S'il a survécu, ajouta l'autre, j'aimerais bien qu'on me dise comment il a fait ça. Moi, tout ce que j'ai réussi à faire avec mon manteau, c'est équilibrer des équations de ravitaillement.

— Ça, lança Marrt à celui qui venait de parler, c'est la raison pour laquelle tu es encore une recrue, *recrue*.

Les deux brigadiers enfilèrent leurs capuchons thermiques et firent apparaître des masques respiratoires sur leurs visages avant de sortir silencieusement. Il n'y avait rien à entendre à l'extérieur de l'engin, aucun souffle de vent, aucune trace de vie, aucun son.

Marrt revint à l'avant de la navette et s'installa confortablement, bien au chaud. Il posa ses pieds sur la console de navigation en attendant des nouvelles des jeunes recrues et soupira profondément, enfin seul.

La lune glacée était l'un des endroits les plus ennuyeux que Marrt avait eu la malchance de connaître. Il vivait ici depuis quelques années déjà, à son grand désarroi, et avait fait le tour des sites touristiques assez rapidement. Contrairement à la plupart des satellites naturels en orbite autour de leur planète, Sialus Secundus était si petite, si inintéressante que personne n'avait même osé baptiser ses buttes les plus spectaculaires. Il faut dire qu'il n'y avait pas vraiment de sites à baptiser ; la sphère de glace était plutôt uniforme. Seul son éclat, bleuté comme un saphir perdu dans l'obscurité de l'espace, lui donnait une apparence plaisante sous le soleil de Sialus. Le caporal connaissait chaque recoin de la petite lune comme le fond de sa poche et s'y emmerdait éperdument.

Le paysage était monotone, répétitif. À perte de vue, de majestueuses plaines de glace se perdaient dans la courbure de l'horizon. Il y avait bien quelques collines plus acérées qui parsemaient parfois la surface du désert étincelant, mais elles cédaient inévitablement la place à de grandes étendues évasées au bout de quelques kilomètres.

Quelques minutes plus tard, à bord du gyroplane, Marrt commençait à somnoler, un capuchon thermique enfoncé sur le crâne ; ainsi, il pourrait au moins demeurer au chaud pendant que les recrues se tapaient la reconnaissance sur les plaines gelées.

Puis, tout à coup, un tintement le ramena rapidement au présent. Le constable se rassit péniblement sur son siège en enfilant un casque d'écoute et répondit machinalement.

— Marrt…

— Constable, lui parvint la voix d'un de ses hommes, distante et métallique dans le petit casque d'écoute. Nous sommes arrivés au site de l'écrasement...

— Il était temps, laissa tomber Marrt en bâillant.

Il attendit un instant, puis :

— Et alors, tout va bien ? On peut revenir à la base ?

Mais la réponse qu'il obtint ne fut pas celle qu'il avait anticipée.

— Constable, poursuivit la recrue d'une voix incertaine, je crois que vous feriez mieux de venir nous rejoindre.

Marrt voulut protester : il n'avait aucunement l'intention de quitter la chaleur de son appareil. Mais la recrue se fit insistante.

— Vous feriez mieux de venir voir ça, Marrt, c'est... c'est imprévu...

Curieux, le constable surmonta sa mauvaise humeur grandissante et serra le capuchon thermique autour de son crâne rasé, faisant apparaître à son tour un masque respiratoire sur le bas de son visage. Il se dirigea à l'arrière de la navette et descendit péniblement sur la surface gelée en activant le champ gravitationnel de son manteau. Celui-ci lui permettrait de maintenir une position ferme en apesanteur et de se déplacer sans trop d'inconvénients sur la surface de la lune.

Il activa quelques rétropropulseurs encastrés dans les bottes de son uniforme pour le lancer sur son départ et fit un bond d'une dizaine de mètres avant de tomber à pieds joints sur le sol. Un nuage de poudrerie se souleva autour de lui au point d'impact. Il activa de nouveau ses rétros et fit un autre bond spectaculaire. Après avoir ainsi parcouru quelques centaines de mètres, Marrt aperçut enfin l'immense balafre qui fendait la plaine de glace étincelante en deux ; la navette ennemie s'était écrasée avec une violence inouïe.

À son dernier saut, Marrt vit deux points sombres arpenter la tête d'une comète creusée dans la glace, le lieu de l'écrasement. Il les rejoignit quelques instants plus tard et, haletant, exigea un rapport.

— Constable, nous ne savons pas trop quoi faire de ça, déclara l'un des deux brigadiers dans son masque respiratoire. Venez voir.

Ensemble, ils gravirent la paroi du cratère de glace, s'aidant régulièrement de petites poussées contrôlées de leurs rétros.

— Vous avez trouvé l'espion ? demanda Marrt entre deux sauts.

— Pas exactement, répondit l'autre nerveusement.

Marrt allait perdre patience, mais les recrues semblaient trop fébriles.

— Que se passe-t-il, soldats ? Qu'avez-vous trouvé, au juste ?

— Vous allez voir, constable… C'est difficile à croire.

Arrivés au sommet du cratère, les trois hommes se tinrent aux abords de l'énorme trou béant qu'avait formé le *Bathlopin* en s'écrasant. On aurait dit qu'une immense massue s'était abattue sur un lac glacé dont les morceaux seraient ensuite retombés pêle-mêle. Marrt demeura un instant saisi : il n'y avait aucun signe de l'épave. Il s'était attendu à une traînée de débris, à des corps éparpillés, aux décombres de la navette pulvérisée, mais à part d'immenses rochers de glace entassés, le fond du cratère semblait absolument vide.

— C'est impossible ! déclara finalement Marrt. La navette doit bien être ensevelie quelque part sous ces éboulis !

Une des recrues fit un saut vers le fond du cratère et laissa la gravité artificielle de son manteau le poser délicatement sur le sol.

— Ce n'est pas tout, lança l'autre en effectuant le même bond à son tour.

Marrt fit de son mieux pour tenter de les suivre.

Au fond du cratère, à peine visible sous les éboulis, la surface de la lune semblait fissurée à plusieurs endroits. Les trois brigadiers s'approchèrent prudemment de quelques immenses blocs de glace affaissés les uns contre les autres. Une fine poudrerie retomba doucement entre eux, conférant une atmosphère féerique à la grotte ainsi formée.

— Nous avons trouvé de nombreuses fissures identiques à celles-ci entre les rochers, déclara un des soldats. Il y a assez de place pour se frayer un passage, mais faites attention où vous mettez les pieds, constable.

Éberlué, Marrt suivit ses hommes à l'intérieur de la caverne formée par l'écrasement de la navette ennemie. Il activa une lampe à la manche de son manteau et observa la paroi irrégulière de la grotte, sa respiration haletante.

— Je ne comprends pas, dit-il après avoir fait quelques mètres.

Devant lui, une des recrues lui fit signe d'avancer avec précaution.

— Tous ces blocs de glace, expliqua un des soldats, se sont entassés après l'écrasement de la navette. Ils sont retombés dans le cratère au moment de l'impact.

Suivant ses hommes, Marrt arriva aux abords de ce qui lui sembla être une petite falaise de glace. Sous ses pieds, le sol se dérobait soudain pour laisser place à un abîme sombre.

— C'est creux, constata Marrt, abasourdi. La lune de glace est creuse!

En percutant la surface de la lune à toute vitesse, le *Bathlopin* avait donné l'impression de se désintégrer, mais la navette avait en fait percé la surface comme un caillou lancé à travers un miroir. Elle avait poursuivi sa trajectoire sous la surface de la lune pour aller s'écraser au fond de ce gouffre, des dizaines de mètres plus bas. Elle n'avait pas été détruite ; elle avait filé comme un projectile d'arme à feu dans une des immenses cavernes souterraines de la lune de Sialus Secundus.

— Vous étiez au courant, constable ? demanda une des recrues.

— Que la lune est creuse ? !

Marrt poussa un juron.

— Ça fait trois ans que je vis ici, recrue, et on n'a jamais pris le temps de m'informer qu'il y avait des grottes cachées quelque part sous la surface !

Dans l'obscurité, agenouillé précairement au-dessus du ravin, Marrt tenta sans succès d'illuminer le fond du gouffre avec le faisceau de la lampe maintenue à son poignet.

— Je ne vois rien. Je me demande si Yaavik connaît l'existence de cet endroit.

Les hommes autour de lui ne répondirent rien ; pour eux, il était évident que le capitaine savait.

Marrt serra les mâchoires.

— Il semblerait que notre base serve à beaucoup plus que simplement protéger le coin…

Il se redressa pour s'adresser à ses hommes.

— Nous retournons au campement. Je dois aviser le capitaine Yaavik de la situation ; il doit être mis au courant des derniers développements.

Un peu de poudrerie tomba soudain entre les hommes, attribuable à la stabilité précaire de la grotte.

Marrt observa la voûte au-dessus de leurs têtes avec crainte.

— On ne devrait pas rester ici.

— Attendez que je raconte ça aux autres ! lança une des recrues en se dirigeant vers la sortie.

Mais Marrt le retint par le bras.

— Si cette navette ne s'était pas écrasée ici, nous n'aurions jamais découvert ce gouffre. Et je parierais que le baron Gaurshin tient à garder cet endroit secret. Alors, vous ne soufflez pas un mot de tout ceci à qui que ce soit, est-ce bien compris ?

Sous le regard menaçant de leur supérieur, les deux recrues hochèrent la tête.

— Et qu'est-ce qu'on fait de la navette, constable ? Les espions sont morts, selon vous ?

Marrt les suivit lentement vers la sortie, prenant soin de ne pas heurter les parois au passage, de peur de causer un éboulis.

— Probablement, mais qui sait ? Ce n'est plus de notre ressort maintenant. Yaavik va sûrement envoyer quelqu'un de mieux entraîné que nous pour inspecter l'épave. Sortons d'ici avant que tout cela ne s'effondre sur nos têtes.

Tout au long du chemin du retour, dans la navette de reconnaissance, aucun des hommes ne dit mot. Chacun d'eux songeait à ce que renfermait la lune sous sa surface de glace. Et chacun d'eux ravalait l'amertume qui venait avec la certitude que leur devoir, depuis trois ans, n'était pas d'attendre de partir au front, ni même de repousser les patrouilles ennemies, mais bien de défendre un vulgaire bloc de glace dont le mystère demeurerait un secret jalousement gardé par le baron qu'ils protégeaient avec leurs vies.

Chapitre 11
FACE À L'INÉVITABLE

Une partie de la voûte de l'immense cinéma s'effondra soudainement au-dessus de la têtes des brigadiers en une pluie d'éclats provenant des lustres fracassés. Ils se protégèrent instinctivement à l'aide de leurs écus lumineux et les débris du plafond défoncé s'effritèrent autour d'eux comme de la craie.

Des hurlements assourdissants se firent entendre, de plus en plus intenses ; six Banshee firent irruption dans la salle de projection de l'Impérial en passant par le trou béant qu'avaient percé les rayons oxydants de leurs gantelets. Les mains tendues devant elles, une lueur maléfique au creux de leurs paumes, elles tournoyèrent rapidement près du plafond en lançant leur cri modulé, avant d'atterrir parmi les soldats.

La poussière n'était pas encore complètement retombée que le Trench et ses hommes sautaient déjà sur les Banshee en brandissant leurs armes. Adler et Xing-Woo s'en prirent à une première, tandis que le Trench fonça sur la seconde. Stavros agrippa un des cyborgs au vol et le propulsa de toutes ses forces dans la cabine du projectionniste, faisant voler la vitre en éclats. Le gros scientifique se lança alors à sa poursuite pour l'achever à coups d'épée, tandis que Morotti et Ridley firent de leurs armes un éventail meurtrier en s'en prenant aux trois derniers chasseurs.

Les Banshee se défendirent tant bien que mal, hurlant dans toutes les directions, lançant des pointes lumineuses noires contre les boucliers énergétiques des soldats pour tenter de les repousser et les martelant de leurs poings aussi solides que des massues.

Mais la lame du Trench avait dû rencontrer plus d'une trentaine de Banshee au cours des derniers jours, et les brigadiers ne se laissaient plus intimider facilement par elles. Grâce à un habile effort coordonné, le combat frénétique fut de courte durée ; quelques instants plus tard, les Banshee tombèrent sur le sol, en morceaux, la modulation de leur cri torturé diminuant d'intensité au fur et à mesure qu'elles mouraient.

— L'écran de brouillage ! s'écria le Trench en arrachant son épée du corps d'une des Banshee.

— Je n'y comprends rien, répondit Adler, affolé. Mon système était tout à fait perfectionné !

— Je vous dis que c'est T'Gan ! hurla Ridley. Je le savais !

— Ce ne devait être qu'une escadrille de repérage, lança Xing-Woo, penchée sur les corps des Banshee, constatant les dégâts. Nous ne devrions pas rester ici, lieutenant : leurs copines vont bientôt venir s'enquérir de leur sort.

Du coin de l'œil, la jeune Asiatique aperçut alors Simon, emprisonné sous un morceau de la voûte effondrée. Il avait vaillamment continué à filmer pendant l'altercation et tenait encore la caméra contre son épaule comme si elle avait été son enfant. Xing-Woo se rua sur lui, les yeux écarquillés.

— Simon ! hurla-t-elle en venant à son aide. Sim, parle-moi, ça va ?

Elle ordonna à Ridley de venir l'aider à soulever le morceau de plafond qui s'était effondré sur le cameraman.

Sous les débris, le bassin de Simon semblait fracturé en plusieurs endroits. Il cracha un peu de sang. Xing-Woo se pencha pour écouter sa respiration.

— Je crois qu'il a des côtes fracturées !

N'obtenant aucune réponse, elle se retourna et remarqua le Trench, agenouillé sur le sol.

— Lieutenant ?

Mais le Trench hochait la tête.

— Je refuse, dit-il tout bas.

À ses pieds, Jenny gisait dans une mare de sang, son corps brisé comme un pantin désarticulé. Elle ne respirait plus.

— Elle… elle est… vivante ? parvint à demander Simon, agonisant.

Mais le Trench ne répondit rien.

— Oh, Éric, souffla Xing-Woo en apercevant le corps inerte de la reporter. Je suis désolée…

Elle plaça sa main sur l'épaule du Trench et jeta un coup d'œil au ciel étoilé qu'elle pouvait voir par le trou béant au plafond, deux étages plus haut.

— Stavros ! beugla-t-elle dans le communicateur à la manche de son manteau. Nous avons une urgence médicale ici ! Les civils sont blessés !

Puis, plus doucement, au Trench :

— Lieutenant, le brouilleur est détruit, nous ne pouvons pas rester ici.

Du haut de la cabine du projectionniste, Stavros pointa la tête ; il tenait sous son bras le crâne de la Banshee qu'il avait poursuivie jusqu'en haut. Ainsi perché, il saisit aussitôt la situation et se propulsa dans le vide en passant par le balcon défoncé. Il atterrit lourdement plusieurs mètres plus bas et se dirigea rapidement vers le corps de Jenny, laissant la tête métallique de la Banshee décapitée rouler derrière lui.

Toujours agenouillé, Éric hocha la tête, incapable d'accepter une mort si gratuite.

— Éric, intervint doucement Adler en se dirigeant vers le Trench.

Le petit historien avait fait apparaître l'hologramme d'un document au-dessus de la manche de son manteau et le contemplait avec tristesse.

— Lieutenant, je reçois une mise à jour à travers l'interférence, ce sont les dossiers temporels de cette zone…

Éric ne daigna même pas lever les yeux. Simon grogna quelques fois avant de trouver sa voix.

— Qu'est-ce que… qu'est-ce que ça veut dire, ça? JENNY?!

Adler soupira longuement avant de lire les fichiers lumineux qui flottaient devant son visage.

— « La reporter canadienne Jenny Moda, envoyée au cœur du sinistre désormais célèbre, n'est jamais ressortie des décombres de la ville… Sa mort est attribuée à une attaque de Banshee. »

Adler éteignit le dossier.

— L'histoire aura noté qu'elle est morte ici, Éric. Elle n'est jamais ressortie vivante de cette île…

— Quoi?! bredouilla Simon en grimaçant de douleur. Vous… Non! NOOON!

— C'est tout? demanda le Trench au petit professeur.

— Aucune autre mention d'elle n'est faite par la suite, répondit tristement Adler, abattu.

Mais Éric se renfrogna.

— Alors, son message ne s'est pas rendu.

— Son *message*?

Sa trousse de premiers soins en main, Stavros s'éloigna du corps de Jenny; il ne pouvait plus rien pour elle. Il se dirigea rapidement vers Simon, qui ne cessait de pousser des râlements. D'un simple geste de la main, le brigadier déchira la chemise tachée de sang du jeune homme avant de tâter sa cage thoracique. Dans un coin, Nikka contemplait la scène avec horreur, et Morotti alla la rejoindre pour tenter de la réconforter.

— Ils étaient venus ici faire un reportage, laissa tomber Éric en indiquant Simon, un reportage sur les Banshee, sur l'explosion nucléaire… sur *nous*. La première preuve tangible d'une intervention extraterrestre sur Terre, démontrant que ce qui s'est passé ici n'était pas la faute d'un pays voisin, mais bien de l'Alliance. Son message ne s'est jamais rendu aux médias. Sa mort n'aura servi à rien.

Il sembla prendre une décision et se releva pour s'adresser à ses hommes.

— Nous allons la rechercher.

Ridley leva les bras.

— Quoi? Holà, une minute! Pourquoi?

— Parce que son message doit être diffusé, constable, il doit atteindre le plus de gens possible, à la grandeur de la planète. Les hommes de cette époque, de toutes les époques à venir, doivent s'organiser et combattre ce qui se trame ici. Ils doivent connaître la vérité pour se préparer à l'invasion. La Technence n'arrêtera devant aucun obstacle pour mettre la main sur Van Den Elst, et elle va détruire la planète tout entière pour y arriver ; il faut les prévenir.

— Lieutenant, tenta Xing-Woo, je ne suis même pas certaine qu'on soit capables de faire ce que vous proposez…

— Mais bien sûr qu'on en est capables! rétorqua le Trench avec hargne. Nous sommes tous dotés d'engins qui ne servent qu'à ça!

— Vous… vous pouvez faire ça? demanda Simon anxieusement tandis que Stavros tentait de son mieux d'alléger ses souffrances.

— L'orage n'est pas encore passé, répondit le Trench en dévisageant ses hommes, nous pouvons rester dans le même segment de l'espace-temps qu'auparavant sans trop amincir la membrane temporelle. Et à ce stade-ci, les lignes temporelles sont déjà tellement déréglées, une intrusion de plus ou de moins dans le cours des choses ne changera rien.

— Éric, protesta Ridley, c'est un gros risque à prendre, tu ne trouves pas? Mettre la Terre en danger pour aller sauver une simple…

Le Trench l'empoigna par le col de son manteau.

— Je refuse d'accepter la mort inutile de cette femme!

Adler tenta d'évaluer leurs chances de réussite.

— Lieutenant, Ridley n'a pas tort. Sans le drakkar, même un petit saut pourrait avoir des conséquences désastreuses…

— Nous n'aurons qu'à rester groupés, les uns près des autres, et… à nous tenir les mains.

Ridley fit une grimace.

— Ah non, pas encore! C'est pas sérieux!

Sans leur laisser le temps de répondre, le Trench agrippa les mains de Ridley et Xing-Woo et leur ordonna de faire de même avec les autres soldats de leur lame. Adler, Nikka et Morotti se joignirent à eux.

— Je ne quitte pas mon patient, les prévint Stavros près de Simon.

— Ça ne changera rien! hurla le Trench.

Stavros demeura un instant figé : il n'avait jamais vu Éric s'emporter de la sorte.

— Nous allons les rechercher *tous les deux*! lança le Trench au grand scientifique. Maintenant, venez ici immédiatement! C'est un ordre, *sergent*!

Stavros obtempéra à contrecœur, lançant un dernier coup d'œil à Simon qui crachait encore du sang.

— Nous allons les rechercher tous les deux, ils doivent raconter ce qu'ils ont vu aujourd'hui, ce qu'ils vont voir au cours des prochains jours…

— Mais pourquoi leur reportage est-il si important que tu mettes la vie de tous les hommes de notre lame en danger, Éric? insista Ridley en prenant maladroitement la main griffue de Morotti.

Éric fixa le sol, l'air étrange; il semblait abattu.

— Parce que je ne suis pas certain qu'on va pouvoir arrêter ce qui se passe ici.

Adler leva les yeux dans sa direction, surpris de noter le désespoir dans la voix de son collègue.

— Tu crois que l'histoire ne s'en remettra pas? demanda le petit professeur.

Mais le Trench demeura silencieux.

— Et Lody? protesta Ridley.

— Et T'Gan? ajouta à son tour Xing-Woo.

— Nous ne reculerons que de quelques minutes, rétorqua Éric, assez pour empêcher ce qui vient de se passer ici. Lody sera encore en bas à notre retour, comme nous l'avons laissée.

Stavros voulut lui expliquer la condition de Lody, mais le Trench ne lui en donna pas le temps.

— Fünf patrouille la ville depuis des heures. Nous n'avons pas le temps d'aller le chercher; il sera encore là à notre arrivée. Nous réactiverons le brouilleur d'ondes en arrivant pour éviter que le même événement ne se reproduise. Et pour ce qui est de T'Gan…

Il observa le trou béant qui perçait la voûte dorée de l'Impérial, les carcasses des Banshee éparpillées sur le sol, et le corps broyé de Jenny.

— J'ai verrouillé les codes de téléportation de son manteau avant de monter vous rejoindre… je ne voulais pas prendre de risques avec lui. Nous parlons avec les journalistes depuis au moins quinze minutes ; le temps qu'on réapparaisse dans le passé, il aura déjà pris la fuite. Il ne connaît pas bien cette ville, et très peu cette planète. Il n'aura nulle part où aller. Nous nous occuperons de lui en temps et lieu.

Non loin d'eux, Simon, qui luttait pour ne pas perdre connaissance, les interpella.

— Éric… est-ce que je vais… me souvenir… de tout ce qui vient de se passer ?

— Tu n'auras jamais existé, répondit froidement le Trench.

À ses côtés, Xing-Woo ne put s'empêcher de détourner le regard.

Éric se reprit.

— Simon ne sera jamais blessé par une Banshee, Jenny ne mourra pas dans cette foutue salle de cinéma et, non, tu ne te souviendras de rien. Tu n'auras pas vécu ce moment.

Simon sourit, les dents rougies par le sang qu'il ne cessait de recracher.

— Vous êtes vraiment des pros, les gars… c'est pas moi qui vais m'en plaindre…

— Préparez-vous, dit le Trench en activant les moteurs de son manteau. Je vais utiliser les codes de Lody pour activer vos manteaux et les coordonner avec le mien.

— Mais… mais n'allons-nous pas nous rencontrer ? s'écria Xing-Woo soudainement. Et si c'est le cas, n'aurions-nous pas déjà dû nous rencontrer si nous avions réussi à effectuer le saut?

— C'est vrai, ça, renchérit Ridley. C'est toi qui as l'habitude d'aller te rendre visite, Éric; on va pas se retrouver dédoublés?

— Pas si on prend notre propre place dans la chronologie des choses, répondit le Trench d'un ton grave. Les fois où je me suis revu, les circonstances n'étaient pas les mêmes; j'ai dû faire des efforts pour éviter de me rencontrer. Dans ce cas-ci, nous allons tout simplement reprendre notre place dans le cours normal des événements.

Adler fronça les sourcils.

— Ça n'est pas un peu… euh, le mot que je cherche serait… «dangereux», ce que tu proposes, Éric?

Avant qu'un seul de ses hommes n'ait le temps de rétorquer, le Trench enclencha les moteurs de leurs navires. Des lueurs bleutées se mirent à voler autour des brigadiers réunis en un cercle fermé, et un vent chaud parcourut l'auditorium.

Les cheveux ébouriffés par les bourrasques surnaturelles, Simon s'empressa de lancer quelque chose au Trench.

— Éric! dit-il, ayant peine à se faire entendre au-dessus du bruit assourdissant de leur départ fantastique.

Le Trench attrapa l'objet au vol avant de reprendre rapidement la main de Xing-Woo; il s'agissait de la petite boîte compacte d'une vidéocassette.

Quelques instants plus tard, une violente implosion engloutit le peloton du Trench et le fit disparaître dans les lignes du temps.

⇥|

— Laissez-moi récapituler, reprit Jenny en toisant les brigadiers.

Simon et elle étaient assis dans la première rangée de l'amphithéâtre, entourés de quelques-uns des soldats aux longs manteaux. Près d'eux, Xing-Woo répondait patiemment à leurs questions, accompagnée de Stavros, qui tentait toujours de trouver une manière de s'asseoir confortablement sur un des petits bancs. Au fond de la salle, main dans la main, Morotti et Nikka attendaient que l'orage repasse pour pouvoir enfin quitter cette époque sombre. Adler travaillait toujours sur le drakkar ; le navire avait été redescendu sur scène et on pouvait voir ses petits pieds dépasser à l'arrière, coincés sous les moteurs. Ridley marchait paresseusement aux côtés du Trench en râlant, et tous deux descendaient l'allée principale du cinéma en direction des journalistes.

Jenny relut les notes de son calepin.

— Vous êtes des policiers…

— Une brigade militaire spécialisée, la corrigea Xing-Woo.

— Spécialisée dans l'intervention… temporelle ?

Stavros hocha la tête.

— Vos manteaux vous permettent de voyager dans le *temps* ?

À l'unisson, les hommes du Trench poussèrent un soupir de découragement. Ridley tenta de garder son calme.

— Tu n'aurais pas pu nous ramener un peu plus près de l'événement, Éric ? !

— Mademoiselle Moda, intervint Xing-Woo en faisant les présentations, voici Éric, le second du lieutenant Lody, et le commandant de cette lame.

— C'est votre… vaisseau ? demanda Jenny en indiquant le drakkar juché sur la scène.

Elle observa le jeune homme qui se dirigeait vers elle d'un pas confiant et se dit qu'elle devrait le tenir à l'œil.

— C'est exact, répondit le Trench. Heureux de faire votre connaissance, madame Jenny Moda, reporter-vedette du Canal 4. Je suis le Trench.

— Nous… nous nous sommes déjà rencontrés ? fit Jenny en se demandant comment il avait fait pour deviner son nom.

— Oui, mais je ne crois pas que vous en ayez gardé un souvenir, commenta le jeune homme.

— Nous avons vraiment le temps de faire ça ? protesta Ridley en passant près du Trench. Les Banshee vont revenir d'une minute à l'autre…

— Plus tard, Ridley, répondit sèchement le Trench. Rends-toi utile et va réassembler le brouilleur d'ondes, veux-tu ?

— Mais on a vécu la même chose il n'y a pas plus de deux minutes !

— Ridley ! lança le Trench sur un ton qui n'admettait pas de réplique.

Du coin de l'œil, Jenny remarqua que son cameraman ne portait pas trop attention à la scène. Il semblait toujours subjugué par la jeune Asiatique. Elle soupira et se cala au fond de son siège, songeuse.

— Nous vous avons vu apparaître et réapparaître à plusieurs reprises au cours des dernières années.

— Un phénomène de distorsion temporelle, répéta machinalement Adler en s'extirpant des entrailles du drakkar.

— Vous… vous venez tous du futur ? demanda-t-elle. Je dis ça, car, à notre époque, le voyage dans le temps est…

Elle faillit dire *hypothétique*, mais se ravisa.

— … impossible.

— Ah, c'est pas vrai, râla Ridley en faisant les cent pas. On *vient* d'avoir cette conversation, mot pour mot!

Éric poussa un soupir et regarda dans le vide, l'air épuisé. Il s'excusa un instant auprès de ses invités et prit Ridley à part.

— Je croyais que tu avais compris le principe de base de cet exercice, constable.

— Explique-moi encore pourquoi nous sommes revenus ici, Éric, demanda le rouquin. Pourquoi tu tiens tant à les sauver, ces deux zigotos?

— L'histoire aura enregistré que Jenny Moda et son cameraman ont péri à ce moment, lui chuchota le Trench d'un ton sec. Si notre plan ne fonctionne pas, si nous ne réussissons pas à empêcher les Banshee de faire exploser les lignes du temps autour de Montréal, il doit y avoir au moins une survivante qui puisse raconter ce qui s'est vraiment passé ici.

— Et pourquoi? demanda Xing-Woo en venant le rejoindre.

— Parce que sinon, les gouvernements vont se blâmer l'un l'autre pour l'explosion qui a tout chambardé; tu connais ma planète, Woo. Plus aucun pays n'aura confiance en ses voisins, et ils auront le temps de se faire sauter mille fois avant de découvrir la vérité.

— Je trouve que c'est beaucoup d'efforts, commenta Ridley, pour tenter de couvrir nos arrières.

Éric lui lança un regard froid.

— Nous tentons de sauver une planète, Ridley, et ton futur du même coup; s'il n'y a plus de Terre, il n'y aura pas d'exploration spatiale. Pas d'exploration spatiale, pas de colonies martiennes; pas de colonies, pas de Ridley. Alors, laisse-moi en terminer avec tout ça avant que l'orage ne repasse. Nos manteaux ne se sont pas reposés adéquatement depuis des jours, et la tempête draine nos réserves d'énergie. Ce dernier saut nous a tout pris, constable, nous ne pourrons pas tenter ce petit scénario de nouveau s'il vient à échouer. Alors rends-toi utile, et va réparer le brouilleur d'ondes en haut comme je te l'ai demandé avant que les Banshee ne nous repèrent encore une fois !

Éric se reprit.

— Euh, pour la… première fois.

Exaspéré, Ridley leva les bras et quitta l'auditorium ; il en avait assez de répéter la même histoire aux deux civils.

— Je vais l'aider, lança Adler en se levant pour le suivre.

— Non, professeur, répondit le Trench. Nous avons récupéré quelques minutes de plus, je tiens à ce que vous repreniez vos réparations sur le drakkar.

— Comme tu veux, Éric, répondit le petit homme en retournant à ses travaux.

— Xing-Woo, lorsque Ridley aura terminé, je veux que vous sortiez tous les deux et que vous alliez rechercher T'Gan, ordonna le Trench.

La communicatrice afficha un air sombre.

— Avec plaisir.

— Nous n'avons pas beaucoup de temps, une heure tout au plus, alors si vous ne réussissez pas à le retrouver, revenez immédiatement au cinéma. Nous le laisserons derrière nous s'il le faut. Et laissez-moi savoir si vous voyez Fünf quelque part dans les parages. Je vais m'occuper d'expliquer le reste de la situation à mademoiselle Moda et à son cameraman ; ils doivent être mis au courant de tout ce dont nous aurions discuté avant l'incident.

— C'est vous qui le dites.

— Je suis sérieux, Woo. J'en ai marre de cette situation. La prochaine fois que la vague repasse, on part tous ensemble, compris ?

— Oui, patron.

Xing-Woo quitta la salle à son tour.

— Excusez-moi, interrompit Jenny de son banc. Vous me racontiez que vous veniez du futur?

Le Trench, épuisé, décida de sauter à l'essentiel avant que l'orage ou les Banshee n'interrompent leur conversation et ne tuent de nouveau leurs invités.

Chapitre 12
AVANT LA TEMPÊTE

À quelques mètres du Trench, assise sur un banc inconfortable, Jenny hocha la tête.

— Ce que vous dites est… difficile à avaler, Éric…

— C'est ce que vous m'avez dit la dernière fois
aussi…

Elle lança un coup d'œil à Simon, qui semblait blanc
comme un drap. Le cameraman venait de visionner la
bande vidéo que le Trench lui avait demandé d'insérer
dans sa caméra, une bande vidéo que lui avait apparemment donnée son double : un double qui avait été blessé
lors d'une attaque-surprise, un double qui avait vu Jenny
mourir… un double qui n'existerait jamais. Le jeune
homme voulut croire à un canular, mais la similitude
des traits, l'expression horrifiée sur le visage ensanglanté
de Jenny… l'autre Jenny. Ils n'auraient jamais pu créer
quelque chose d'aussi réaliste si rapidement…

— Je…, bredouilla-t-il. Je ne sais trop quoi dire…

— Si je vous montre ça, expliqua calmement le
Trench en s'asseyant à leurs côtés, c'est pour vous prouver
que votre présence ici est importante. Nous avons fait de
grands efforts pour venir vous chercher. Votre message
doit être diffusé.

Jenny passa une main sur ses traits fatigués. Elle venait de se voir mourir… elle venait d'assister à sa propre mort, et elle le croyait encore à peine.

— Notre message ?

— Tout ce que vous allez voir en voyageant avec nous, répondit le Trench, ce que je vous ai raconté à propos des manigances de l'Alliance… tout ceci doit être révélé au grand jour. Lorsque nous vous sortirons d'ici…

— *Si* nous sortons d'ici ! lança Simon en se levant ; il semblait totalement désorienté. C'est donc vrai, tout ce que vous dites ? Une guerre intergalactique ?… Des extra-terrestres ?…

Il regarda les quelques soldats qui se tenaient autour d'eux dans les rangées de l'amphithéâtre.

— Le voyage dans le temps ?!

— Ce qui s'est passé ici ne se reproduira pas, les rassura le Trench. Mais nous ne pourrons pas refaire cela. C'était la seule chance que nous avions d'altérer le futur sans agrandir la brèche. Vous devez faire parvenir votre message au reste de la Terre. Vous comprenez, Jenny ?

La journaliste dévisagea le Trench un instant, tentant de trouver quelque chose à rétorquer. Elle repensait encore à son propre cadavre allongé dans les débris de l'attaque, tordu comme une poupée de chiffon. Elle hocha la tête.

— Nous allons faire tout ce qui est en notre pouvoir pour valider vos efforts, dit-elle, à peine audible.

Simon hocha la tête à plusieurs reprises, visiblement ébranlé. Puis, remarquant l'air grave de Jenny, il fit un signe de tête résigné.

— Je suis partant, moi aussi. Je vous dois bien ça.

— Alors c'est décidé, annonça le Trench en se relevant, vous venez avec nous. Vous êtes sous notre responsabilité, maintenant.

— Je…

Simon chercha ses mots.

— Je vais aller prendre l'air quelques instants, dit-il, je veux penser à tout ça.

Il se dirigea vers la sortie, sa caméra à la main.

— Je vais en profiter pour prendre quelques plans raccords, dit-il à Jenny.

— Ne va pas trop loin, Simon, répondit la reporter. Si ce que nous dit le Trench est vrai…

Elle repensa aux images morbides et se reprit.

— L'orage devrait repasser sous peu, alors ne t'éloigne pas.

Simon hocha la tête et quitta la salle, tentant d'assimiler les images qu'il venait de voir, filmées de sa propre main.

— Ils sont capables de marcher ? demanda le Trench à Stavros en indiquant Nikka et Morotti.

— Oui, répondit le gros sergent en observant la rouquine du coin de l'œil.

Elle était assise près de Morotti ; ils semblaient se parler à voix basse.

— Leurs manteaux ont soigné presque toutes leurs blessures, mais la fatigue est évidente. Ils auraient besoin de quelques heures de repos de plus…

— C'est du temps que nous n'avons pas, répondit sèchement le Trench. Vous êtes retourné voir Lody ?

Stavros baissa les yeux.

— C'est ce dont je voulais vous parler, dit-il, le ton grave. Elle est encore vivante, mais j'ai bien peur que sa situation n'empire rapidement.

Il résuma l'état de santé de la médico tel qu'il l'avait évalué la dernière fois, pendant qu'Éric encaissait la nouvelle sans broncher. Lorsqu'il était redescendu voir Lody, Stavros avait retrouvé la forme inerte du lieutenant, les mains et le visage ravagés par une infection virulente. Ses veines semblaient gonflées de liquide noir et son teint avait pâli. Il avait fait tout ce qu'il avait pu pour la réanimer, mais en vain.

— Le… le virus qui parcourt ses veines semble l'avoir plongée dans un profond coma.

— Vous savez ce qui l'affecte ? demanda le Trench, quoiqu'il en eût déjà une bonne idée.

Stavros avait retrouvé Lody empoisonnée quelques instants après que T'Gan avait pris la fuite ; la conclusion allait de soi.

— Je ne suis pas adepte de la Technence, répondit le grand scientifique, mais je crois que nous ne pourrons pas la soigner ici. Il n'y a aucune manière de savoir combien de temps il lui reste, mais le virus qu'on lui a inoculé semble avoir infecté son système nerveux et sanguin en entier. Et je ne parle même pas des effets sur son manteau.

— Je suis sûr que vous faites tout ce que vous pouvez, sergent, grommela le Trench, abattu.

Éric chercha à comprendre pourquoi T'Gan aurait commis une telle atrocité. Gaurshin ou un prêtre renégat de la Technence devait avoir en main un atout qui leur permettait de contrôler le Déternien ; il s'imaginait mal l'anthropologue être séduit par de vaines promesses de richesse ou de pouvoir. T'Gan avait probablement orchestré leur atterrissage forcé et l'électrocution de Lody. Mais comment avait-il fait pour s'approcher d'elle sans que personne ne s'en aperçoive ? Il n'avait pas quitté Lody d'une semelle, et Nikka prétendait avoir dormi tout au long de son séjour au sous-sol.

Le Trench reprit ses esprits ; le temps pressait.

— Je vais aller jeter un coup d'œil à Lody, peut-être que je trouverai une solution.

Stavros en doutait, mais lui souhaita néanmoins bon courage.

— Adler! lança le Trench en se dirigeant vers la sortie. Comment vont les réparations?

L'ingénieur s'extirpa du drakkar qui reposait sur la scène. Son petit visage rondouillet était cramoisi par l'effort.

— C'est presque terminé, Éric. Avec les minutes de plus que nous venons d'acquérir, je crois être en mesure d'éviter les mêmes retards et de le remettre en état de marche avant que l'orage ne frappe. Ça va tenir avec de la colle et des ficelles, mais il devrait fonctionner.

— Bravo, répondit le Trench. Tenez-moi au courant, professeur.

Jenny rattrapa Éric avant qu'il ne quitte la salle.

— Je peux vous accompagner? demanda-t-elle timidement.

Le Trench la dévisagea d'un air méfiant.

— Lody est très malade, madame Moda, je ne crois pas…

— Je ne veux pas intervenir, ajouta Jenny doucement, mais je tiens au moins à rencontrer votre lieutenant, Éric. J'aimerais en apprendre le plus possible à votre sujet…

Elle le regarda dans les yeux.

— Les gens vont vouloir savoir. C'est vous-même qui l'avez dit.

Éric soupira.

— D'accord, mais je ne veux pas de caméra, et ne vous approchez surtout pas d'elle. On ne connaît pas encore la nature de ce virus; Stavros a dû faire sortir Nikka pour éviter qu'elle ne soit atteinte elle aussi, et je ne tiens pas à ce que vous soyez infectée.

— Entendu.

— Stavros, lança le Trench, je reviens dans quelques minutes. Surveille-les, veux-tu?

Éric et Jenny quittèrent ensemble la salle de cinéma.

— Un insssstant. Je vais aller chercher Fünf, déclara l'homme-lézard en se levant et en se dirigeant à leur suite. Après tout ssce qui sss'est passsé, nous aurions dû avoir de ssses nouvelles bien avant. Sscela fait beaucoup trop longtemps qu'il est parti, il doit lui être arrivé quelque chossse.

Nikka, les yeux écarquillés, tenta de le retenir, visiblement terrifiée à l'idée de perdre son amant après tout ce qu'elle venait de traverser.

— Harrah, non !

Elle tenta de se lever, mais sa jambe endolorie l'en empêcha.

— Tu es blessé, et… et Fünf est capable de se débrouiller tout seul ! Je t'en supplie, n'y va pas !

Morotti lui donna un petit coup de langue affectueux sur la joue.

— Toi ausssi, tu es blesssée, répondit-il. Repossse-toi, Nikka. Je reviens bientôt.

Stavros lui barra le chemin.

— Vous êtes certain de ce que vous faites, constable ?

— Tassse-toi de mon chemin, fit Morotti sans amertume. Nous aurons besssoin du flair de Fünf sssi nous voulons nous sssortir de toute sscette sssale affaire.

Stavros jeta un coup d'œil à la jambe pansée du reptile et hocha la tête.

— Comme tu voudras.

— Et prends bien sssoin de Nikka, ajouta Morotti en ouvrant la porte de l'amphithéâtre. Sss'il lui arrivait quelque chossse… je t'en tiendrais ressssponsssable, Ssstavrosss.

Le grand homme chauve prit un air grave.

— Je ne m'attendrais à rien de moins d'un homme de parole, constable, fit-il avant de refermer la porte derrière lui.

→|

Une demi-heure plus tard, Xing-Woo n'avait toujours pas retrouvé la trace de T'Gan. Ridley s'était joint à elle pour fouiller les décombres de la métropole, mais la nuit était tombée, et même avec les faisceaux de leurs implants chromés, les brigadiers n'y voyaient strictement rien.

— Je ne comprends pas pourquoi il t'a nommée sergent, se plaignait Ridley en fouillant les ruines d'un bâtiment effondré. Tu n'es même pas foutue de prendre des décisions importantes comme...

— Si tu ne fais pas attention à ce que tu dis, le prévint Xing-Woo en braquant son faisceau bleuté dans le visage du rouquin, je vais faire abstraction de notre « amitié » et je vais te flanquer dans une cellule, soldat !

— Bonne chance pour trouver une cellule dans ce fouillis, répondit Ridley. Tu imagines ? T'Gan nous a trahis ! Je n'en reviens toujours pas.

— Tu as vu l'état du brouilleur d'ondes comme moi, Ridley. Dès que les Banshee seraient revenues près de l'Impérial, elles auraient repéré les radiations de nos manteaux et auraient fondu sur le cinéma comme des oiseaux de proie, comme la dernière fois. Adler est parvenu à le rapiécer ; ses réparations devraient tenir le coup quelques heures, mais l'intention de T'Gan est claire : il nous a livrés aux Banshee sur un plateau d'argent. Pourquoi prendre la fuite, sinon ?

— Mais il aurait bien plus de chances de survivre en restant avec nous qu'en étant tout seul, répondit Ridley en regardant autour de lui pour s'orienter. Si les Banshee le repèrent avant nous…

— Je ne le souhaite pas, répondit sincèrement Xing-Woo. Je tiens à traîner ce traître en justice ; il va payer pour ce qu'il a fait.

Ils entendirent un bruit derrière eux, une poubelle renversée à la hâte, et Ridley braqua aussitôt son faisceau lumineux au fond de la ruelle. En remarquant une silhouette tapie dans les ombres, le rouquin fit apparaître la lame grise à la manche de son manteau et fit signe à Xing-Woo de se taire. Il avança à pas feutrés en direction de l'intrus, l'arme au poing, prêt à descendre T'Gan au moment où il se pointerait les moustaches. Il s'approcha doucement et agrippa soudain l'intrus par le col. Ridley voulut le poignarder, mais Xing-Woo l'en empêcha en retenant son élan.

— Ridley ! s'écria-t-elle. Non, attends ! Ce n'est que le cameraman !

Ridley fronça les sourcils et remarqua les traits de Simon, illuminés de bleu par le faisceau de son implant ; il était visiblement surpris d'avoir été découvert.

— Je suis désolé, bredouilla le jeune homme blond. Je ne voulais pas vous déranger dans votre travail, je…

— Tu nous as suivis ? grommela Ridley en relâchant Simon. Mais ce qu'il est con !

— Qu'est-ce que tu fais ici ? demanda Xing-Woo. Tu sais qu'il est dangereux de se promener dans la ville, non ? L'orage va frapper d'une minute à l'autre ! Ta vie vaut donc si peu pour toi, après tout ce qui vient de se produire ?

— Je voulais vous voir à l'œuvre, répondit Simon en replaçant le col de sa chemise. J'ai réussi à capter quelques images de vous deux dans les rues, mais je n'ai plus assez de lumière pour…

— Ce n'est pas le moment de réaliser des reportages à sensation! beugla Ridley.

Il empoigna le jeune homme par le bras et sortit de la ruelle.

— Qu'est-ce que vous faites? protesta Simon.

— Je te ramène à l'Impérial, répondit Ridley. Si ta mère ne peut pas te surveiller de plus près, je vais devoir t'enfermer dans la cabine du projectionniste.

— Je ne suis pas un enfant! protesta Simon. Un instant! Je vous demande…

Il tenta de se dégager, mais Ridley le tenait fermement.

— Un instant, soldat!

Ridley le laissa filer. Simon se dirigea vers la poubelle qu'il avait renversée et chercha dans le noir la caméra qu'il avait laissée sur le sol lorsque Ridley l'avait surpris.

— Les gens vont avoir besoin d'une explication, expliqua Simon en ramassant son équipement. C'est votre Trench lui-même qui l'a dit!

— Sergent, grogna Ridley, nous avons une mission à terminer…

— Mademoiselle Woo, supplia Simon, la gorge nouée par l'émotion. C'est ma planète à moi, ici. Je ne peux m'empêcher de penser aux gens qui y sont morts. Votre lieutenant a raison: les survivants vont vouloir obtenir des réponses.

— Si tu ne marches pas plus vite, le prévint Ridley, tu ne rentreras jamais chez toi pour le leur expliquer, alors dépêche-toi.

— Je ne pars pas sans des piles de rechange et des cassettes! insista Simon, sa caméra à l'épaule et une ceinture de piles en bandoulière. La cassette que j'ai laissée au Trench… celle de mon double, prouve qu'il est possible d'enregistrer ces événements! Si nous devons voyager dans le *temps*, je ne vais quand même pas y aller sans pellicule!

Ridley hocha la tête.

— Bon, allez, je vais le ramener au cinéma pour m'assurer qu'il ne lui arrive rien.

— Je vais faire un autre tour, répondit Xing-Woo en quittant la ruelle, pour voir si je peux retrouver T'Gan.

— Ne prends pas trop de temps, la prévint Ridley en suivant Simon dans la direction opposée. L'orage va repasser d'ici quelques minutes, et…

— Je suis capable de me débrouiller seule, constable.

Ridley poussa un juron.

— Comme tu voudras… «sergent»!

Derrière elle, au loin, Xing-Woo put entendre les derniers échanges de Simon et Ridley avant que le vent n'emporte leurs paroles.

— Ce n'est pas une blague? demanda le jeune cameraman au brigadier qui marchait à ses côtés. Nous allons vraiment voyager dans le temps?! J'ai toujours voulu visiter le Moyen-Âge!

Xing-Woo sourit en entendant Ridley soupirer de nouveau.

Chapitre 13
LES MANTEAUX DE LA BRIGADE

En traversant le hall d'entrée de l'Impérial, le Trench conduisit Jenny au petit escalier de service qui descendait vers l'aire de débarras, au sous-sol.

La journaliste avança à tâtons dans le noir. Le seul éclairage provenait d'Éric : dans la pénombre, ses yeux luisaient d'un bleu électrique, comme de petites ampoules. Ses traits étaient plongés dans des lueurs éthérées. L'effet était saisissant, et Jenny ne put s'empêcher de le remarquer.

— Vos… vos yeux, dit-elle enfin en entrant à sa suite. J'ai remarqué la même chose chez votre lézard, à l'extérieur. Je n'ai jamais rien vu de pareil. Qu'est-ce qui cause cela, c'est votre manteau ?

Le Trench baissa le regard.

— L'énergie nucléaire qu'utilise la Brigade dans ses manteaux nous irradie constamment.

— Vous voyagez dans le temps, vous êtes presque invulnérables… et votre technologie vient du futur. Après toutes ces années, n'ont-ils pas inventé quelque chose de plus avancé que le nucléaire, quelque chose de plus sécuritaire pour leurs propres soldats ?

Le Trench leva les yeux vers elle et Jenny déglutit : dans la pénombre, ses yeux n'avaient plus de pupilles, que du bleu lumineux, et cela lui conférait une allure surnaturelle.

— Vous saurez, madame Moda, que les forces de la physique sont les mêmes partout dans l'univers. Lancez une balle dans les airs sur une planète qui possède sensiblement la même gravité que celle de la Terre, et elle retombera sur le sol. Nous sommes tous composés d'atomes, la lumière voyage à la vitesse de 300 000 kilomètres à la seconde, même si personne ne peut parvenir à la rejoindre, et le nucléaire est l'énergie la plus puissante et la plus facile à produire sans engendrer d'énormes coûts.

— Vous voulez rire?

Ils descendirent tous deux les marches étroites de l'escalier dans le noir. Sous ses doigts, Jenny put sentir les briques sales du mur du sous-sol.

— Comprenez-moi, poursuivit le Trench, les barons du Multivers sont riches et puissants. Mais même avec les ressources faramineuses dont ils disposent, ils doivent fournir à leurs hommes une énergie puissante à grande échelle; les barons ont des centaines, voire des milliers d'hommes sous leur commandement, des armées de brigadiers qui doivent parcourir l'univers à leur guise. Plusieurs tests ont été effectués avec d'autres sources d'énergie, l'antimatière par exemple, mais les résultats sont souvent désastreux, incontrôlables. Le seul moyen qu'ils ont trouvé de fournir ce genre d'énergie de manière peu coûteuse à autant de soldats est le nucléaire.

— Et... vos yeux?

— Nous sommes contaminés. Nous avons nos manteaux sur le dos à longueur de journée, pour certains parfois pendant des années, et les systèmes sont incorporés à nous de manière symbiotique. Les effets viennent à se faire sentir, et dans le cas de certains manteaux plus vieux, comme le mien, les filtres contre la radioactivité font parfois défaut.

— Et cela fait briller vos yeux? s'enquit doucement Jenny.

— Une heure par jour, nous devons nous reposer… nous et les systèmes du manteau. Lorsque nos yeux deviennent lumineux, c'est généralement un signe de fatigue, un signal d'alarme indiquant que nous devrions prendre notre heure de repos forcé.

— Je suis désolée, je ne savais pas.

— Non, vous comprenez mal. Les manteaux ne sont pas censés faire cela. J'ai voyagé avec mon manteau pendant des années sans jamais ressentir les effets d'une quelconque radioactivité. Ce n'est que depuis que j'ai été enrôlé de force dans la Brigade que je me retrouve affaibli à l'occasion. Ils ont foutu une pile nucléaire quelque part à l'intérieur de mon manteau… et je pense qu'elle est trop forte pour mon vieux T-27.

— Vous croyez que les barons utilisent une source d'énergie qui… quoi, empoisonne leurs soldats?

— Ce serait une façon d'assurer une dépendance à leurs traitements.

— Cela semble plutôt tyrannique, vous ne trouvez pas?

— Je n'ai jamais dit que les barons étaient particulièrement loyaux envers leurs sujets… encore moins envers leurs soldats. Pendant des années, je me suis opposé à leur quasi-domination de l'univers, je me suis battu contre leurs agents, j'ai mis un frein à leurs plans…

— Et maintenant, vous vous retrouvez esclave de l'organisme que vous combattiez, termina Jenny. Je vous plains, Éric.

Le Trench poussa un grognement et désactiva le champ de force qui scellait le caveau. Il lui fit signe de le suivre dans la salle de repos.

— Nous avons encore quelques jours avant que la contamination ne devienne un sérieux problème pour notre lame. J'espère trouver une solution d'ici là. Je possède maintenant les codes pour désactiver nos manteaux une fois par jour, mais, inévitablement, la pile nucléaire que nous transportons tous va nous tuer petit à petit.

— Et votre lieutenant, demanda Jenny en tentant de ne pas trébucher sur les coussins éventrés éparpillés sur le sol, ne peut-elle pas vous aider ? Elle doit posséder un remède, un antidote ? Si vous partez pour de longues missions de ce genre…

— Les commandants de lame possèdent des fioles et des implants qui leur permettent de distiller des antidotes sur une base régulière à leurs soldats. Si ceux-ci refusent d'obéir à leurs ordres… pfft ! Ils coupent le remède.

Jenny poussa un juron.

— Ça ressemble pas mal à de la servitude forcée, votre armée. Ça expliquerait pourquoi vos hommes sont si… mésadaptés…

Elle s'arrêta en remarquant une forme au fond de la salle, une femme vêtue d'un long manteau, blanc comme la neige celui-là. Elle était allongée sur un lit improvisé constitué de coussins de l'amphithéâtre. La salle de débarras puait l'ammoniaque et les nettoyants industriels, et quelques tuyaux suintants zigzaguaient au plafond. Seul un néon clignotait au-dessus de la femme en blanc, ce qui lui conférait un aspect presque onirique.

Le Trench prit doucement la journaliste par le bras et l'amena vers la femme inconsciente.

— Jenny Moda, vous vouliez rencontrer notre lieutenant de lame. Je vous présente Lody Romanoff.

Jenny se pencha au-dessus de la médico. Elle avait une longue crinière de cheveux noirs, lisses et soyeux,

182

un visage d'une beauté rare et un physique enviable. Son long manteau blanc, capitonné lui aussi, décoré de quelques galons discrets et d'une ceinture munie de nombreux accessoires, semblait avoir été endommagé. Il était troué par endroits, ce qui, selon les dires du Trench, était pratiquement impossible. Elle avait les traits tirés, les yeux cernés, et quelques gouttes de sang avaient séché sous ses narines et à son cou. De longues veinures noires striaient sa peau dans tous les sens. En se penchant de plus près, Jenny remarqua quelques lignes grises sur le blanc presque immaculé du manteau, comme des toiles d'araignées translucides, enfouies sous la surface.

— Qu'est-ce qui lui est arrivé?

Jenny remarqua que le lieutenant respirait toujours; sa poitrine se soulevait à intervalles réguliers.

Le Trench l'empêcha de trop s'approcher de la malade.

— Elle a été empoisonnée.

— Votre traître… son but était d'éliminer votre lieutenant?

Le Trench hocha la tête.

— Il est évident que T'Gan cherche à faire dérailler notre mission. Mais la question que je me pose est la suivante: pour qui travaille-t-il?

— Quelqu'un veut vous empêcher de repartir?

Éric la repoussa de quelques pas et s'agenouilla près de la médico en blanc.

— Ne la touchez surtout pas, Jenny. Nous n'avons pas beaucoup de temps, alors je vous épargnerai le pourquoi de notre mission à ce stade-ci des choses…

— C'est votre communicatrice qui va être contente, marmonna la journaliste.

— Mais je vous ai permis de descendre ici parce qu'il est important de comprendre ce que je vais vous montrer. À part Stavros et moi, personne d'autre ne sait que Lody est atteinte, pas même Xing-Woo, et je tiens à garder les choses ainsi pour l'instant. Est-ce que vous me comprenez?

Sa curiosité piquée, Jenny accepta d'un signe de tête et se pencha pour voir ce que le Trench lui indiquait. D'une main gantée, Éric parcourut les toiles d'araignées translucides, grises sous la surface du manteau, sans jamais y toucher.

— Vous voyez ces veinures?

Jenny hocha la tête.

— Normalement, le commandant d'une lame porte un manteau d'un blanc impeccable, presque aveuglant.

— Ça vous permet de la voir de loin? demanda nerveusement Jenny.

Elle ne voulait pas se moquer, mais tout ce qui sortait de sa bouche lui semblait déplacé.

— Je veux dire…

— Le blanc signifie qu'elle a reçu un entraînement de médico.

— C'est une infirmière?

— Lody est docteure. La plupart des commandants de lame sont médecins, ils sont responsables de la santé de leurs hommes, et c'est pour cela qu'ils sont nommés en poste d'autorité.

— Stavros ne peut pas l'aider?

— En tant que xénobiologiste, Stavros possède une bonne base en médecine, mais ceci est bien au-delà de ses capacités. Nous ne pourrons malheureusement pas emmener Lody avec nous.

Jenny demeura stupéfaite, ne sachant trop que comprendre de cette révélation.

— Mais… c'est votre commandant!

— Plus pour bien longtemps.

À l'aide de ses poings gantés, le Trench tourna maladroitement Lody sur le côté, et Jenny retint son souffle. Les veinures grises et mauves parcouraient le plastron dorsal du manteau de Lody presque en entier et juraient avec le blanc de son uniforme de médico. En entrant dans la petite salle de service, de loin, Jenny n'avait remarqué que le blanc étincelant sous la lueur clignotante du néon, mais de si près, l'infection était évidente.

— Elle a été empoisonnée il y a une heure seulement? s'étonna-t-elle. Ça me semble virulent!

— Et à en juger sa condition depuis la dernière fois que Stavros est venu l'examiner, répondit sombrement le Trench, la propagation s'est accélérée.

— Vous croyez donc que T'Gan est le traître?

Le Trench reposa doucement Lody sur le dos avant de s'appuyer contre le mur, les yeux illuminés de fatigue.

— Je crois qu'au cours des trois journées qui se sont écoulées depuis l'explosion qui a forcé notre drakkar à atterrir à cette époque, quelqu'un a électrocuté Lody puis a comploté pour lui injecter cette saloperie… T'Gan n'aurait pas pu faire tout cela tout seul.

Jenny alla s'asseoir à ses côtés. L'endroit était lugubre, la situation, difficile. Elle tentait encore tant bien que mal de se remettre de ses émotions liées à la découverte d'un tout nouveau monde inattendu, un univers beaucoup plus vaste et hostile qu'elle n'aurait pu l'imaginer et… d'une fin tragique qu'elle venait tout juste d'éviter grâce à ces mystérieux Hommes en gris. Mais son instinct de reporter la força à remettre ses craintes à plus tard, et elle s'enquit:

— Je vois que vous prenez soin d'elle de votre mieux, avec affection même… Vous formiez un couple?

Le Trench releva la tête et dévisagea la reporter.

— Un *couple*? Je vous parle de sa mort imminente, et vous vous intéressez à des histoires d'amour?!

Il se leva et se mit à arpenter la pièce.

Jenny se mordilla la lèvre.

— Ça ne me concerne pas… je…

— C'était mon commandant, madame Moda. Un point c'est tout. J'ai eu plusieurs relations amoureuses au cours de ma vie, mais Lody n'en a pas fait partie. Pour vous dire bien franchement, avec toutes les manipulations, les ordres et les exigences de cette foutue Brigade, je ne lui faisais pas entièrement confiance. Lody est une excellente commandante, et une amie, je crois. Mais elle travaille pour les barons du Multivers, et moi, je ne désire que retrouver ma liberté.

— Je ne voulais pas vous insulter…, tenta Jenny.

Le Trench donna un faible coup de botte sur le mur de briques.

— Bah, elle ne voulait rien savoir de moi de toute manière…

Jenny sourit discrètement. Puis:

— Vous pensez néanmoins que l'infection était calculée?

Éric semblait perdu dans ses pensées; il jeta rapidement un coup d'œil au cadran à sa manche avant de le faire disparaître.

— Le traître a dû recevoir explicitement l'ordre d'infecter son manteau; il devait empêcher Lody de ramener Van Den Elst en vie à l'Alliance. Heureusement qu'elle est inconsciente, sinon elle ressentirait d'atroces douleurs.

— Son *manteau* a été infecté? Je croyais que c'était *elle* qui…

— Nos manteaux et nous existons de manière symbiotique, comme je vous l'ai dit.

— Vous voulez dire que vos manteaux sont vivants ? !

— Non, pas exactement, mais ils possèdent une intelligence artificielle très avancée. Je dirais même que le terme *artificielle* n'est pas juste : nous échangeons des informations ensemble, les miennes provenant de mes interprétations et de mon vécu, et les siennes, de ses banques de données.

— Vous en parlez comme si c'était un ami, et non un engin.

— Hmm. Vous savez, après tant d'années, je considère ce véhicule comme un allié précieux, plus précieux que bien des gens qui prétendent être des confidents…

— Mais ils ne sont pas organiques, quand même, vos manteaux ?… demanda encore Jenny, fascinée.

— Pas vraiment. Du moins, pas le modèle que je porte. Mais celui de Lody ? Qui sait… les manteaux de la Brigade sont conçus pour digérer l'énergie qui nous provient d'une dimension de poche et percer ainsi des trous dans la structure de l'espace-temps. Je ne connais aucun organisme qui puisse faire cela avec du nucléaire sans en mourir.

— Y compris vous ?

— Sans nous, le manteau n'est rien. Un objet abandonné, une carcasse, un véhicule sans pilote, sans âme. Nos manteaux ont besoin de porteurs pour réellement s'accomplir. Ils ne sont pas censés relâcher d'énergie nucléaire sur leurs porteurs, comme je vous l'ai dit. Ça, c'est une invention récente de la Brigade pour mieux contrôler leurs effectifs de plus en plus restreints.

— Vous ne pouvez pas les retirer ?

— Oh, si.

— Car, pour se laver, ça ne doit pas être pratique.

Le Trench sourit.

— Ils sont autonettoyants. La matière adaptable à l'intérieur s'occupe de retirer les toxines de notre corps et les absorbe pour les transformer en fluides nutritifs. Le reste, les odeurs, les excréments, tout est diffusé grâce à des jets soniques projetés sur l'épiderme ou détruit automatiquement au cours de la période de repos, ou pendant de longues périodes d'activité.

— Vous ne mangez pas ?

— À l'occasion, mais on peut s'en passer pendant plusieurs jours.

— Mais alors, Lody ne peut-elle pas combattre l'infection ? Vos manteaux ne sont-ils pas censés être indestructibles ?

— Les manteaux sont résistants, en effet, mais c'est le champ énergétique que l'on peut ériger autour de nous qui est quasi invulnérable. Un peu comme nos boucliers lumineux, mais à l'échelle de tout notre corps. Dans mon cas, les systèmes défensifs de mon T-27 sont un peu défectueux, et j'ai peine à abaisser le champ de force qui m'entoure. Je… je n'ai pas senti de pluie tomber sur mon crâne depuis des années, Jenny… Je suis presque invulnérable, mais cela a un prix. Dans le cas de Lody, son manteau a été endommagé lors de l'électrocution, sur le drakkar. Son champ d'énergie n'était pas érigé, et…

— C'est ce qui a permis à T'Gan ou à un complice de l'infecter pendant son sommeil, compléta Jenny.

— Exactement. Ce virus semble avoir affecté le manteau de Lody en premier. D'après Stavros, il s'attaque d'abord au système nerveux du vaisseau et se propage ensuite dans le corps de la victime par l'entremise du système sanguin.

— Et cela affecte votre lieutenant du même coup ?

— Le manteau et Lody sont connectés. Le virus s'empare de son corps aussi facilement que du manteau, comme si elle était composée de la même matière que l'engin, en fait.

— Mais pourquoi ne pas le lui retirer tout simplement?

— Stavros m'assure que ce virus est probablement très contagieux. Ce serait signer mon arrêt de mort d'y toucher. Et vous n'êtes pas brigadière, vous ne pourriez jamais le lui retirer.

— Et pourquoi pas?

— Les trench-coats de la Brigade sont apparentés à notre corps. Personne à part un autre brigadier ne peut nous les retirer de force… sauf après notre décès. La plupart des manteaux réagissent principalement aux mouvements de nos muscles. Et dans le cas des modèles plus anciens, comme le mien, lorsqu'on les porte pendant quelques mois, ils deviennent littéralement reliés à notre dos: toute la partie dorsale se rattache à mes omoplates et aux terminaisons nerveuses de ma colonne vertébrale. Cela me laisse tout le reste du corps libre, les bras, les hanches, les jambes… au repos, je peux même le porter comme une cape, si je le désire.

— Alors…

Jenny se leva.

— Vous ne le retirez presque jamais?

— La plupart des soldats qui, comme Lody, doivent changer de manteau régulièrement selon les exigences des missions, peuvent retirer leur manteau à leur guise. Mais comme je vous l'ai dit, le manteau que je porte est un ancien modèle. Dans mon cas, après l'avoir porté pendant une certaine période, il devient littéralement attaché à moi. Il m'est toujours possible de le retirer, mais cela est plutôt… douloureux. Et avant que vous ne me le demandiez, l'uniforme en dessous, la combinaison noire du soldat que nous portons, elle, n'est qu'une combinaison.

— On dirait un ange déchu, commenta Jenny en regardant Lody.

— Vous rendez ça plutôt mélodramatique, rétorqua amèrement le Trench.

Jenny observa la forme allongée, blanche et illuminée de la médico.

— Je crois que la situation l'exige.

Éric la prit par le bras.

— Allons, sortons d'ici, la vague temporelle va bientôt frapper et nous devons être prêts pour le prochain saut.

— Un instant! Pourquoi ne voulez-vous pas en parler aux autres? Qu'est-ce qui va arriver à votre lieutenant, au juste?

Le Trench poussa un long soupir et fixa le sol.

— Selon les dossiers que Stavros m'a fait parvenir, et il s'y connaît passablement en infections virulentes, le virus va absorber sa matière organique…

Il déglutit.

— … va absorber Lody. Elle va pourrir de l'intérieur, noircir, se corrompre. Les programmes du manteau de médico vont se détériorer, probablement à jamais, pour être assimilés et remplacés par les nouvelles instructions du virus. Lody, telle que je la connais… telle que ses hommes la connaissent, va disparaître pour faire place à… une atrocité.

— Une *atrocité*?

— Une perversion d'elle-même.

— Mais elle va survivre?

— Elle va être assimilée par le virus, Jenny, transformée.

— En quoi? Je ne comprends pas. Que va-t-elle devenir?

— Je vous expliquerai en chemin. Mais vous comprendrez que je préférerais éviter de parler de tout ceci aux autres.

Le Trench la poussa vers la sortie en lançant un dernier regard vers son lieutenant.

— Nous devons partir.

— Qu'est-ce que vous allez leur dire ? demanda Jenny en quittant la petite salle sombre et remplie d'odeurs étranges.

— Qu'elle est morte. L'explosion aura eu raison d'elle, le saboteur aura réussi sa mission. Ce n'est pas loin de la vérité.

— Vous ne pensez pas qu'on devrait l'emmener avec nous ? Nous pourrions peut-être trouver de l'aide quelque part !

— À moins que vous ne connaissiez des prêtres de la Technence sur Terre, j'ai bien peur qu'il n'y ait aucune solution pour elle.

— Des quoi ?

— De toute manière, son manteau commence à se régénérer ; cela devrait lui permettre de survivre au passage du mur temporel, comme nous tous. Et croyez-moi, vous ne voulez pas être là lorsqu'elle va se réveiller.

Le Trench réactiva le champ de force derrière eux.

— Pourquoi ? insista Jenny, sa voix en sourdine. Combien de temps prendra la transformation ?

— Oh, qui sait, c'est la première fois que je rencontre un tel virus, répondit le Trench. Avec un peu de chance, nous aurons quitté la prochaine époque que nous rencontrerons bien avant qu'elle ne revienne à elle, programmée selon les exigences du virus. Nous devrions disposer d'amplement de temps pour repartir et nous éloigner d'elle avant que cela arrive. On devra prévenir la Brigade de venir la récupérer, si on parvient à se sortir de tout ceci, évidemment…

— Vous croyez qu'elle risque de devenir un danger pour vous et vos hommes ?

— Allez, venez, il ne reste que quelques minutes.

Ils remontèrent ensemble le petit escalier de service.

Dans la pièce, laissée seule, Lody gisait, abandonnée, mourante. Les veinures mauves poursuivirent leur chemin incessant, envahissant chacun de ses muscles, empoignant son cœur et son cerveau. Dans la pénombre, le néon suspendu au-dessus de la dépouille clignota et fit reluire une de ses mains.

Ses doigts se mirent à bouger, doucement.

Chapitre 14
LA TEMPÊTE

Xing-Woo fut tentée de rebrousser chemin ; la nuit était tombée et, même avec le puissant faisceau qu'émettait son implant, elle n'y voyait plus rien. Elle n'avait trouvé aucune trace de T'Gan dans la métropole dévastée et devait absolument retourner au cinéma avant que l'orage ne les frappe. Si elle repartait maintenant, elle aurait tout juste le temps de s'y rendre pour rejoindre les autres.

Un cri assourdissant la fit sursauter : quelque part autour d'elle, dans la pénombre, une Banshee planquée venait de la repérer et signalait à ses consœurs qu'une proie était en vue. La communicatrice poussa un juron et se mit à courir. Elle entendit la Banshee s'envoler derrière elle et filer à sa poursuite. Tournant rapidement le coin d'une ruelle, Xing-Woo se retrouva dans un cul-de-sac ; un grand grillage rouillé lui bloquait le chemin. À l'aide de ses bottes magnétisées, elle l'escalada rapidement avant de se laisser tomber de l'autre côté. Derrière elle, la jeune Asiatique vit la Banshee s'élever à plusieurs mètres dans les airs pour enjamber l'obstruction.

— Merde ! lança Xing-Woo en maudissant les chasseurs de têtes pour la énième fois depuis les trois dernier jours.

Mais qu'est-ce qu'elle fait ici toute seule ? se demanda-t-elle. *Elle est égarée ?!*

À chacune de leurs rencontres précédentes, la présence des Banshee semblait signaler l'arrivée imminente de l'orage destructeur, comme si elles se servaient de ce dernier pour suivre les brigadiers à travers les anomalies temporelles.

Elles n'en sont peut-être pas aussi prisonnières qu'on le croyait, en fin de compte, se dit la soldate, *contrairement à ce que pensent Éric et le professeur Adler. Elles se servent peut-être de l'apparition de l'orage pour nous repérer dans les lignes du temps, car elles savent que nous en sommes prisonniers, nous. Cela voudrait dire qu'elles ont une base d'opérations quelque part. Mais où ? Si nous pouvions trouver cette base… je dois prévenir Éric !*

Elle fila dans des ruelles jonchées de débris en se servant de la lumière de son implant pour ne pas trébucher. Cela ne lui aurait servi à rien de courir dans le noir ; les Banshee traquaient les émanations radioactives de leurs manteaux pour les chasser. Et avec le taux de polluants qu'elle avait accumulé au cours des derniers jours, Xing-Woo devait briller comme un phare éblouissant sur leurs capteurs.

Au loin, elle entendit la cacophonie stridente de plusieurs autres chasseurs de têtes qui se dirigeaient vers elle. Elle tourna un coin, se plaqua contre le mur et tenta d'estimer la vitesse d'approche de la première Banshee. Lorsque le cyborg passa au bout de la ruelle, Xing-Woo abattit de toutes ses forces la lame invulnérable de son manteau et décapita la créature en plein vol. Le corps désarticulé de l'hybride cybernétique poursuivit sa lancée et, tournoyant, alla s'effondrer contre des ruines en béton, explosant en une volée de flammes mauves.

— Ce sera une explosion nucléaire en moins, se dit Xing-Woo.

— Ce ne sera pas la dernière Banshee à venir ici, annonça une voix derrière elle.

La brigadière se retourna vivement, arme au poing, et vit la silhouette de T'Gan sortir des ombres.

— Elles n'arrêteront pas tant que nous ne serons pas tous morts ! gémit-il.

Xing-Woo se dirigea vers lui, l'air menaçant.

— Et ce sera à cause de vous si les Banshee tuent tout le monde dans notre repaire, espèce de traître ! Il y a des blessés, et des civils, constable ! Vous aviez pensé à cela ? !

L'anthropologue semblait visiblement terrorisé.

— Je me cache depuis des heures, et je n'ai pas réussi à trouver une manière de sortir de cette foutue ville ! Mon manteau semble verrouillé, mon écran protecteur refuse de s'enclencher, les ponts sont tous tombés, et je ne reconnais aucun des véhicules !

Xing-Woo lui plaqua sa lame sous la gorge.

— Je devrais vous tuer sur-le-champ, T'Gan, croassa-t-elle. C'est le sort que l'on réserve aux traîtres dans l'armée.

Les mâchoires serrées, elle éprouvait de la difficulté à se contenir. Une goutte de sang perla dans le cou du traître, qui gémit de nouveau.

— Mais vous méritez pire, cracha-t-elle hargneusement au visage du Déternien. Je vais vous ramener à la justice de l'Alliance, T'Gan. Vous allez payer pour ce que vous avez fait, vous pouvez en être certain !

Elle l'agrippa de force et le poussa hors de la ruelle à la pointe de son épée. T'Gan tenta de se déprendre, mais Xing-Woo possédait passablement plus d'expérience au combat corps à corps que lui, et l'homme-musaraigne se retrouva prisonnier de la jeune soldate.

— Aidez-moi, Xing-Woo. Elles vont tous nous tuer !

Mais la brigadière ne répondit rien. Elle se contenta de pousser le Déternien dans le dos pour le forcer à avancer en direction de l'Impérial.

Quelques minutes plus tard, ils furent obligés de se planquer derrière des ruines précaires : les cris et l'explosion de la Banshee avaient tôt fait d'attirer d'autres cyborgs, et les rues qui les séparaient du cinéma abandonné débordaient maintenant de chasseurs en armure.

— C'est impossible, chuchota Xing-Woo en forçant T'Gan à rester près d'elle au niveau du sol. Elles ne devraient pas être ici avant plusieurs minutes encore.

— J'en compte trois douzaines, signala T'Gan en jetant un coup d'œil anxieux par-dessus leur abri. C'est trois fois plus que les dernières fois ; on dirait qu'elles se multiplient !

Xing-Woo lui assena une claque derrière la tête.

— Ce sont des hybrides construits en laboratoire, crétin ; elles ne peuvent pas se reproduire.

— À moins qu'elles possèdent un astronef mère dans les environs ?…

La communicatrice demeura songeuse ; ce que disait T'Gan avait du sens. Mais ils allaient devoir attendre avant de trouver la solution à cette énigme ; autour d'eux, les ruines se mirent à vibrer et des débris déboulèrent, formant de petites cascades. Le sol se mit à trembler de plus en plus fort. Sous leurs yeux, les douzaines de Banshee éparpillées dans les rues de Montréal observèrent le macadam éventré, puis le ciel, et s'envolèrent simultanément dans les airs, disparaissant dans le noir de la nuit étoilée.

Mais où vont-elles toujours ainsi ? se demanda Xing-Woo. *Elles retournent toujours dans le ciel quelques instants à peine avant que…*

Elle retint son souffle.

Au loin, la membrane lumineuse de l'orage temporel apparut soudainement, comme une mare scintillante hissée à la verticale, parsemée d'immenses éclairs qu'elle déchargeait dans tous les sens. L'orage se mit à onduler de manière inquiétante vers le centre-ville, balayant tout sur son passage.

— La tempête ? souffla T'Gan, alarmé. Maintenant ? !

Il venait de comprendre qu'il ne pourrait pas s'échapper de l'île avant son passage.

— Mais je croyais…

Xing-Woo jeta un œil au chronomètre lumineux encastré à sa manche, aligné au hors-temps du reste du Multivers.

— Il se passe quelque chose, dit-elle nerveusement en faisant disparaître le cadran. L'orage n'est pas censé repasser avant encore plusieurs minutes…

La muraille scintillante dévala rapidement la ville dans leur direction, et les verres teintés des lunettes de T'Gan se remplirent de lumière ambrée.

— L'orage frappe de plus en plus rapidement ! s'écria-t-il. Il doit être de plus en plus instable… c'est la seule explication !

Xing-Woo retint T'Gan avant qu'il ne puisse prendre la fuite.

— Nous ne pourrons pas l'éviter, constable, lança-t-elle, découragée. J'ai bien peur que nous ne réussissions pas à rejoindre les autres à temps…

En pressant le pas, Simon faillit s'étaler de tout son long dans l'artère principale qui menait aux ruines du cinéma Impérial. Il rattrapa sa caméra de justesse et s'assit sur le sol.

Dans le noir, Ridley l'agrippa par l'épaule et le força à se remettre debout.

— Allez, recrue, nous devons nous rendre au cinéma avant que…

Une cacophonie assourdissante emplit soudainement les ruines qui les entouraient, une série de cris modulés qui percèrent le silence aussi clairement que si un énorme projecteur avait été braqué sur eux : ils avaient été repérés !

— Cours, le jeune, cours ! hurla Ridley en dévalant le pavé parsemé de cratères jusqu'à l'artère qui donnait, à leur gauche, sur le grand amphithéâtre abandonné.

Ridley s'assura que Simon le suivait ; l'équipement du cameraman le ralentissait passablement. S'ils se faisaient coincer, Ridley serait certainement capable de retenir une ou deux Banshee, mais si une escadrille au complet se pointait, il n'aurait pas le temps de les arrêter toutes.

— Attends, haleta Simon, hors d'haleine. Ridley, attends. Regarde !

Simon pointa du doigt le ciel étoilé, les yeux écarquillés. Ridley allait l'engueuler lorsqu'il remarqua à son tour une série d'étoiles filantes singulières : des douzaines de Banshee filaient dans le ciel et quittaient la ville. Ils ne pouvaient voir que les halos violacés des rétropropulseurs de leurs bottes, des douzaines de points lumineux qui se fondirent avec le reste des étoiles.

— Je ne comprends pas ! s'exclama Simon en tentant de reprendre son souffle. Je croyais qu'elles étaient prisonnières ici dans l'orage, comme nous. Où vont-elles ainsi ? T'as vu, Ridley, il doit y en avoir des douzaines ! Je n'en ai jamais vu autant auparavant !

Ridley fit quelques pas vers lui en scrutant le ciel.

— Elles doivent avoir un point de repère dans les parages, une base qui existe à toutes les époques…

Simon haussa les épaules en observant l'escadrille de chasseurs de tête qui s'envolait comme une nuée de scarabées.

— C'est possible, ça ?

— Hmm, répondit le rouquin, perplexe. Je ne sais pas. À moins que leur base ait été construite il y a très longtemps… et qu'elle soit en orbite autour de la Terre…

Simon demeura songeur.

— Cela expliquerait pourquoi elles ne sont pas prisonnières ici comme nous. Tu penses que c'est comme ça qu'elles vous repéraient ? Hors de la tempête, elles n'avaient qu'à attendre que l'orage repasse pour savoir où vous alliez vous trouver ?

— Je ne sais pas, Simon, répéta Ridley, mais nous devons prévenir les autres. S'il existe un moyen de sortir d'ici, je dois avertir Éric.

Il se remit à marcher vers le cinéma à grandes enjambées. Simon le rattrapa rapidement.

— Mais pourquoi les Banshee s'enfuient-elles ? insista-t-il. Nous étions à découvert, elles n'avaient qu'à atterrir et…

Soudain, un grondement sourd fit vibrer le macadam sous leurs pieds. Au loin, une immense membrane électrifiée surgit, les baignant d'une lumière dorée.

— L'orage, souffla Ridley, figé.

— Mais il ne devait pas arriver dans…

— Quelque chose doit avoir changé ! interrompit Ridley. Vite, Simon, viens ici.

Il entoura le jeune cameraman des longs pans de son manteau et le recouvrit de la tête aux pieds en érigeant son champ protecteur autour d'eux.

— Nous n'aurons pas le temps de nous rendre au cinéma ; la tempête va engloutir complètement la ville d'ici quelques secondes !

— Mais, protesta Simon, nous devons retrouver Jenny et les autres !

— On peut souhaiter qu'ils seront près de nous une fois l'orage passé !

Le grondement se fit de plus en plus intense et la muraille scintillante, qui se dirigeait droit vers eux, dévorait tout sur son passage.

— Tu fais toujours à ta tête ? hurla Simon, emmitou-flé dans le manteau.

— T'as un handicap mental ou t'es juste stupide comme ça ? rétorqua Ridley en le serrant de plus près.

Il eut tout juste le temps de baisser la tête avant d'être happé par la vague temporelle.

Éric et Jenny venaient tout juste de remonter le petit escalier de service du sous-sol lorsqu'ils furent interceptés dans le grand hall d'entrée par le professeur Adler. Le petit ingénieur traînait un appareil derrière lui, les restes d'un des réacteurs démantelés du drakkar.

— Lieutenant ! interpella Adler en les rejoignant rapidement.

Il évita de peu de se prendre les pieds dans les fils qui couraient sous lui et fit de grands gestes avec ses mains, visiblement pressé.

— Professeur, demanda calmement Éric, est-ce que vous avez terminé les réparations au drakkar ?

— Pardon ? Ah, euh… oui, lieutenant, répondit Adler en indiquant le gros cylindre métallique qu'il tenait sous son bras. C'est un bout en trop ; je pensais m'en servir pour… enfin, les réparations ne sont pas de très grande qualité, j'ai dû improviser, mais ça devrait faire l'affaire pour au moins un voyage ou deux, le temps qu'on rejoigne une base de l'Alliance. Mais je dois te prévenir…

— Xing-Woo est-elle revenue ?

— Euh, non, lieutenant, ni Morotti d'ailleurs, qui est parti à la recherche de Fünf. Mais je dois…

— Ah ! c'est malin, je lui avais pourtant dit d'attendre. Nikka est encore avec Stavros ?

— Oui, lieutenant, mais…

— Mais quoi, professeur ? Cessez de perdre du temps ! Qu'est-ce qu'il y a, au juste ?

Adler rougit et retint ses commentaires acerbes.

— Les Banshee, annonça-t-il enfin. Nous avons entendu des Banshee à l'extérieur. Et à en juger par le son, on dirait qu'il y en a des douzaines, Éric !

— Quoi ? Mais pourquoi ne pas l'avoir dit plus tôt ? !

Adler poussa un soupir de découragement tandis qu'Éric pressait le pas, entraînant Jenny par la main.

— Cela veut-il dire que l'orage va nous frapper plus vite que prévu ? demanda la reporter en tentant de suivre les enjambées du Trench.

— Cela veut dire qu'il se trame quelque chose de…

Un grondement sinistre les figea sur place : autour d'eux, un vrombissement incroyable secoua l'immense cinéma jusqu'à ses fondations. De la poussière de plâtre tomba en pluie fine du plafond et les lustres givrés qui tenaient à peine aux voûtes dorées sautillèrent sur place, menaçant de tomber à tout moment.

— Merde ! jura le Trench. Le drakkar ! Adler, nous devons embarquer sur le drakkar, sinon nous allons tous être éparpillés par l'orage !

— Un instant ! cria Jenny pour tenter de se faire entendre dans la confusion générale. Je ne comprends pas ; qu'est-ce que nous sommes censés faire, au juste ?

Éric s'approcha d'elle, la prit rapidement dans ses bras et l'enveloppa avec lui dans les pans de son long manteau gris. Jenny hésita, mais le Trench avait fait ce geste avec tellement d'assurance qu'elle se laissa prendre, le dos contre sa poitrine.

— Je vous l'ai dit, expliqua rapidement le Trench, nos manteaux sont conçus pour survivre aux intempéries temporelles…

— Je n'ai aucune idée de ce que cela veut dire ! hurla Jenny.

Un lustre arraché à ses gonds s'effondra à quelques mètres d'eux, volant en une pluie d'éclats cristallins.

Dans ses bras, le Trench la tourna d'un coup sec pour lui faire face.

— Jenny, un orage temporel, c'est *très* dangereux. Mais mon manteau va nous permettre d'encaisser le coup. D'accord ? Maintenant, cessez de bouger.

Comprenant qu'ils n'allaient pas se rendre au drakkar à temps, Adler s'emmitoufla à son tour dans son petit manteau en maugréant que ce n'était vraiment pas leur jour de chance.

Sous les pans gris du vaisseau temporel du Trench, Jenny écarquilla les yeux.

— Nous allons vraiment voyager dans le temps ?! s'exclama-t-elle.

Éric grinça des dents et tenta d'enfoncer leurs têtes sous le col de son manteau. Le sol menaçant à tout moment de se dérober sous leurs pieds, il serra la journaliste de plus près.

— Si nous sommes chanceux, oui.

— Qu'est-ce que vous voulez dire, *si nous sommes…*

Mais Jenny Moda n'eut pas le temps de terminer sa phrase ; le mur temporel de l'orage qui déchirait l'espace-temps heurta Montréal de plein fouet, et tout devint blanc.

La vague les happa violemment.

Jenny eut l'impression d'être soudainement emportée par un immense raz-de-marée qui ne cessait de tourbillonner. Elle se demanda à quoi les manteaux des brigadiers pouvaient bien servir s'ils étaient ainsi ballottés au gré des vagues temporelles, mais en constatant que le Trench et elle étaient toujours vivants, elle en déduisit que la situation aurait pu être bien pire.

Elle chercha à voir si les autres brigadiers avaient eux aussi survécu, si Simon était sain et sauf, mais c'était peine perdue : elle se noyait dans une tempête blanche et elle ne put rien distinguer autour d'elle. Jenny sentit l'univers filer sous ses pieds : des forces temporelles liquéfiées en une marée houleuse, une vague tangible, mais tellement plus puissante que sa petite personne qu'elle en eut le vertige.

— Je vais vomir, gémit la reporter.

Sa voix sembla quitter sa gorge avant de voler au vent derrière elle. Jenny ne savait même pas si le Trench pouvait l'entendre, mais elle sentit ses bras se resserrer autour d'elle et accepta le geste réconfortant de cet étranger.

Une voix virevolta autour de Jenny comme un air de musique à moitié oublié :

— Allez-y. Le manteau…

— Le manteau ? parvint-elle à demander faiblement.

— Il est autonettoyant, répondit la voix éthérée, tel un bourdonnement grave dans ses oreilles. Vous pouvez vomir si vous voulez.

Jenny ne put s'empêcher de sourire. Elle s'enfonça dans le manteau et se laissa choir contre la poitrine du Trench avant de perdre connaissance.

→|

Le chant d'un pinson.

Jenny entendit le chant d'un oiseau et sentit la lumière chaude du soleil et l'odeur de la terre près d'elle. Une surface dure… Son visage reposait contre…

Elle ouvrit les yeux et s'assit rapidement. Autour d'elle, elle vit une grande plaine verte, couverte d'herbes folles, des arbres verdoyants et quelques animaux qui recommençaient à gambader nerveusement après le passage soudain de la tempête. Elle s'assit et remarqua le Trench, un peu plus loin, qui tentait d'établir une communication au col de son manteau.

— Qu'est-ce…

Jenny regarda de nouveau la scène autour d'elle.

— Qu'est-ce qui se passe? Où sommes-nous?

Le Trench se retourna vers la reporter, surpris de la voir éveillée si rapidement.

— La question devrait plutôt être: «*Quand* sommes-nous?».

Jenny réprima un haut-le-cœur.

— Comme vous voudrez…

Elle reprit son souffle et tenta de se lever, mais le vertige la fit trébucher. Éric s'approcha d'elle pour l'aider à se tenir droite.

— Alors, *quand* sommes-nous, monsieur le Trench?

— 1791 ! répondit une petite voix qui se dirigeait rapidement vers eux.

Jenny vit le professeur Adler déambuler parmi les arbres, son réacteur inutile sous le bras. Il scrutait de nombreux cadrans qu'il avait fait pousser sur la manche de son petit trench-coat et jubilait d'étonnement.

— Nous semblons avoir atterri en l'an 1791. Au mois de mai, peut-être juin, ou du moins aux alentours, si je me fie à mes instruments. Je vais évidemment aller observer la population locale pour en être certain, mais je suis presque convaincu que la brèche temporelle nous a transportés plus de deux siècles dans le passé.

— 1791 ? marmonna Jenny, incrédule.

— Eh bien, relativement, conclut Adler en les rejoignant.

Il s'épongea le front avec un long mouchoir blanc ; après leur voyage imprévu, les refroidisseurs de son manteau faisaient des efforts surhumains pour le maintenir au frais.

— Je dis relativement, car *juin 1791*, vous comprenez, cette date ne voudrait rien dire pour quelqu'un qui vient d'une autre planète.

Jenny regarda autour d'elle, éberluée.

— Et où sommes-nous ?

Adler la dévisagea, surpris.

— Eh bien, à Montréal, évidemment !

Il eut un petit rire nerveux.

— Nous avons été transportés dans le temps, mais nous sommes encore au même endroit, sur l'île.

— Montréal ?

La journaliste replaça sa casquette sur ses cheveux ébouriffés et observa le ciel. Elle scruta l'horizon : au loin, une grande colline brune et verte était hérissée de milliers d'arbres. À sa base, une grande plaine émeraude descendait et coinçait quelques douzaines de bâtiments entre des rivières devenues bleues sous le soleil de midi. Des ruelles de terre, des églises, une école, un marché ; les bases d'une société, tout y était. Mais Jenny ne sentit aucune pollution dans l'air, l'odeur du boisé était fraîche, et il n'y avait aucun bruit mécanisé, aucun son de voiture, ni d'avion…

— Nous sommes vraiment à Montréal ? demanda-t-elle de nouveau.

— Le mont Royal, commenta le Trench en indiquant la colline, comme si ça allait de soi. Mais tâchons de ne pas rester trop longtemps, je ne voudrais pas que notre présence altère le cours du temps.

Adler parut surpris, mais garda le silence ; c'était la première fois qu'il entendait le Trench exprimer des craintes quant à leurs intrusions temporelles.

— Mais c'est fantastique ! jubila Jenny.

Elle tourna sur elle-même, tentant d'absorber le plus de détails possible : la verdure ensoleillée, la quantité d'arbres à perte de vue, la terre sous ses pieds. Rien de cela n'allait survivre aux siècles, tout allait être remplacé par les attributs d'une civilisation moderne, *sa* civilisation, mais Jenny vivait quelque chose que personne de son époque n'avait pu expérimenter et elle voulait en garder un souvenir impérissable.

Un sourire aux lèvres, elle se retourna vers le Trench et l'agrippa par les pans de son manteau.

— Qu'est-ce qui s'est passé ? demanda-t-elle, fébrile.

Puis, remarquant l'air contrarié du Trench, elle s'en prit plutôt à Adler.

— En 1791, qu'est-il arrivé à cette époque ? Je veux tout savoir !

Le petit professeur haussa les épaules et se mit à réciter de mémoire.

— Bien, euh, entre autres… la nouvelle Constitution va séparer le territoire local en un Haut et un Bas-Canada…

euh, en Europe, Louis XVI va s'enfuir, puis retourner à Paris pour se voir obligé d'accepter leur nouvelle Constitution à eux. Il sera décapité par la nouvelle invention de monsieur Guillotin deux ans plus tard… euh, la fusillade du Champ-de-Mars…

Jenny hochait la tête à chaque révélation, comme si elle entendait tout cela pour la première fois.

— Oui, oui, allez, continuez, professeur. Que s'est-il passé d'autre en 1791 ?

— Mozart va composer son opéra *La flûte enchantée*, et entamera son célèbre *Requiem* inachevé, répondit Adler en consultant les banques de données de son manteau.

— Mozart ? !

Jenny tira sur les pans du manteau du Trench avec un enthousiasme débridé.

— Je vais pouvoir rencontrer Mozart ? ! Au sommet de sa forme ?

Le Trench se dégagea de son étreinte.

— Je ne sais pas si on peut parler du *sommet de sa forme*, dit-il simplement. Il mourra dans quelques mois, en décembre.

— Il n'a que 35 ans, ajouta Adler.

— Oh.

Jenny sembla attristée.

— Je ne savais pas que… Mais il n'est pas encore mort, nous pourrions…

Elle arrêta de déparler comme une fillette excitée et regarda de nouveau autour d'elle, comme si elle venait soudainement de se souvenir qu'ils n'étaient pas censés être seuls. De la lame, seuls Adler, le Trench et elle semblaient se trouver dans les parages.

— Où sont les autres ? fit-elle soudain, inquiète. Où est Simon ?

Épisode 2
PERDUS DANS L'ESPACE-TEMPS

« Tant qu'il y aura des mystères de la nature à élucider, il y aura du travail pour nous. »

Irwin Allen
Voyage au fond des mers

Chapitre 15
SOUS LA SURFACE

Dans la pénombre, quelques voyants illuminèrent de façon intermittente le visage meurtri de Pylmer ; le grand homme chauve reprenait lentement ses esprits. À sa grande surprise, il se rendit compte qu'il était encore vivant.

— Ket ? lança-t-il d'une voix bourrue.

Dans le noir, quelqu'un toussota près de lui.

— Ket ? ! fit-t-il de nouveau.

— Je suis ici, répondit la jeune Russe. J'ai mal à la tête, mais je suis ici.

Le capitaine Pylmer se releva péniblement en s'appuyant contre les sièges rembourrés du cockpit et alla s'assurer que sa pilote allait bien. À l'intérieur de la navette, tout semblait pendre dans le mauvais sens ; le *Bathlopin* avait apparemment chaviré sur le côté. Qu'ils soient encore tous vivants tenait du miracle.

— Bath ? lança-t-il vers le plafond de la cabine, cherchant à contacter l'intelligence artificielle de son vaisseau.

Ses paroles s'envolèrent en buée ; le froid à l'extérieur commençait déjà à s'infiltrer à l'intérieur de la navette défoncée.

— Elle n'est pas fonctionnelle, lui répondit une voix féminine derrière eux.

Mary Jane Rosencraft était agenouillée devant le compartiment qui contenait le programme d'intelligence artificielle du *Bathlopin*. Les quelques lumières de la console de Bath encore en opération projetèrent des ombres vacillantes autour de la brigadière au long manteau noir.

— Les missiles ont détruit la plupart de ses systèmes.

Mary Jane désactiva les codes de sécurité du compartiment renforcé en un tour de main et en extirpa un caisson de la grosseur d'une mallette qu'elle prit par la poignée.

— Sortons d'ici au plus vite.

Mais Pylmer ne se sentait pas d'humeur à coopérer. Dans le cockpit sens dessus dessous, l'ancien brigadier tituba vers elle, enragé.

— Hé ! Tu veux me dire ce que tu fais ? ! Nous venons de nous écraser contre une boule de glace ! Tu veux bien nous donner le temps de retrouver nos esprits, au moins ? !

Mary Jane l'ignora et tenta de réactiver les systèmes secondaires de la navette, ceux qui n'avaient pas été détruits lors de l'écrasement. Quelques néons usés reprirent vie et clignotèrent faiblement. À l'arrière du *Bathlopin*, des turbines endommagées tentèrent sans succès de redémarrer. Mary Jane hocha la tête ; ils ne repartiraient pas facilement d'ici. Du bout des doigts, elle enfonça rapidement quelques touches sur le tableau de commandes de Bath et extirpa un communicateur qu'elle relia à son propre émetteur.

— Nous devons partir d'ici le plus vite possible, répéta-t-elle en faisant disparaître le petit communicateur sous le col de son manteau sombre. Ils vont certainement envoyer quelqu'un nous chercher sous peu, et si nous sommes encore ici à leur arrivée, nous allons nous faire descendre.

Encore sous le choc, Eketerina se massa la nuque et comprit enfin ce que tramait Mary Jane.

— Qu'est-ce que vous faites avec ça?! demanda-t-elle en pointant la mince valise noire que tenait Mary Jane. C'est le système de mémoire de Bath, ça! Qu'est-ce que vous faites, à lui enlever sa mémoire?!

— Je vais me faire insistante, mais nous devons absolument quitter cet endroit.

Mary Jane se redressa, ouvrit un compartiment utilitaire à la hâte et en retira deux masques respiratoires qu'elle lança à Ket et à Pylmer. Elle s'assura de n'avoir rien oublié, puis, s'appuyant contre le mur du couloir angulaire, se dirigea vers le sas de la navette en faisant apparaître un masque respiratoire sur le bas de son visage.

— Hé! lança Eketerina en titubant derrière elle. Hé, vous ne m'avez pas répondu! J'ai passé quatre ans de ma vie à reconstruire cette navette! Je ne vais certainement pas l'abandonner maintenant!

Furieuse, Eketerina talonna Mary Jane vers la sortie. Pylmer les suivit de son mieux en enfilant son propre masque.

Mary Jane se retourna vers la petite blonde en tapotant la valise sombre.

— Je sais, Ket; c'est pour ça que j'emmène Bath avec nous.

— Mais…

Eketerina allait ajouter quelque chose, mais Pylmer enfila l'appareil respiratoire sur son visage avant que la cabine ne soit complètement dépressurisée. Il saisit des ceintures lestées qui leur permettraient de marcher plus aisément une fois dehors et en enfila une à la taille de sa collègue.

Dans la soute, Mary Jane ouvrit le sas qui les mènerait à l'extérieur de la navette.

— Un instant! lança Pylmer, la voix étouffée par son propre masque. Tu *savais* que nous allions passer à travers la couche de glace de cette lune, n'est-ce pas? Tu *savais* que cette base était creuse!

— Vous saviez que nous allions être attaqués! comprit la jeune Russe. Vous nous avez fait passer par ici pour que l'on se fasse descendre! Vous *vouliez* venir ici!

Pylmer et Eketerina échangèrent des regards furieux.

Pendant que le sas s'ouvrait en chuintant, Mary Jane les observa à peine un instant par-dessus son épaule. Elle parut peinée, sans plus. Sans répondre, elle sortit en enjambant quelques blocs de glace qui étaient tombés sur la porte de la navette. Elle mit pied à terre et vérifia les cadrans lumineux à la manche de son manteau.

— Par là…, dit-elle en pointant vers sa droite avant de se mettre à marcher dans cette direction.

Avant de sortir, Pylmer s'assura que les bouteilles d'air miniaturisées du masque d'Eketerina fonctionnaient normalement. Il empoigna un de ses vieux blousons à la hâte et en drapa les épaules de son amie pour la protéger du froid. Encore étourdis, Pylmer et Eketerina s'extirpèrent difficilement de l'épave et se retrouvèrent bientôt dans un grand tunnel métallique illuminé à intervalles réguliers par des lampes phosphorescentes suspendues au plafond. Le tunnel abritait un système de longs rails chromés qui bifurquaient dans plusieurs sens, vers de nombreuses embouchures aussi sombres les unes que les autres. Pylmer observa l'étendue des installations avec émerveillement. L'endroit semblait abandonné… stérile même, comme si personne n'y avait mis les pieds depuis bien longtemps.

— L'endroit est clos, déclara Mary Jane en avançant. Cela devrait vous protéger du froid un certain temps.

— Vous auriez pu nous tuer, madame Rosencraft ! poursuivit Ket en essayant de rattraper les enjambées de la grande femme.

— Tu aurais pu au moins nous prévenir ! ajouta Pylmer, de plus en plus froissé.

Cette fois-ci, Mary Jane venait de compromettre leur amitié de manière irrévocable ; il ne lui pardonnerait peut-être jamais.

La brigadière s'arrêta sec et se retourna pour dévisager Pylmer.

— Je suis une des seules à connaître l'existence de cet endroit. Si nous avions demandé la permission avant d'atterrir, crois-moi, nous n'aurions pas été reçus plus chaleureusement. Même les soldats qui travaillent ici ne savent pas ce que cache cette lune.

— Mais *vous*, vous le saviez ! ragea Ket.

Mary Jane posa son regard sur la jeune femme.

— Lorsqu'il est venu me chercher, Pylmer m'a demandé pourquoi je n'avais pas été recrutée en même temps que les autres brigadiers lors du rappel des manteaux. Eh bien, je n'ai pas été épargnée.

Pylmer avança vers elle, surpris.

— Tu t'es retrouvée dans un peloton militaire ?

Mary Jane sourit.

— Non. Je suis arrivée au cœur des haut gradés de l'Alliance ; ce sont eux qui m'ont convoquée.

Ket blêmit.

— Vous n'êtes pas soldat…

— Non, Ket, répondit Mary Jane calmement. Je fais partie du Conseil gris.

Pylmer en perdit le souffle ; il se sentait trahi.

— Tu es à la solde des services secrets, Mary Jane ? Tu es… tu es devenue espionne ?

Mary Jane leur tourna le dos sans répondre et se dirigea rapidement dans la direction que lui indiquaient les cadrans de son manteau.

— Nous n'avons pas beaucoup de temps avant que les hommes de Gaurshin arrivent au site de l'écrasement, lança-t-elle par-dessus son épaule. Suivez-moi.

Derrière elle, dans le grand couloir froid, les deux compagnons se lancèrent des regards lourds de sous-entendus, avant de lui emboîter péniblement le pas.

Chapitre 16
LES NOUVEAUX COLONS

— Montréal, 1791, déclara Simon en filmant la métropole naissante. Nous sommes au mois d'avril, et il fait chaud.

En l'absence de Jenny, Simon poursuivait leur reportage. En attendant que leurs compagnons, égarés quelque part dans le temps, parviennent à les retrouver, il en profitait pour tourner des images des gens du coin, des scènes du marché principal, et des habitudes de vie qu'il commentait avec enthousiasme au fur et à mesure qu'il les découvrait. Il ne possédait peut-être pas les habiletés d'intervieweuse ni le charisme de Jenny, mais, quelques mois auparavant, Simon avait eu à faire le montage d'un documentaire sur la pauvreté dans certains pays du tiers-monde et il avait appris quelques trucs du métier. Jenny pourrait toujours se servir de ses images à leur retour.

Si retour il devait y avoir.

— Nous estimons la population de la ville à environ 10 000 citoyens, poursuivit Simon en filmant les passants. C'est loin des deux millions que l'on retrouvera aux alentours de l'an 2000. Pour la plupart âgés de 18 à 20 ans, les commerçants et les artisans de Montréal sont des colons venus de la France ; ils sont jeunes et courageux. Certains des mieux nantis possèdent des terres, et deviennent fermiers. L'exportation principale…

À ses côtés, assis au pied d'une fontaine, Ridley poussa un long soupir en se protégeant les yeux du soleil.

— Est-ce que tu es vraiment obligé de raconter tout ça?

— … est présentement le blé. Mais le bois est en demande dans les chantiers de construction, et les bateaux ne cessent d'accoster au port de Montréal, deuxième en importance après celui de Québec.

— Dis, tu m'écoutes?

Au loin, Simon put voir de longs navires en bois, hérissés de grandes voiles de couleur parchemin, flotter dans le port. Il tenta de filmer le plus d'activité possible et continua à commenter les images.

— Nous pouvons déjà sentir un déclin du marché de l'agriculture; d'ici 20 ans, celui-ci sera remplacé en importance par celui des transports.

— Simon…

— Il est intéressant de noter que, présentement, 80 % du budget fédéral est consacré aux forces militaires. Cette année, le Canada sera séparé en deux, les Haut et Bas-Canada. Ce Canada séparé permettra aux anglophones, minoritaires ici, d'édicter leurs propres lois et d'éviter de se voir noyés dans la majorité francophone…

— Simon!

Ridley en avait assez; ils avaient marché pendant des heures sans savoir où ils allaient, et les gens commençaient à remarquer la présence de la caméra.

— Tu commences à me casser les oreilles! On se fout de ce que tu as appris à l'école!

Simon interrompit son enregistrement.

— Mais Ridley, je n'ai même pas encore parlé des couches sociales, de la bourgeoisie anglophone qui détient la majorité des compagnies, des professionnels francophones qui…

— Et je ne tiens pas à le savoir.

Simon demeura songeur un instant.

— Tu savais que les femmes qui possédaient une terre avaient le droit de voter à cette époque ? C'est remarquable, quand on pense qu'elles allaient perdre ce droit de vote en 1834 pour le retrouver seulement 100 ans plus tard, en 1940…

— Simon, je crois que tu as passé trop de temps avec mademoiselle Moda. Tu la fermes, oui ?

Simon leva les bras au ciel.

— Mais monsieur le Trench nous a *demandé* de faire des reportages ! Il a dit que cela pourrait sauver le monde un jour !

— Je suis certain que ce n'est pas de ça dont il parlait…

Ridley mastiqua avec vigueur un bout de pain qu'il avait chipé à un boulanger du coin.

— Comment vous avez pu réussir à construire un jour des réseaux de transport ferroviaires en mangeant de la merde pareille, je ne le saurai jamais…

— Et ça, rétorqua Simon, ça vient du type qui a vécu toute son adolescence sur une colonie de Mars en mangeant des rations de bouffe de mineurs. Ça devait être bon, ça !

Ridley ne répondit rien et leva la tête en entendant du grabuge près d'eux. Une demi-douzaine de solides gaillards venaient de sortir d'une taverne dans les ombres grandissantes du soleil couchant. Ils avancèrent dans leur direction d'un pas alourdi par l'alcool ; ils portaient des vêtements amples, couverts de boue et rapiécés à maintes reprises, et semblaient pour la plupart être rouquins, comme Ridley. On aurait dit des cousins ou des frères, tous issus de la même famille, de tailles variées. Deux d'entre eux gardaient les bras cachés derrière le dos en avançant vers eux ; leur allure ne laissait croire en rien à une rencontre amicale.

— Vous êtes perdus ? demanda le plus costaud du lot, un jeune dans la vingtaine de la grosseur d'une armoire à glace. On peut vous aider à trouver une manière de quitter le marché !

Ridley se leva pour affronter ces fermiers venus se payer du bon temps en ville. *Aujourd'hui doit être un dimanche*, se dit le brigadier.

— Non, nous ne faisons qu'admirer le paysage, répondit Ridley, croisant les bras sur sa poitrine.

— Ils te comprennent ? demanda discrètement Simon.

Ridley grinça des dents.

— Oui, c'est une propriété du manteau. Il me permet de communiquer dans presque toutes les langues. C'est seulement de cette façon que les foutus Français de cette ville vont comprendre quelque chose à ce que je leur dis.

— Le français est également ma langue, constable, répondit Simon tout bas.

— Tu sais très bien que ce n'est pas cela que je voulais dire.

— Je tiens à te faire remarquer que, de mon point de vue, ils parlent l'anglais avec un accent, rétorqua Simon. Alors tu peux arrêter tes remarques faciles. Tu sais, il y avait tout plein d'immigrants irlandais et écossais dans ces années-là ; tu crois que ce sont de tes ancêtres ?…

Ridley dévisagea Simon comme s'il avait été un des pires abrutis de la Terre et se retourna vers les fermiers. Devant leur conversation animée, les jeunes hommes ricanèrent entre eux, des rires gras.

— On vous a jamais vus ici auparavant, poursuivit le meneur du groupe en faisant signe à ses frères de se taire un moment. D'une main, il tenait un petit sac en jute, crotté de terre et rempli de quelque chose de lourd. Il le faisait tournoyer devant lui et le manipulait comme un gourdin.

— Nous venons d'arriver, expliqua Ridley. Qu'est-ce qu'il y a dans le sac ?

Le plus grand des cousins sourit, montrant un enchevêtrement hideux de dents jaunies.

— Nous avons trouvé ça dans un champ. Nous allons tenter de le vendre au brocanteur.

Il refila le petit sac à un de ses hommes et s'approcha de Simon.

— Et vous, c'est quoi, votre machin ?

Il tenta de prendre la caméra des mains de Simon, mais le cameraman résista. L'aîné se fit insistant ; il poussa Simon qui tomba sur le derrière, gardant la caméra entre ses mains parsemées de taches de rousseur.

— N'y touchez pas ! protesta Simon, étendu sur le sol, impuissant.

Les frères rirent de plus belle.

— Tu te tiens avec un des Français ? demanda un des autres à Ridley. C'est quoi, ton nom ? Tu es Américain ?

Le plus jeune de la bande, âgé d'à peine 15 ans mais tout aussi mesquin que ses grands frères, le pointa du doigt.

— Je parie une piastre que c'est un Anglais ! Regarde, il porte un long manteau ! Il doit être Anglais !

— Je me nomme Thompson, répondit Ridley en tentant de désamorcer la situation. Je suis soldat, alors faites attention, les gars. Et son machin, c'est euh…

— Une lunette d'approche ! lança rapidement Simon en se relevant.

Il tenta de reprendre sa caméra des mains du plus vieux.

— Et elle est très, très coûteuse, alors voulez-vous me la remettre immédiatement, s'il vous plaît?!

Ridley soupira de nouveau; ceci n'allait aucunement les aider.

Un des frères traduisit pour le plus gros de la bande.

— Coûteuse, hein? demanda le fermier en manipulant maladroitement la caméra. Je crois qu'on va garder ça en attendant de voir qui vous êtes vraiment, monsieur… Thompson.

— Bon, c'est assez, trancha Ridley en reprenant la caméra. Cessez vos conneries…

Mais l'aîné du groupe le poussa solidement vers l'arrière et garda la caméra.

— Il ne fait pas un peu chaud pour porter des manteaux de l'armée anglaise en plein mois d'avril?

À ses côtés, un de ses frères sortit une carabine qu'il tenait derrière son dos depuis le début de la conversation.

— Il est autoréfrigérant, répondit simplement Ridley.

Mais les jeunes fermiers semblaient d'humeur à la bagarre, et Ridley était sur le point de leur en donner pour leur argent. Il avança de quelques pas d'un air menaçant, mais un des jeunes rouquins sortit une autre carabine et la pointa dans sa direction.

— Je ne ferais pas ça, si j'étais toi, *redcoat*, dit le plus vieux avec un sourire en coin, protégé par les armes de ses frères.

Leurs armes ternies semblaient mal entretenues: c'étaient des vestiges d'une invasion de Montréal par les Américains, quelques années auparavant, lorsque ceux-ci avaient déclaré Montréal territoire américain, l'espace de quelques semaines. Les fermiers devaient en avoir hérité de leurs parents, et s'en servaient probablement pour paraître imposants aux yeux des jeunes colons de la ville.

Ridley hocha la tête, découragé ; il n'était guère d'humeur à donner des leçons de vie à ces blancs-becs.

— Faites attention, c'est un brigadier ! intervint Simon, mais Ridley le retint fermement d'un bras.

— Je continue de vous dire, expliqua Ridley en tentant de retenir ses ardeurs, que je ne suis pas un Américain, ni un Anglais, ni rien d'autre de ce genre !

— Tu as dit que ton nom est Thompson, déclara le plus âgé du groupe. Tu viens de dire que tu es soldat.

Il cracha sur les bottes de Ridley.

— Nous n'avons plus de comptes à te rendre, *redcoat*, on ne vous doit plus rien, ici ou là-bas. Tu n'as pas le droit de venir sur nos terres sans permission spéciale !

— Je suis effectivement soldat, tenta Ridley, qui commençait visiblement à perdre patience, mais je ne suis pas votre ennemi. Tu vois du rouge sur ce manteau gris, toi ? ! Ah, et puis merde !

Incapable de tolérer une seconde de plus cette conversation qui s'étirait en longueur et qui se dirigeait rapidement vers une impasse, Ridley agrippa le bout d'une des armes à feu et arracha le fusil des mains du plus vieux. Le second fit feu, mais le petit boulet de métal projeté rebondit simplement sur la poitrine de Ridley avant de tomber par terre.

Les jeunes frères se regardèrent, abasourdis. Ridley afficha un air narquois et sauta sur eux dans un bond impressionnant. Pris de panique, les fermiers tentèrent maladroitement d'esquiver ses coups, mais Ridley, habitué à se bagarrer contre des ennemis passablement plus redoutables, asséna de nombreuses baffes avant qu'un des hommes ne réussisse à le frapper avec la crosse de son arme. La crosse en bois se fendilla en brindilles contre son menton, et Ridley fit voler le fermier terrorisé du revers de la main.

Simon recula de quelques pas.

— Tu crois vraiment que c'est une bonne idée de déclencher une bagarre ?! demanda-t-il à Ridley tandis qu'un des cousins tentait de s'en prendre à lui.

Le fermier de 15 ans lui asséna un coup à la mâchoire, le prenant par surprise, et Simon retomba mollement sur le sol. Un filet de sang coula d'une de ses narines et il dévisagea l'adolescent, costaud pour son âge.

— Ah non, par exemple ! Je n'ai pas survécu à la destruction de ma ville pour me faire assommer par un colon quelque part dans les siècles passés !

Il se leva et frappa le jeune homme de toutes ses forces. Le garçon s'effondra, inconscient.

— Je ne suis pas un spécialiste de votre planète, lança Ridley en assommant un des rouquins avec son coude avant d'en faire trébucher un autre par terre, mais vous vous battez tout le temps pour des choses de ce genre ?

Il faucha le plus gros du groupe à l'arrière des genoux à l'aide d'un des pans de son manteau invulnérable.

— Je dis ça, car moi, d'où je viens, on se battait pour le plaisir, ou pour avoir à manger, pas parce que la langue du voisin nous dérangeait !

Simon asséna un autre coup de poing avant d'en recevoir un plus solide à son tour.

— Ça va durer comme ça encore 200 ans, répondit le cameraman. Alors autant s'y faire tout de suite ! Mais on s'aime bien, au fond…

— Oui, je vois ça…

Simon prit une branche sur le sol et la brandit devant lui comme une torche, tentant de repousser les autres frères de quelques pas.

— Tu…, parvint-il à dire entre deux coups de branche, n'as pas répondu à ma question… Tu crois vraiment que c'est le moment pour ce genre… hunf, de chose ?

Ridley jura.

— C'est la meilleure manière de se faire de nouveaux amis. Tu vas voir, on va tous en rire ensemble d'ici un moment !

— Mais nous ne savons même pas qui sont ces gens, et tu es déjà en train de les tabasser !

Comprenant qu'ils allaient perdre le combat, certains des fermiers prenaient la fuite en criant au diable.

— Ça m'intéresse de savoir contre qui je me bats, moi !

— Vraiment ? demanda Ridley, sincèrement surpris.

Autour d'eux, les derniers rouquins se relevaient tant bien que mal de l'attaque des étrangers. L'aîné maugréa en se massant la mâchoire et observa Ridley : celui-ci ne présentait aucun signe de boursouflure ni aucune ecchymose. Simon avança, l'air menaçant, en brandissant la branche cassée dans sa direction, et le balourd s'enfuit à grandes enjambées. Simon parvint à sourire péniblement ; sa mâchoire commençait déjà à lui faire mal.

— Non, dit-il en reprenant son souffle, non, pas vraiment.

— Et ne revenez pas ! beugla Ridley en faisant de grands gestes avec ses bras pour faire fuir les retardataires. Mais si c'est la bagarre que vous cherchez, nous serons ici toute la soirée !

Les fermiers déguerpirent vers la place du marché bondée de monde sans demander leur reste.

— Eh bien, dit Ridley en constatant les dégâts, fier de lui, c'est pas mal pour un constable et un cameraman.

En ramassant son équipement éparpillé, Simon lâcha sa branche et empoigna une des armes à feu abandonnées.

— Au fait, demanda-t-il à Ridley, vous n'utilisez pas d'armes à feu, vous, les brigadiers ? Je veux dire, pour une armée de policiers temporels, je me serais attendu à pas mal plus d'armement.

Ridley poussa un long soupir.

— Je t'en ai parlé, c'est la loi du Trench. Il trouve que nous n'en avons pas besoin. Tuer pour lui, c'est… c'est pas beau. Il veut éviter cela le plus possible.

— Mais vous devez rencontrer des gens qui sont armés à l'occasion, et pas simplement de mousquets, non?

Ridley empoigna un des pans de son manteau et fendit l'air en un large éventail. Entre les mains de Simon, l'arme à feu fut sectionnée en deux morceaux d'un coup sec, et le cameraman les regarda tomber sur le sol, étonné.

Ridley lui mit une main sur l'épaule.

— Les armes à feu ne pardonnent pas, Simon, dit-il, presque convaincu de ce qu'il avançait. Une fois la gâchette enfoncée, la balle va percer n'importe quoi sur son passage. Tu ne peux pas changer d'idée à la dernière minute, tu ne peux pas porter un coup moins grave. Si tu ne sais pas t'en servir, ou si tu es incapable de maîtriser tes émotions, tu vas finir par tuer quelqu'un. Et après, tu ne pourras plus faire marche arrière.

Simon, les mains pleines de poudre à canon, s'essuya sur son pantalon.

— Une leçon de vie de votre lieutenant?

— Je ne suis pas en accord avec bien des choses parmi celles qu'Éric raconte, avoua Ridley, mais sur ce point, je suis avec lui. Le corps à corps permet davantage de maîtriser le dénouement de la situation. Je peux toujours m'empêcher de porter un coup fatal si je change d'idée en cours de route.

— Ça t'arrive? s'enquit Simon.

— Pas souvent, rétorqua Ridley. Mais au moins, j'en ai la possibilité si je le désire.

— Les avantages de posséder un manteau quasi indestructible, marmonna Simon. Vous pouvez couper n'importe quoi avec ça ?

— Tu n'as encore rien vu, dit Ridley.

Il le prit par l'épaule et se dirigea vers le marché où fuyaient encore les fermiers éberlués.

— Allez, il doit bien exister un endroit où on peut prendre un verre par là-bas. S'il y a des fermiers et des bûcherons, il y aura assurément une cantine.

— Ne devrions-nous pas tenter de retrouver les autres ? protesta Simon.

— Ils nous retrouveront, eux. Moi, j'ai soif.

Simon épaula sa caméra en grognant et remarqua qu'une des lentilles avait été fracassée lors de l'altercation.

— Ah merde ! s'exclama-t-il.

Il savait pertinemment qu'il ne serait jamais capable de la remplacer à cette époque ; ce bris mettait fin à ses reportages à travers le temps, et il maudit sa malchance. Du coin de l'œil, il remarqua le petit sac de jute qu'avait échappé le plus grand de la bande.

— Hé, Ridley, ils ont oublié leur « trésor ».

Ridley ramassa le petit sac et défit le cordon qui le tenait attaché.

— Je me demande bien ce que cette bande de consanguins a pu déterrer dans un champ, qu'ils espèrent revendre… à un… brocanteur.

Il regarda à l'intérieur du sac et arqua les sourcils.

— Eh bien…

Curieux, Simon jeta un coup d'œil par-dessus l'épaule de Ridley et arqua les sourcils à son tour.

— Eh bien…

➔|

— Il y a quelque chose que je ne comprends pas, dit Jenny au Trench en retirant ses chaussures.

La nuit tombait, une chaude nuit de juin qui flottait doucement sur l'île comme un voile. Le professeur Adler avait abandonné le réacteur endommagé, qu'il avait apporté avec lui dans le temps, dans un des boisés du coin ; il pourrait toujours aller le récupérer plus tard. Après avoir marché toute la journée à la recherche de leurs compagnons, le petit ingénieur avait enfin repéré une trace radioactive d'un des brigadiers de leur lame, et Jenny espérait de tout cœur retrouver Simon sain et sauf.

Ils se dirigeaient présentement tous les trois vers les quartiers résidentiels de Montréal, construits près du port. Au loin, ils pouvaient voir les fenêtres des chaumières s'illuminer une à une au fur et à mesure que le marché principal se vidait ; les gens rentraient chez eux de bonne heure pour préparer la journée du lendemain. Seules quelques âmes perdues vagabondaient encore autour d'une auberge à l'enseigne peinte de couleurs criardes. Affamée, Jenny avait supplié ses collègues d'aller y prendre un repas, quitte à trouver une manière de payer les aubergistes par la suite. Ils venaient de traverser quelques champs entourés de terres marécageuses et leurs bottes étaient couvertes de boue. Une fois à l'auberge, Jenny espérait pouvoir trouver un bassin pour se laver les pieds.

Elle marcha lentement dans l'herbe rafraîchie par la tombée de la nuit et inspira, lui sembla-t-il, pour la première fois depuis des mois.

— Expliquez-moi encore pourquoi la vague temporelle n'a pas détruit les arbres ou la végétation de cette époque, comme elle l'a fait avec les bâtiments de Montréal.

De petites lucioles les avaient accompagnés pendant quelques temps, au grand étonnement du Trench et d'Adler qui avaient cru y voir quelque chose d'anormal. Mais plus ils s'étaient approchés de la ville, plus les lucioles s'étaient retirées, et les deux brigadiers étaient retombés dans une de leurs conversations habituelles.

— Messieurs ? demanda de nouveau Jenny, se sentant ignorée.

Éric était en pleine discussion avec Adler. Tous deux semblaient perturbés et le Trench s'exprimait en agitant les bras.

— Et le drakkar ? demandait-il. On est censés le retrouver comment ? On va repartir comment si on ne retrouve pas notre vaisseau ?

Il se retourna vers Jenny, l'air distrait.

— Pardon ?

— La vague temporelle ? répéta Jenny.

— Ah, oui.

Il la prit par la main et marcha à ses côtés dans l'herbe verdoyante. Derrière eux, Adler s'acharnait à effectuer des calculs complexes sur la manche de son petit manteau.

— La vague, soupira le Trench. Pourquoi, en 1791, la vague n'a-t-elle pas détruit les arbres du coin, comme elle l'a fait à l'époque d'où nous venons ? Parce que la tempête est sur son déclin, Jenny, à bout de forces ; plus la vague est projetée loin dans le passé, plus elle s'affaiblit. La distorsion temporelle met de plus en plus de temps à rejoindre la période où nous sommes présentement, car elle est de plus en plus éloignée. Tandis qu'à l'épicentre, en 1997, elle se manifestera à quelques heures d'intervalle seulement, plusieurs semaines se seront écoulées ici pour nous avant qu'elle ne repasse.

— Alors, autant en profiter, répondit Jenny en repensant à Mozart.

Éric lança un coup d'œil complice à la reporter.

— Pendant quelque temps, peut-être, approuva-t-il, mais nous allons devoir nous remettre au travail très bientôt.

— Les radiations, comprit Jenny. J'avais oublié : vous ne pouvez pas survivre longtemps sans les injections de votre médico !

— Nous, ça va aller, expliqua le Trench. J'ai pris les doses que portait Lody sur elle avant que la vague ne frappe et, grâce à ses codes, je peux encore éteindre nos moteurs une fois par jour pour les laisser refroidir. Mais je m'en fais plus pour les autres. Sans les codes que je possède, si loin de nous…

Son regard devint distant.

— Ils vont mourir empoisonnés ? demanda Jenny.

— Ils ne dureront pas plus que quelques jours, une semaine tout au plus, répondit le Trench d'un air sombre. Sans les codes qui permettent aux moteurs de leurs manteaux de se refroidir, sans médicaments, ils risquent de mourir irradiés, pourris de l'intérieur par cette… merde que les barons nous ont léguée.

Jenny posa sa main sur l'épaule du Trench.

— J'ai confiance en vous, vous allez trouver un moyen.

Cela sembla surprendre Éric, qui se renfrogna.

— Après tout ce que vous venez de traverser, vous avez encore confiance en nous ?

Mais le sourire de Jenny était sincère.

— Une image vaut mille mots, dit-elle, faisant allusion à la vision tragique de son futur qui n'existerait jamais. Vous semblez *toujours* trouver un moyen. Au fait, vous savez où se trouvent Simon et les autres ?

— Perdus dans les lignes temporelles, répondit Adler en revenant vers eux, le pas léger. Il est impossible, enfin presque, de déterminer à quelle époque la tempête les aura transportés. Tout ce que l'on peut affirmer à ce stade-ci, c'est que nos hommes sont, qu'ils ont été, ou qu'ils seront encore quelque part sur cette île, à un moment donné.

Il tendit devant eux un petit doigt boudiné.

— Et que l'un d'eux est présentement dans un de ces bâtiments.

Le professeur pointait en direction du marché, près de l'auberge où entraient et sortaient de jeunes hommes. Éric s'arrêta quelques instants en arrivant aux abords de la ville. Une grande chapelle grise se dressait sous la demi-lune et, un peu plus loin, des écriteaux en bois peint annonçaient des spectacles prévus durant l'été. Curieux, Éric se dirigea vers ceux-ci en allumant le fin faisceau bleuté de son implant défensif. En inspectant les écriteaux dans la pénombre, il y vit les noms de troupes de spectacles qui, lors de leur tournée, allaient faire un arrêt au Québec. Une grande affiche aux couleurs vives annonçait la venue d'une importante troupe artistique d'ici quelques mois.

— «La Compagnie du Sieur Donegani vous présentera fièrement des numéros de magie», lut le Trench à haute voix. «Des»… Euh, c'est pas facile à lire, ce vieux français…

— Votre manteau ne traduit pas aussi l'écriture? demanda Jenny.

— Oui, mais encore faut-il qu'il reconnaisse les lettres, répondit le Trench. La calligraphie du vieux Nouveau Monde, ça ne figure pas dans toutes les banques de données de l'Alliance… attends voir, dit-il en tentant de déchiffrer le reste de l'écriteau. «Des numéros de… chiens savants, des tours de souplesse… et des carcasses de… d'hommes-animaux», je crois…

— Des hommes-animaux ? s'étonna Jenny.

Éric haussa les épaules.

— Hmmm… je me demande si…

— Vous aimez la magie, mademoiselle Moda ? interrompit Adler.

— J'aime mieux les arts et la politique. Mais il faut admettre qu'aucun reporter n'a jamais vu Montréal à l'époque des colons, ni n'est revenu pour en parler.

— Ah, ajouta Adler. C'est bien là le truc, non ? Comme avec la magie : c'est bien beau de faire disparaître quelque chose, mais encore faut-il le faire réapparaître.

Il tenta de son mieux de suivre leurs grandes enjambées sur ses petites pattes.

— Et pour l'instant, je ne saurais pas par où commencer pour retrouver les autres membres de notre lame…

Au loin, un fracas attira leur attention ; un homme se faisait vider d'une taverne par le fond de son pantalon. Un grand rouquin portant un manteau gris le projeta tête première sur quelques mètres et s'épousseta les mains, l'air satisfait.

— Et ne reviens pas ! lança celui-ci, fier de lui.

Adler consulta la manche de son manteau comme s'il s'agissait d'un compteur Geiger.

— D'un autre côté, dit-il en souriant, je crois que nous venons de retrouver…

— Ridley ! s'écria le Trench en apercevant son compagnon.

Le rouquin plissa les yeux pour voir qui l'interpellait ainsi et ouvrit grand les bras lorsqu'il reconnut la petite troupe.

— Adler ! Jenny !

Il se dirigea vers eux, tout souriant.

— Ça va faire des semaines qu'on ne vous a pas vus !

— Des semaines? demanda Jenny. Mais nous venons d'arriver, il y a quelques heures à peine!

— Nous n'étions pas ensemble quand l'orage a frappé, expliqua le Trench, tout aussi souriant. Ils ont dû être propulsés quelques semaines avant nous. Ridley, je suis heureux de te voir ici!

Ridley fit semblant de l'ignorer et prit Jenny dans ses bras.

— Tu sais combien de temps j'ai passé ici sans la compagnie d'une vraie femme?

Jenny le repoussa doucement avec un sourire.

— Toujours aussi charmeur. Ridley, dit-elle. Tu as dit que vous étiez ici depuis quelques semaines… Tu n'es pas seul? Est-ce que…?

Simon passa discrètement la tête par l'embrasure de la porte de la taverne pour voir ce qui se passait à l'extérieur.

— Sim!

Jenny s'élança vers lui et le prit dans ses bras. Elle le serra si fort qu'il dut la repousser pour reprendre son souffle.

— Nous nous sommes arrêtés pour prendre quelques verres, indiqua Ridley. Mais les choses se sont gâtées quand est venu le temps de payer. Tu as de l'argent de cette année sur toi, Éric?

— Qu'est-ce que tu fais ici, Ridley? demanda le Trench.

Le constable jeta un coup d'œil par-dessus son épaule, vers la taverne.

— Où ça, ici?! Mais on vous attendait, qu'est-ce que tu crois!

— N'ayant pas d'argent sur lui, relata Simon, monsieur Thompson s'est mis dans l'idée de nous trouver du boulot. Nous travaillons pour l'aubergiste.

Éric hocha la tête nonchalamment, mais Adler semblait impressionné.

— Si vite que ça? s'étonna le petit professeur.

— Bah, répondit simplement Ridley, le propriétaire a été témoin d'une altercation que nous avons eue avec des jeunes à notre arrivée ici. Il a apprécié notre approche et nous a offert du boulot, en attendant que…

Il lança un regard vers Éric.

— En attendant que tu arrives.

— Tes yeux, nota le Trench, ils ne brillent pas, même après tout ce temps?

— Je retire mon manteau à la tombée de la nuit, expliqua Ridley. Ce n'est pas l'idéal; les radiations continuent de m'empoisonner petit à petit, mais au moins ça m'aura permis de tenir le coup plus longtemps, en attendant que tu arrives avec l'antidote. Tu as bel et bien l'antidote avec toi, au moins?

Éric hocha la tête.

— Tant mieux, ajouta Ridley, visiblement soulagé. Vous deux, par contre, vous brillez comme des phares. Vous feriez mieux d'éviter de croiser le regard des gens jusqu'à ce que vous ayez eu le temps de vous reposer.

— Et qu'est-ce que vous faites, comme boulot? demanda Jenny.

— Je suis serveur, répondit Simon, affichant un air de fausse modestie. Et après une bonne bataille avec les neveux du propriétaire, monsieur Ridley s'est décroché un emploi de videur de pub.

— Ses neveux? répéta Jenny, amusée.

Simon haussa les épaules.

— Je crois qu'il attendait simplement que quelqu'un les remette enfin à leur place.

— Tu es devenu *bouncer*? s'étonna Éric.

Ridley fit la moue.

— Je l'ai été pendant plusieurs mois, au temps où j'étais sur Mars. Ce n'est pas comme si je ne savais pas ce que je fais. Tu sais, dans le futur ou dans le passé, les balourds soûlons qui font du grabuge, c'est du pareil au même… Et ça va nous donner quelques sous en attendant qu'on quitte cette époque.

Éric et Adler échangèrent un regard inquiet, mais Ridley était trop heureux de revoir enfin des gens qu'il connaissait pour s'en rendre compte, même si le Trench était parmi eux. Le rouquin prit Jenny par l'épaule et l'entraîna fièrement à ses côtés vers l'entrée de la taverne.

— Allez, venez, je vais vous présenter aux gens du coin. Ils ont des manières un peu rustiques, mais ils sont plutôt sympathiques.

Ils entrèrent tous les cinq dans la taverne. L'endroit était enfumé et sentait la cuisson. Plusieurs hommes bourrus, éparpillés aux quatre coins de la grande salle commune, levèrent le nez de leurs bocks de bière. Par son accoutrement étrange, son jeans, sa camisole trop moulante et son veston rouge, Jenny attira plus d'un regard, mais elle les accueillit avec indifférence. Elle venait de retrouver Simon sain et sauf et c'était tout ce qui comptait pour elle.

— Normalement, les femmes ne sont pas admises, expliqua Ridley, mais je crois que dans ce cas-ci, ils vont faire une exception…

— Xing-Woo est avec vous ? demanda discrètement le cameraman.

Adler fixa ses pieds sans rien dire, et Éric chercha quoi lui répondre.

En remarquant l'air embarrassé des deux brigadiers, Simon s'enquit :

— Il n'y a que vous ? ! Vous savez où sont les autres ?

Ridley s'accouda au bar et commanda des bières. Il échangea quelques mots avec le gros homme chauve à la grande barbe blanche qui prenait place derrière le comptoir, et indiqua ses amis. L'aubergiste hocha la tête et alla nettoyer quelques places à une table près de la fenêtre.

— Professeur, lança Ridley en lui tendant un verre, nous allons pouvoir repartir bientôt, pas vrai?

Éric et Adler ne répondirent rien.

— Ce n'est que temporaire, non? demanda de nouveau le rouquin d'un ton jovial. Éric, je vis parmi ces colons depuis des semaines. Si gentils tes ancêtres soient-ils, dis-moi que vous avez trouvé un moyen de nous sortir d'ici rapidement!

Les deux brigadiers entamèrent leur verre sans commenter.

Comprenant qu'ils étaient dans la même situation qu'eux, Ridley poussa un long soupir.

— On ne peut se fier à vous pour rien, grommela-t-il en avalant la moitié de son bock. Non, mais vraiment…

À la taverne, l'atmosphère était chaleureuse. Les clients de la soirée commençaient à défiler. En passant près d'eux les bras chargés d'assiettes sales, l'aubergiste fit signe à Simon qu'il allait avoir besoin de son aide. À contrecœur, Simon enfila rapidement un tablier et se dirigea vers la cuisine. Ridley prit une des serveuses par la taille et lui susurra des mots à l'oreille. La jeune femme rougit et lui flanqua une tape sur l'épaule.

— Eh bien, en attendant que vous trouviez un plan, dit Ridley en terminant son verre d'un trait, la serveuse va nous apporter quelque chose à manger. Attendez-moi ici, j'ai quelque chose à vous montrer.

Il se dirigea vers les cuisines en saluant quelques clients réguliers au passage.

Jenny, Éric et Adler prirent place à une table en bois de chêne massive et tentèrent de leur mieux de se rendre discrets. Plusieurs clients observaient le trio avec curiosité, et Jenny rougit.

— Il va falloir que je change de costume, je crois, dit-elle.

Ridley revint rapidement à leur table avec un lourd sac en jute crotté de terre. Il le déposa sur la table entre eux et sourit, théâtral.

— Regardez ce que j'ai trouvé.

Il défit la corde du sac et rabattit le jute pour exposer l'objet qui y reposait.

Adler faillit s'étouffer.

— Mais... mais c'est...

Il s'agissait d'une main, fabriquée en méthanium, aux jointures renforcées. On aurait dit un gros gantelet, dont les teintes sombres et bleues comme la nuit se perdaient dans la terre qui incrustait ses moindres replis ; l'objet semblait avoir été abandonné au fond d'un champ depuis des années.

— Tout à fait, répondit Ridley, l'air satisfait.

— Le gantelet d'un magistrat, souffla le Trench. Ici ? À cette époque ? !

Chapitre 17
UNE NUIT AU MUSÉE

En sortant du cinéma, les deux brigadiers tentèrent de passer inaperçus dans la foule de curieux qui se ruaient sous la pluie pour assister à la dernière représentation de la soirée.

Ils formaient un drôle de couple, tous deux vêtus de longs manteaux qui ressemblaient à ceux que portaient les soldats dans les tranchées de la grande guerre. Lui, chauve et barbu, de la grandeur d'un pan de mur, et elle, ses vêtements défaits, ses cheveux roux qui volaient impunément au vent comme ceux d'une furie, tandis qu'autour d'eux, tous les passants semblaient vêtus de façon plus austère ; les dames tenaient des parapluies et les hommes portaient des chapeaux. Les soldats avaient, de toute évidence, l'air de venir d'ailleurs, mais la taille de Stavros empêchait les curieux de poser des questions impertinentes.

— Je ne comprends pas, lança Nikka, encore sous le charme du film qu'ils venaient de voir dans la grande salle somptueuse de l'Impérial. Si le monstre du professeur Frankenstein était incontrôlable, pourquoi l'avoir créé en premier lieu ?

Stavros soupira et la serra contre lui sous la pluie.

— Je crois que tu as manqué l'essentiel du film, Nikka. Les choses n'arrivent jamais comme prévu.

Ils avaient passé trois jours à tenter de retrouver leurs compagnons dans la ville, mais sans succès. Après que l'orage temporel les eut recrachés dans les rues de Montréal, ils en étaient venus à la conclusion que le reste de leur lame devait avoir été transporté ailleurs dans le temps.

À l'époque où ils s'étaient retrouvés, les dégâts causés par la vague temporelle avaient semblé étonnamment restreints : quelques bâtiments avaient été secoués, quelques crevasses étaient apparues dans le macadam des rues de Montréal et avaient renversé des wagons de tramways de leurs rails, mais ce n'était rien comparé à la destruction quasi totale qu'ils pourraient constater près de l'épicentre, des décennies plus tard. Stavros en avait conclu que plus l'orage s'éloignait dans les lignes temporelles, plus il devait s'essouffler. Les dégâts physiques avaient fort heureusement été minimes, et leur arrivée se fit donc sans que trop de citoyens ne s'en aperçoivent.

La manœuvre qu'avait ordonnée le Trench pour aller chercher Jenny Moda avant son accident tragique avait pratiquement vidé leurs manteaux de leurs réserves d'énergie : ils ne pouvaient plus effectuer aucun saut temporel. Éric avait déverrouillé les codes de tous leurs manteaux pour leur permettre quelques petits sauts de téléportation avant leur départ, mais les réserves d'énergie, normalement inépuisables, commençaient à être basses, sapées par la tempête. Ils allaient devoir attendre que le prochain orage repasse avant de tenter de retrouver leurs collègues. Sans savoir combien de temps cela pourrait prendre, ils avaient décidé de rester près de leur point de repère, le cinéma où ils se terreraient des années plus tard.

Stavros avait amené Nikka voir un film pour lui accorder une soirée de repos ; l'irradiation de leurs manteaux les rendait somnolents, et Stavros estimait qu'ils devaient réduire leurs efforts physiques au minimum. Cela permettrait de ralentir la propagation des effets néfastes sur leurs corps. Il avait donc proposé un divertissement, le cinéma, une activité avec laquelle Nikka n'était pas familière.

Le brigadier n'avait pas un sou sur lui, et tout semblait coûter de l'argent à cette époque. L'argent, l'argent, ce sujet faisait régulièrement les manchettes : on parlait de récession aux États-Unis, la Bourse était sens dessus dessous, et Stavros trouvait cela plutôt déprimant. À contrecœur, il avait imité une des techniques du Trench pour attirer l'attention de quelques passants dans la rue, pendant que Nikka avait utilisé ses talents naturels pour dérober des sous aux gens interloqués. Il avait eu quelques remords à subtiliser de l'argent aux pauvres citoyens de l'époque, mais Nikka, qui avait passé son adolescence dans les ruelles mal famées de Rome à détrousser les gens pour réussir à se nourrir, avait semblé retrouver ses penchants d'antan, affichant l'air rusé d'un garçon laissé seul dans un magasin de suçons.

— Nous n'avons plus que quelques heures avant que nos corps soient empoisonnés irrémédiablement par la radiation, déclara Stavros en marchant à ses côtés.

Il lança quelques regards sombres aux passants trop curieux.

— Alors, rétorqua Nikka, qui ne semblait absolument pas se soucier de ce que les gens autour d'eux pouvaient penser, tu t'es imaginé que d'aller au cinéma voir un vieux film d'horreur pourrait nous permettre de survivre plus longtemps ?

Elle s'esclaffa, un gros rire gras typiquement masculin, et Stavros rougit de plus belle ; de toute évidence, il ne partageait pas la désinvolture avec laquelle Nikka s'affranchissait. Sa taille l'en avait toujours empêché ; même s'il aimait étudier les races extraterrestres, Stavros n'avait jamais été du genre à leur parler longuement, préférant de loin les disséquer pour comprendre leur fonctionnement. De son côté, Nikka avait eu affaire toute sa jeune vie à des gens de milieux plus difficiles, et semblait complètement immunisée contre les regards que leur lançaient les passants.

— Rappelle-moi encore pourquoi nous sommes allés voir ce film ? demanda-t-elle au grand xénobiologiste en marchant à ses côtés.

La pluie du 4 décembre 1931 se transformait lentement en neige molle, et Nikka s'enroula dans l'engin qu'elle portait sur son dos pour tenter de se réchauffer.

Stavros les fit marcher jusqu'à la rue Sainte-Catherine et tourna à droite, là où se trouvaient la plupart des restaurants.

— C'est la première montréalaise ! clama Stavros. Je ne pouvais quand même pas laisser passer cette occasion.

— Un film en noir et blanc ? rétorqua Nikka. Tu dois pouvoir en obtenir une copie couleur quelque part, non ?

— C'est un classique, Nikka. À mon époque, ce film aura survécu toutes ces années et connaîtra encore un vif succès. Il y a eu de nombreuses réinterprétations au cours des décennies depuis sa sortie, mais aucune n'a égalé l'original…

Stavros réfléchit un instant.

— À part peut-être la suite.

— La suite ? demanda Nikka en tentant d'attraper des flocons fondants sur le bout de sa langue.

— *La fiancée de Frankenstein.*

— Ah, parce que cette horreur a trouvé quelqu'un à marier?

Elle lui frotta le ventre en ricanant.

— Alors, il y a de l'espoir même pour toi, mon gros!

— Dans la version originale du film, expliqua Stavros, le docteur se faisait tellement blesser par la créature qu'il avait créée qu'à la fin de l'histoire, on ne savait pas s'il allait survivre à ses blessures ou non. Mais… les foules aiment bien les fins heureuses, et ils ont dû la changer à la dernière minute.

— Tu appelles ça une fin heureuse? rétorqua la rouquine en lorgnant les vitrines d'un œil expert. Le docteur se retrouve encore célibataire, et il espère toujours avoir un enfant après que les villageois affolés aient tué sa première créature. Je n'appellerais pas cela une fin heureuse…

La petite recrue se dirigea rapidement vers un des restaurants enfumés, bondés de gens affamés entassés les uns sur les autres. Les façades de l'établissement étaient placardées d'affiches publicitaires, et Nikka s'en approcha rapidement pour les contempler, attirée par les illustrations tape-à-l'œil.

Stavros poursuivit son chemin en attendant qu'elle le rattrape.

— Mel Brooks en a fait une parodie 40 ans plus tard. Presque aussi bonne que l'original…

Stavros hocha la tête, perdu dans ses pensées.

— Je suis un peu vieux jeu sur certaines choses. Je crois que le Trench commence à déteindre sur moi; je me surprends de plus en plus à apprécier les classiques. Je veux dire, tant qu'à être ici, maintenant, pourquoi ne pas en profiter? Tu comprends ce que je veux dire?

Stavros se retourna pour regarder où était Nikka.

— Dis, Nikka, tu m'écoutes?

Mais la jeune brigadière était restée loin derrière, plantée devant les placards publicitaires du restaurant. Elle semblait subjuguée.

Stavros fit quelques pas pour la rejoindre et regarda par-dessus son épaule ce qui semblait tant la fasciner.

Une des affiches, jaunie et cartonnée, annonçait une exposition au musée McCord, une présentation en grande pompe avec un lettrage plus grand que nature. Les lettres commençaient déjà à couler sous la neige fondante du début de décembre : des scientifiques russes avait trouvé des artéfacts remarquables lors d'une expédition en Amérique centrale. Ils y avaient découvert des trésors fabuleux, clamait la publicité, des richesses historiques, des médaillons en or, ainsi que des reliques mayas.

Parmi celles-ci, une momie à l'allure saisissante.

Stavros se pencha par-dessus la petite femme pour mieux voir. Un dessin à l'encre était censé représenter la momie exposée en grande première au musée ; un homme trapu, aux allures de demi-dieu maya, portant un long linceul orné de runes et de symboles étranges. Des manches étaient attachées autour de la taille de l'homme recroquevillé, mais on pouvait encore apercevoir ses pattes griffues. Son visage était couvert d'écailles, ses yeux globuleux à moitié fermés par la mort. On aurait dit qu'il portait un long trench-coat. Les auteurs de la découverte dataient l'origine de la momie à environ 1 400 ans plus tôt.

— Stavros, s'écria Nikka en se retournant vers son compagnon, cette momie… cet homme-lézard…

Elle tenta de contrôler l'émotion dans sa voix, mais en fut incapable.

— C'est Morotti !

➝|

— Mince! siffla Nikka en avançant dans le grand musée sombre.

Grâce aux talents de la rouquine, qui avait passé une bonne partie de sa vie à crocheter des serrures pour voler ce dont elle avait besoin pour survivre, Stavros et elle avaient réussi à défaire les verrous et les chaînes cadenassées du musée McCord sans être repérés. Ils avaient modifié la couleur de leurs manteaux; le gris sombre et bleuté avait servi à les camoufler dans l'obscurité de la ville et leur avait permis de contourner les gardes postés à l'entrée jusqu'à ce qu'ils trouvent enfin la salle où serait présentée l'exposition maya. Comme celle-ci n'allait être officiellement ouverte que le lendemain, certaines pièces reposaient encore au fond des caissons qui avaient servi à les transporter jusqu'à Montréal.

Stavros se permit d'ouvrir un des interrupteurs de la grande pièce.

— Il ne semble pas y avoir de garde à l'intérieur, commenta le grand brigadier, étonné. Du moins pour l'instant.

Il avança, parmi les caissons au couvercle encore cloué, vers les meubles en verre installés au centre de la salle d'exposition. Avec la nouvelle couleur sombre de son manteau, il avait l'air d'un immense fantôme sorti de la nuit enneigée de la métropole.

— Ce n'est pas très intelligent, chuchota Nikka, de laisser si peu d'hommes autour d'aussi fabuleux trésors.

— C'est une autre époque, répliqua Stavros.

Nikka inspecta rapidement les morceaux exposés dans les vitrines déjà montées, son œil expert à l'affût d'objets rares et précieux.

— Là où il y a des trésors, Stavros, il y aura toujours des gardes. Il va falloir agir vite, ils sont certainement en train de faire leur ronde et la lumière va les attirer d'une minute à l'autre.

— Alors, tu ferais mieux de cesser de lorgner les verreries, commenta sèchement Stavros en remarquant une immense vitrine illuminée. Tiens, je crois que je viens de trouver notre lézard.

— Morotti?!

Nikka abandonna aussitôt les reliques dorées pour se ruer vers la vitrine placée à la verticale. À l'intérieur reposait une carcasse desséchée, suspendue par de la broche, une forme recroquevillée et épinglée sur une plaque en bois décoratif. En la voyant, il était facile de comprendre pourquoi les explorateurs qui l'avaient trouvée avaient d'abord cru à une idole : les manches étaient couvertes de runes, de symboles et d'effigies animales louant le soleil. La forme était humanoïde, mais ses traits ne laissaient aucune place à l'interprétation : sa peau faite d'écailles, ses mains griffues et son museau, un bec lustré d'iguane qui reluisait sous les lampes bourdonnantes de la salle d'exposition n'avaient rien d'humain. Le reptile paraissait avoir perdu plusieurs centimètres de hauteur, et son manteau, oxydé par le temps et parsemé de taches de couleur rouille, ressemblait davantage à des lambeaux de tissu qu'à un vêtement.

Nikka appuya sa main contre la vitre.

— Morotti, dit-elle tout bas. Oh, mon beau Morotti…

Stavros la contempla, éberlué.

— Et maintenant? demanda-t-il. Je veux bien le sortir de là, mais on fait quoi avec lui, ensuite?

— On verra.

Nikka tenta de bouger la paroi de verre toute seule, mais si elle voulait éviter un fracas retentissant qui alerterait assurément les gardes, elle allait avoir besoin de l'aide du grand Stavros.

— Tu m'aides, Frankenstein ?

— Frankenstein, c'était le scientifique, répondit Stavros en utilisant son poids pour soulever la vitre.

— C'est que je dis, répondit Nikka en grognant sous l'effort. C'est toi le docteur, ici…

La cloison n'était pas très lourde, mais elle était glissante et ils durent prendre garde de ne pas l'échapper en la retirant du présentoir. Ils déposèrent doucement la cage en verre sur le sol, sans faire de bruit, et Nikka put enfin toucher délicatement la main de Morotti.

— Il semble si fragile, dit-elle en essuyant un peu de poussière entre ses doigts. Comme du papier…

Stavros saisit une petite pancarte explicative qui avait été placée au fond de la vitrine.

— D'après le résumé de l'expédition, dit-il en lisant l'écriteau, il semblerait que Morotti ait été enterré il y a plus de 1 000 ans.

— L'orage l'aurait recraché si loin ?

— Ce n'est pas impossible. Nous n'avons aucune manière de savoir à quelle époque les autres ont été projetés. Morotti est peut-être celui qui est le plus près de nous.

Le cœur de Nikka tomba au fond de sa poitrine ; elle se sentait de plus en plus seule.

— Un instant. Je croyais que nous ne pouvions pas sortir de l'île ? !

Nikka caressa le visage desséché de son ami en prenant soin de ne pas toucher ses paupières à moitié fermées.

— Je veux dire, comment a-t-il fait pour se retrouver en… euh… au milieu de l'Amérique ?

Stavros soupira en laissant tomber la pancarte sur le sol.

— C'est bien ce que je craignais, dit-il. Plus la distorsion temporelle recule loin dans le temps, plus ce sera long avant qu'elle repasse. Il y a quelques centaines d'années, cela aurait pris des mois, peut-être. Pour nous, à cette époque, qui sait… une semaine ou deux? Mais pour Morotti, il y a plus de 1 000 ans de cela… l'orage aurait mis plusieurs *années* avant de repasser. Il devait savoir qu'il ne nous reverrait jamais. Il a dû décider de voyager et a quitté l'île.

Nikka semblait désemparée, la larme à l'œil.

— Mon pauvre Morotti. Tu as passé toutes ces années seul, sans aucune chance de nous revoir…

Stavros se pencha pour mieux inspecter le cadavre.

— Il a dû voyager vers le sud de l'Amérique pendant des mois. Ou, ce qui est plus probable, il aura effectué quelques sauts avec les dernières réserves d'énergie de son manteau, car avec le niveau de radiations dans son corps, je ne vois pas comment il aurait fait pour s'y rendre autrement. Il a dû chercher un endroit plus chaud où il pourrait terminer le reste de ses jours, dans les jungles d'Amérique centrale peut-être.

Nikka essuya ses larmes.

— Il devait être en piteux état à son arrivée.

— Épuisé, il n'aura pu cacher ses traits continuellement sans se faire repérer. Les Mayas en auront fait un dieu.

— Un dieu? demanda Nikka. Qu'est-ce que tu veux dire?

— Il n'y avait que des tribus à cette époque, Nikka. Les gens qui ne l'auraient pas pourchassé comme un monstre l'auraient assurément perçu comme un dieu-serpent. Il faut croire qu'il a réussi à se faire des amis.

Nikka ricana doucement.

— Le connaissant, il a plutôt dû établir sa réputation en tant que guerrier féroce. Peut-être qu'il a été honoré comme grand chef de tribu, ou… ou comme un dieu guerrier? demanda-t-elle, pleine d'espoir.

Stavros haussa les épaules.

— Peut-être… à ce stade-ci, qui sait?

— Mais…

Nikka devint songeuse.

— Il porte encore son manteau… Comment a-t-il fait pour survivre aux radiations pendant tout ce temps?

— Il semble plutôt desséché, tu ne trouves pas?

Nikka le foudroya du regard.

— La mort l'a rejoint, comme elle nous attend tous, sergent. Mais si ce que tu dis est vrai, il aura mis des années à voyager jusqu'en… Amérique centrale… il n'aurait pas pu survivre plus de quelques semaines aux radiations, même en se reposant. Alors, qu'est-ce qui lui est arrivé?

— Je ne sais pas… Sa constitution est exemplaire, lança Stavros, qui connaissait le dossier médical de chacun des hommes de leur lame. Il a dû vivre avec les effets de l'irradiation pendant des semaines avant de se rendre à l'endroit idéal pour s'éteindre. Je te rappelle qu'à l'époque, même en utilisant quelques sauts de téléportation, avec les réserves d'énergie qu'il devait lui rester, il aura été forcé de voyager à pied. À moins qu'il n'ait réussi à se construire un radeau ou un kayak, mais même les Amérindiens de l'époque n'auraient pas tenté un tel voyage. Et Morotti l'aurait fait sous l'emprise de radiations de plus en plus débilitantes…

— Nous l'emmenons avec nous.

Stavros lança un regard vers Nikka.

— Je ne vois pas ce qu'on va pouvoir faire pour lui, ma belle. Il est mort depuis des…

— Nous l'emmenons!

Ils entendirent le bruit de pas des gardiens de sécurité qui se dirigeaient rapidement dans leur direction.

— Merde, souffla Stavros. Nous n'avons pas le temps d'argumenter. Aide-moi, Nikka.

Il prit soin d'envelopper la carcasse desséchée de Morotti dans les longs pans de son manteau sombre tandis que la petite rouquine enveloppait les jambes de son ami avec soin. Ils se glissèrent tous les deux dans les ombres avec leur paquet avant que les gardes n'arrivent sur les lieux, abasourdis d'y trouver un présentoir vide dans un musée désert.

Chapitre 18
LES FANTÔMES DU NOUVEAU MONDE

Tard le soir, Éric sortit de l'auberge des Trois-Rois, la plus populaire du vieux marché. Ridley avait réussi à convaincre le propriétaire de préparer quelques chambres pour Jenny et eux, le temps qu'ils gagnent quelques sous et qu'ils puissent se trouver un endroit où habiter.

Adler le suivit à l'extérieur, laissant les fêtards entamer une soirée de chansons de beuverie derrière lui, et huma l'air frais. La nuit s'annonçait pluvieuse. Le professeur poussa un soupir.

— Tu sais, Éric, dit-il en s'asseyant sur un banc installé à l'entrée de l'auberge, je n'ai pas eu l'occasion de respirer de l'air frais depuis des années. Mes années passées à enseigner à l'université n'ont rien fait de bien pour mon système digestif, et mes poumons sont encrassés par l'air vicié des recycleurs, depuis les derniers mois où j'ai séjourné dans cette foutue Citadelle.

— Ce n'est plus notre problème, professeur, grommela le Trench.

Adler demeura éberlué.

— Tu me sembles plus cynique que d'habitude, mon jeune. Qu'est-ce que tu as ?

Éric sentit quelques gouttes tomber sur son crâne et couler le long du mince champ d'énergie protecteur qui l'entourait de la tête aux pieds.

— Je peux ressentir la douleur, dit-il après un instant. Les techniciens de l'Alliance se sont assurés de laisser nos perceptions sensorielles intactes. Je peux ressentir chaque coup de poing que je reçois, chaque lame qui traverse mon manteau et chaque chute que je fais. Mais je ne peux pas sentir la pluie.

— Quoi? Qu'est-ce que tu racontes? Je la sens, moi!

— Mon champ de protection est érigé autour de mon corps en quasi-permanence, coupa le Trench. Ce n'est pas réellement la pluie que je ressens à travers ce bouclier, c'est une réaction simulée. Je porte mon manteau depuis si longtemps que j'ai oublié ce que c'est de ressentir la véritable pluie. Vous ne savez pas la chance que vous avez, professeur.

— Et toi, le jeune, tu portes tellement de poids sur tes épaules que ton manteau est le moindre de tes soucis.

Éric haussa les épaules.

— Peut-être.

Le ciel s'ouvrit doucement au-dessus de l'île et des rideaux de pluie se déversèrent sur eux. Adler recula le banc pour se réfugier sous un auvent et installa confortablement ses pieds sur le bord de la galerie de l'auberge. Il fit signe au Trench de venir le rejoindre.

— Ne reste pas là, tu vas prendre froid.

Mais le Trench ne réagit pas.

— C'était une blague, Éric. Allez, ne fais pas cette mine…

— Nous ne pourrons pas nous sortir de cette époque, professeur, pas avant que ne repasse la vague temporelle. Et cela pourrait prendre des mois…

— C'est le gantelet de magistrat que Ridley a découvert qui te met dans un état pareil?

Éric ne répondit rien; si un des puissants juges du Multivers était venu sur Terre et qu'il n'avait pas réussi à s'en sortir, cela présageait mal de leurs propres chances.

Adler ferma les yeux en écoutant le bruit de la pluie pianoter sur l'auvent au-dessus de sa tête.

— Il y a un avantage à être aussi vieux que moi, Éric. En vieillissant, on comprend que la vie est précieuse, certes, mais que, plus souvent qu'autrement, le soleil va se lever sur un nouveau jour. Il y aura toujours des lendemains.

Éric demeura impassible.

— Quel est le but de cette leçon de morale, professeur?

Adler grogna.

— Pas de leçon, pas de morale. Je comprends que tu t'en fasses à propos de nos collègues… mais tu n'y peux rien pour l'instant.

— Votre invention…

— … est loin d'être au point. Cela risque de me prendre encore beaucoup de temps, tu le sais bien. Je te suggère de profiter du moment présent.

— Je ne suis pas habitué à être immobilisé à une époque, répondit le Trench. J'ai l'impression de perdre mon temps.

— Alors, fais quelque chose dont tu as toujours eu envie. Tu n'as rien de mieux à faire qu'attendre la prochaine tempête, autant en profiter.

— J'espère que les autres sont en sécurité.

Adler poussa un petit ricanement amer.

— J'en doute. Mais je m'occupe de trouver une manière de nous sortir d'ici. Toi, le jeune, je te suggère…

Adler remarqua que le Trench ne l'écoutait plus; l'aventurier s'était avancé de quelques pas vers le boisé avoisinant l'auberge.

— Dis, tu m'écoutes, Éric? Qu'est-ce que tu manigances?

Le petit homme sauta en bas du banc et alla rejoindre le Trench sous la pluie. Éric semblait sur ses gardes et épiait la pénombre du boisé.

— J'ai vu quelque chose, dit Éric, une lumière.

— Une lumière? demanda Adler. Dans les bois, par temps pluvieux? Bah, ce ne sont probablement que des gaz naturels de marécage; la région en était truffée à cette époque. Nous les avons vus en arrivant tout à l'heure. Les immigrants irlandais appelaient cela les *Will O' the Wisp*; «Guillaume à la torche», si tu préfères. Les francophones, eux, les appelaient les feux-follets. Je doute que tu trouves là matière à un nouveau mystère.

— Et pourtant…

Éric pointa l'index devant lui et Adler vit une boule de lumière apparaître dans le boisé, parmi les arbres qui entouraient la ville. La sphère dégageait une lueur blanche très vive et semblait flotter au-dessus du sol.

— Elle bouge de façon prévisible, déclara le Trench après un moment. Ça ne semble pas être une apparition naturelle.

— Les fantômes du Nouveau Monde? tenta Adler, fasciné par l'apparition lumineuse.

— Je me demande si…

Éric fit quelques pas en direction de la sphère et celle-ci sembla réagir à ses mouvements.

— Elle sent ma présence, dit-il. À chaque pas que je fais dans cette direction, la sphère semble se mettre sur mon chemin. On dirait qu'elle veut m'empêcher de passer.

Adler alla se placer à quelques mètres de là et remarqua que la sphère le suivait.

— Intrigant, constata le professeur après avoir certifié que l'objet ne semblait effectivement pas naturel et qu'il réagissait bel et bien à leurs mouvements. Tu crois que d'autres ont vu ces choses avant nous?

— J'en suis certain, répondit le Trench. Mais je tiens à tester une théorie…

Il ramassa une pierre et la lança en direction de la sphère lumineuse. La pierre heurta le halo de lumière après s'être enfoncée de quelques centimètres et tomba sur le sol.

— Qu'est-ce que tu fais, Éric?

— Je vérifie quelque chose, professeur. Préparez-vous à étendre votre manteau et à essayer de capturer cette… chose.

— À la capturer?! s'exclama Adler. Tu rigoles?

Mais, fasciné, Éric ne l'écoutait plus. Il s'avança de quelques pas, les bras tendus, essayant de faire réagir la sphère lumineuse. En tentant de se placer pour l'aider, Adler écrasa une brindille sous son pied et le bruit fit sursauter un oiseau tapi dans les ombres des branches basses. La sphère rebroussa chemin et fila à vive allure à la poursuite de l'oiseau avant de le foudroyer d'un petit éclair blanc. Sous la force de la puissante décharge, l'oiseau explosa en une gerbe de plumes et s'effondra, carcasse fumante, sur le sol.

— Mais c'est incroyable! s'écria Adler. Je n'ai jamais rien vu de pareil!

— Moi si, rétorqua le Trench. Attirez son attention quelques instants, professeur. Je vais tenter de voir ce qu'elle protège.

— Ce qu'elle protège? Tu parles de cette chose comme si c'était un gardien de sécurité programmé pour…

Adler s'interrompit.

— Le gantelet! Tu crois que tout ceci est lié?

— Cela expliquerait pourquoi des villageois ont retrouvé un bout d'armure calciné dans leur champ.

Adler fronça les sourcils.

— Tu crois qu'un magistrat aurait laissé ce gantelet derrière lui pour nous avertir ? Peut-être pour nous aider ?

Éric hocha la tête.

— Il l'aurait abandonné dans un champ de patates, professeur ? J'en doute… Non, ces… ces lumières semblent protéger l'endroit des intrus trop curieux. Je me demande bien ce qu'elles surveillent ainsi. Peut-être que…

Il fit quelques pas dans le boisé, mais la lumière disparut soudainement, s'évaporant dans l'éther.

— Elle ne semble pas dotée d'une grande réserve d'énergie. Cela doit être une mesure d'urgence extrême. Notre présence a dû activer un mécanisme de défense.

— Encore beau que cela ne soit pas tombé sur nous, dit Adler en poussant un soupir, ou encore sur un des villageois.

— Ce gardien a néanmoins dû faire quelques victimes au cours des années, répondit le Trench en fouillant le sol, sous l'endroit où s'était tenue la sphère quelques instants plus tôt. Les légendes sont peut-être parties d'ici…

— Mais qu'est-ce que tu fais, Éric ? Fais attention ! Elle va certainement réapparaître d'une minute à l'autre !

— Je ne crois pas, professeur, répondit calmement le Trench. Je ne crois pas que ce genre de gardien puisse survivre bien longtemps sans être alimenté en énergie. Ils doivent être au bout de leurs réserves, après toutes ces années.

— Un gardien de sécurité égaré ? lança Alder en le suivant de loin. Tu crois qu'il y en a d'autres ?

— Je crois que nous devrions regarder de plus près le gantelet du magistrat.

Il revint vers le petit historien.

— D'après la condition lamentable du gantelet, ces gardiens lumineux doivent surveiller la région depuis des années, peut-être même des siècles. Je crois qu'ils sont liés au gantelet du magistrat, et je tiens à savoir ce qu'ils protégeaient.

Il fit signe à Adler de le suivre. Le petit homme fit la grimace et se mit à sa suite en grommelant, lançant un dernier coup d'œil vers le boisé redevenu sombre et inquiétant.

Chapitre 19
LE CODE PHÉNIX

— J'exige un rapport!

Le capitaine Yaavik entra en trombe dans la petite salle de communications, un capuchon thermique enfoncé sur le crâne. Il avait été réveillé pendant son heure de repos forcé, et il n'était pas d'humeur à patienter.

— Nous recevons à l'instant une missive, capitaine.

La recrue en charge des communications écoutait attentivement les transmissions dans son casque d'écoute.

— Code Phénix.

Le soldat lança un regard vers son supérieur.

— Il s'agit d'un message prioritaire encodé, monsieur.

Yaavik poussa un grognement de surprise et releva son capuchon.

— Ils ont fait ça vite, pour une fois, grommela-t-il. Aucune nouvelle pendant des mois, et maintenant, tout arrive en même temps…

— Le code Phénix? demanda Marrt en entrant derrière lui. Ce n'est pas un code normalement utilisé par l'Alliance, capitaine.

Les yeux du constable luisaient d'un bleu électrique, signe de fatigue évidente causée par l'irradiation de son manteau; il venait visiblement d'être tiré lui aussi de son sommeil.

Marrt venait tout juste de découvrir l'existence d'un complexe souterrain abandonné, après qu'une navette ennemie se soit écrasée de plein fouet contre la surface gelée de Sialus Secundus. Le constable, chargé des communications de la base lunaire depuis quelques années déjà, ne s'était jamais douté que, tout ce temps, la lune sous ses pieds était creuse. Il n'y avait jamais eu d'incident avant aujourd'hui, et Marrt savait bien que cet écrasement n'allait pas passer inaperçu. Surtout que les instruments de la base avaient identifié un des intrus comme étant un brigadier ennemi ; cela ne pouvait rien présager de bon.

Une fois de retour au campement, Yaavik l'avait rapidement pris à l'écart pour lui expliquer la véritable nature de leurs activités sur la lune de glace ; il ne pourrait plus taire ce secret à ses officiers bien longtemps de toute manière. Le capitaine ignorait depuis combien de temps ce complexe était enfoui sous la surface, mais il avait été construit bien avant l'arrivée de son régiment. Sialus Secundus était lovée au creux d'un terrier dimensionnel qui déviait le cours normal du temps ; le complexe aurait pu y avoir été érigé des siècles auparavant.

En apprenant ce que recelaient les grottes forées sous la lune de glace, Marrt était devenu blême. Yaavik lui avait alors ordonné de garder le silence, ce que le constable avait accepté sans protester.

Par relais éthéré, Yaavik avait aussitôt envoyé un rapport sommaire de l'incident à ses supérieurs. On lui avait confié un des endroits stratégiques les plus importants de la galaxie, et même si l'incident était bien au-delà de son contrôle, des espions avaient néanmoins réussi à pénétrer dans le complexe souterrain du baron Gaurshin, un complexe censé renfermer de puissantes armes expérimentales, les premiers à oser pareille chose depuis son arrivée en poste. Le baron serait furieux qu'on soit parvenu à violer son sanctuaire secret.

Yaavik était certain que les espions seraient arrêtés tôt ou tard ; ses meilleures recrues avaient déjà déblayé la crevasse pour permettre à des soldats plus expérimentés de pourchasser les intrus jusque dans les grottes. Le capitaine avait ensuite ordonné à une de ses lames de soldats, une dizaine de brigadiers aguerris, de laisser de côté leur besogne quotidienne et d'aller capturer les espions, morts ou vifs. Il n'avait encore reçu aucun rapport.

En attendant une réponse de ses supérieurs, un délai de quelques heures à cause de la distorsion temporelle, Yaavik prenait un peu de repos quand un de ses hommes était venu le réveiller pour lui signaler l'arrivée d'une missive.

Pendant qu'il attendait que le signal soit déchiffré, Yaavik se demanda nerveusement ce que lui réservaient les transmissions encodées, et s'il allait pouvoir garder son grade de capitaine bien longtemps. Ou même sa tête.

— C'est quoi, tout ça ? demanda Marrt en bâillant par-dessus l'épaule du communicateur qui l'avait remplacé.

Il prêta attention aux émissions sonores du message encodé et observa les symboles lumineux qui défilaient à l'écran, mais rien de tout ceci ne lui sembla familier.

— Je n'ai jamais vu pareil charabia. C'est un code Phénix, ça ?

Le capitaine Yaavik sortit de sa rêverie. Il se savait déjà dans l'eau bouillante, mais il ne pouvait deviner à quel point.

— Quoi, constable ? Qu'est-ce qu'il y a ?

— Capitaine, annonça le communicateur après un moment, les codes… ce ne sont pas des codes de l'Alliance.

— Eh bien, de qui alors ? demanda Yaavik.

— La transmission que nous recevons est encodée par l'ordre de la Technence, mon capitaine.

Yaavik et Marrt se dévisagèrent.

— Qu'est-ce que ça dit ? demanda Yaavik sombrement, craignant le pire.

Le communicateur prit le temps de lire le message avant de répondre.

— Les évêques de la Technence ont reçu notre message par l'entremise de l'Alliance et veulent nous avertir qu'ils sont très inquiets.

— Moi aussi, je suis très inquiet, grommela Yaavik. C'est tout ?

Le communicateur n'osa pas regarder son commandant.

— Non, monsieur. Ils désirent prendre le contrôle de la situation personnellement. Ils sont très… déçus de notre régiment, capitaine, et vont envoyer un adepte d'ici quelques heures.

Yaavik serra les mâchoires et se dirigea vers la sortie.

— Un *adepte* ? ! C'est insultant ! ragea-t-il. Je n'ai pas besoin de ces maudits prêtres ici ! Ils vont empoisonner notre air ! Je n'ai pas besoin de ces… de ces *insectes* pour capturer deux ou trois espions, quand même !

— Capitaine, ajouta nerveusement le soldat avant que son supérieur n'ait quitté la salle de communications, ce n'est pas tout…

Yaavik revint lentement sur ses pas.

— Quoi d'autre, recrue ?

Par-dessus l'épaule du communicateur, Marrt lut quelques lignes maintenant décodées et poussa un juron discret.

— Quoi ? ! hurla Yaavik, à bout de patience. Voulez-vous bien me dire ce qui se passe ?

— Le baron est également insatisfait de notre efficacité militaire dans cette affaire, récita timidement le communicateur.

— Il a décidé de venir inspecter l'étendue des dégâts lui-même, termina Marrt en se mordillant la lèvre. En personne…

Yaavik se massa lentement les tempes. Il se laissa choir sur un siège et se prit la tête entre les mains.

— Le baron Gaurshin va venir ici… en personne ? gémit-il.

Après un long moment de silence inconfortable, Marrt toussota nerveusement.

— Je crois que nous ferions mieux de prévenir les hommes, capitaine. Ils vont vouloir être à leur meilleur.

Le constable quitta rapidement la salle des communications avant que Yaavik ne lui lance quelque chose par la tête.

Chapitre 20
LE MYSTÈRE DE LA MOMIE

— Un sous-sol d'église? demanda Nikka en forçant la serrure. On n'aurait pas pu trouver mieux?

— Morotti aurait apprécié la symbolique, répondit Stavros en transportant la carcasse desséchée de son camarade dans ses bras. À cette heure-là, les prêtres dorment dur. Ils se lèvent tôt, tu sais…

Il descendit les quelques marches du presbytère.

— Et ce n'est pas sous l'église, c'est sous un bâtiment à côté. De toute façon, dans quelques années, tout cela va être transformé en magasin de matériel d'artiste.

— Ah! vraiment?

Nikka tâta le mur à côté du petit escalier grinçant et trouva la manette d'un vieux transformateur électrique, qu'elle abaissa.

— Et tu sais ça comment, toi?

— Les dossiers d'Adler…

Les lumières du presbytère s'allumèrent en circuit, une à la suite de l'autre, illuminant le grand sous-sol presque en entier. Il était jonché de statuettes, de bibelots et de canevas roulés.

— Oh, fit Nikka, surprise.

Il devait y avoir des centaines d'œuvres d'art éparpillées pêle-mêle. Il ne semblait guère y avoir de système de classement, les tables de travail étaient parsemées de toiles dépliées et de papiers empilés en désordre. Des centaines de registres et de pinceaux inondaient les pupitres tachés d'éclaboussures sombres.

— Qu'est-ce qu'ils font ici, au juste ? demanda Nikka.

— De la restauration, répondit Stavros en déposant la momie de Morotti sur une table.

Du revers de la main, il balaya les papiers qui s'y trouvaient. Il approcha l'immense loupe à manche fixée à la table et se mit à examiner le corps poussiéreux.

— Les prêtres de cette paroisse achètent des œuvres d'art à bas prix, ou en héritent de collectionneurs, et les remettent en bon état. Pour des expositions, la revente, ce genre de chose.

Il se mit à retirer doucement la tunique couverte de runes qui drapait le corps de Morotti.

— C'est une bonne œuvre, tu sais, Nikka. Rien d'illégal ; ils tentent de conserver la culture ancienne et de la faire redécouvrir à un nouveau public.

La rouquine erra dans le vaste entrepôt, l'air ébahi. Chaque personnage qui l'accueillait, des visages écaillés peints à l'huile, lui semblait représenter une nouvelle découverte.

— C'est ça que l'on retrouve dans les musées, Stavros ?

— Hmm.

Le brigadier ne l'écoutait que d'une oreille.

— Avoir su, marmonna Nikka, j'aurais porté plus attention, il y a quelques heures, au musée. Je n'ai jamais vu de… toiles de ce genre. C'est…

Elle chercha ses mots. Des anges lumineux perçaient la pénombre, une femme portant un chérubin retint son attention.

— C'est comme de la musique, dit-elle en se tordant le cou pour tenter d'assimiler le plus de détails possible. J'ai l'impression d'être entourée de fantômes et de musique…

— Hmm, répéta Stavros.

Nikka alla le rejoindre.

— Et comment savais-tu où trouver cet endroit, au juste, Stavros?

Le xénobiologiste fronça les sourcils.

— Toutes les banques de données du Trench et d'Adler sont à ta disposition, Nikka. Elles sont remises à jour lorsque nous sommes à proximité l'un de l'autre. Tu n'as qu'à demander à ton manteau d'accéder aux derniers encryptages.

Nikka se renfrogna.

— Je n'ai jamais trop compris comment parler à cet engin. Ça semble si facile pour vous autres, mais moi…

Stavros déposa une large main sur l'épaule de la petite rouquine.

— Tu vas apprendre, Nikka, tu verras.

Il se remit au travail.

— Tu veux m'aider?

Nikka s'assit sur un petit banc en bois à ses côtés et tenta de suivre ses gestes.

— Tu es certain que c'est bien lui?

— En apparence, du moins.

Stavros prit des pincettes dans les outils rangés sous la table de travail et se mit à examiner les runes de plus près.

— Qu'est-ce que tu veux dire? C'est lui ou non?

Stavros retira les dernières languettes du manteau cérémonial de la dépouille de Morotti et tendit les lambeaux à Nikka.

— Dépose cela sur une table, veux-tu?

Nikka regarda les bandelettes qu'elle tenait entre ses mains.

— C'est un manteau de brigadier, ça? La texture n'est pas la même que d'habitude.

— Non, c'est de la laine de lama, tissée à la main.

Stavros se mit à examiner la carcasse dénudée d'une œil expert.

— Les taches de rouille sont en fait des gouttes de sang. Je suppose qu'à sa mort, les prêtres mayas de l'époque ont décidé de lui retirer son manteau et de le recouvrir d'un linceul cérémonial.

— Ça expliquerait les runes.

Nikka laissa tomber les bandelettes sur le sol.

— Je me disais bien aussi qu'il était trop endommagé. Mais Stavros, cela veut dire que le manteau de Morotti est peut-être encore quelque part !

— En Amérique centrale, rétorqua le gros scientifique. S'il a survécu aux années, et je ne vois pas pourquoi il ne l'aurait pas fait, le manteau de Morotti devrait être encore enfoui quelque part, dans un des temples dédiés au dieu-serpent… peut-être à Quetzalcóatl.

— Pardon ?

Nikka ne suivait visiblement plus son discours, et portait plutôt une attention particulière au cadavre momifié.

— Ce n'est pas important, grommela son compagnon. Nikka, passe-moi ce… ça, là-bas, pour arracher les clous.

Nikka alla chercher le pied-de-biche que lui avait indiqué Stavros.

— Qu'est-ce que tu vas faire avec ça ? demanda-t-elle en lui passant l'outil.

— Hmm, fit-il. Intéressant.

Il empoigna le pied-de-biche fermement et, avant que Nikka ne puisse l'en empêcher, l'enfonça dans le flanc de la momie. L'outil fit craquer l'abdomen de Morotti en un bruit sec, et de la poussière virevolta dans les airs.

— Morotti, non ! hurla Nikka en se ruant sur Stavros. Qu'est-ce que tu fais ? ! Tu vas endommager sa dépouille !

Mais d'une poigne d'acier, Stavros agrippa la petite brigadière par le bras et la força à se rasseoir.

— Même si nous l'avons vu il n'y a que quelques jours, recrue, le constable Morotti est mort depuis des siècles. Nikka tenta de se dégager, mais Stavros était beaucoup trop fort.

— Je comprends pourquoi tu aimes tant ce film, maintenant, lança-t-elle hargneusement. Tu es un vrai monstre !

— Étrange, commenta Stavros en la relâchant, j'avais plutôt pensé à toi en t'amenant le voir.

Stavros déposa l'outil à ses pieds et approcha la loupe plus près de l'abdomen de Morotti.

— Fascinant.

Nikka cessa de bouder ; son compagnon avait découvert quelque chose.

— Quoi, qu'est-ce que tu as trouvé ? Réponds-moi !

Stavros s'éloigna de la table et jeta un coup d'œil étrange vers elle.

— Nikka… est-ce que toi et Morotti… ?

La jeune femme s'impatienta.

— Quoi ? Qu'est-ce qui se passe ?

Stavros soupira, l'air embarrassé. Il agrippa la carcasse qu'il avait défoncée de ses grosses mains et força les parois de l'abdomen. Le ventre de Morotti se sépara en un bruit sec. Déconcertée, Nikka retint son souffle.

À l'intérieur de l'abdomen de la momie s'ouvrait une cavité, là où auraient dû se trouver les intestins, une cavité de la grosseur d'une tête. À l'intérieur de la cavité se trouvait un paquet enveloppé dans du parchemin et du tissu jauni par les années.

— Je ne comprends pas, dit Nikka, fébrile.

Mais Stavros ne semblait pas plus décontenancé que d'habitude.

— Je connais des douzaines d'espèces extraterrestres qui peuvent porter des enfants, même s'ils sont mâles. Ici, sur Terre, plusieurs marsupiaux possèdent des poches de ce genre. Mais plusieurs espèces de lézards peuvent également produire des œufs et les transporter en eux, même les mâles.

— Des œufs ?

Nikka devint blême.

— Oui, eh bien… plutôt un gros œuf, dans ce cas-ci.

Stavros tapota nerveusement la table.

— Évidemment, il n'aurait pas pu le féconder tout seul, mais… je me demandais si…

Il lui lança de nouveau un regard interrogateur.

Nikka rougit.

— Tu me demandes si… ?

Elle chercha ses mots, se leva et arpenta le sous-sol encombré.

— Stavros…

— J'ai besoin de savoir, Nikka.

Stavros retira doucement le paquet enveloppé de la poche ventrale de l'homme-lézard.

— Morotti se faisait vieux, dit-il, je ne sais pas s'il était encore capable de porter des descendants. Peut-être avait-il gardé un œuf juste au cas… ou peut-être a-t-il été fécondé par une femelle humanoïde… Cela expliquerait cette déformation ventrale.

— Je…

Nikka était étourdie.

— Je n'aurais jamais pensé…

Stavros avait sa réponse.

— Se retrouvant seul, Morotti a dû chercher un endroit pour pondre son enfant en sécurité. Il y a des centaines d'années, il ne devait pas y avoir grand moyen de se réchauffer pour lui. Au Québec, il fait bien trop froid pour un homme de son espèce. Les radiations devaient le tuer petit à petit, et son enfant du même coup. À moins qu'il n'ait retiré son manteau pour pouvoir vivre quelques mois de plus. Il a dû chercher un endroit plus chaud ; il sera descendu le plus au sud possible avant de trouver un endroit tropical où pondre.

— Morotti ?…

Nikka revint s'asseoir aux côtés du grand Stavros.

— Je suis maman ?

Stavros grogna.

— Peut-être… Les prêtres mayas ont dû retirer l'œuf, ou vider la carcasse de Morotti avant de le momifier. La cavité aura conservé la forme de l'œuf après sa mort…

— Cela veut dire qu'il y a peut-être des petits Morotti quelque part dans le monde ?

Nikka semblait fébrile à l'idée d'avoir un enfant, mais Stavros demeurait cependant beaucoup plus réaliste.

— Je doute qu'un être issu d'un croisement entre vous deux ait pu survivre bien longtemps, Nikka. L'enfant sera probablement mort à la naissance.

Nikka sentit sa gorge se nouer.

— Mais les prêtres semblent nous avoir laissé une surprise, poursuivit le xénobiologiste en déballant délicatement le paquet poussiéreux.

Nikka tenta de voir ce que faisait Stavros.

— Qu'est-ce que c'est ? demanda-t-elle, la voix cassée.

Il retira un objet du paquet ficelé et le fit tournoyer entre ses gros doigts.

— Ah! bien ça par exemple…

Il montra à Nikka le petit objet métallique qui reposait au creux de sa large main. On aurait dit un disque chromé muni d'une lucarne bleutée.

— L'implant! s'écria Nikka en apercevant l'objet. Le projecteur de bouclier! Ils ont mis son implant dans sa dépouille?

Stavros épousseta l'implant miraculeusement conservé à travers les siècles, l'air songeur.

— Les prêtres du dieu-serpent ont dû croire que c'était un objet magique. Morotti a dû leur indiquer que c'était important de le conserver et ils l'auront placé dans sa momie pour survivre aux années.

— Tu crois que c'était… que c'est un message qui nous est destiné?

Nikka hocha la tête, songeuse.

— C'est difficile à croire.

— Peut-être, rétorqua Stavros. Morotti ne savait pas à quelle époque nous étions tombés, mais il savait bien que, tôt ou tard, l'un de nous tenterait de le retrouver… Qui d'autre aurait pu reconnaître un lézard en trench-coat comme étant un des leurs, et non un dieu maya?

Nikka hocha de nouveau la tête.

— Mon Morotti à moi… Toujours plein de surprises…

Elle flatta le museau desséché de son amant et retint ses larmes.

— Mais qu'est-ce que cela peut bien vouloir dire?

Elle observa l'implant chromé identique à celui que l'Alliance avait encastré de force au creux de sa main.

— Pourquoi nous laisser ça comme indice?

Stavros haussa les épaules.

— Pourquoi ne pas le découvrir tout de suite?

Il déposa l'implant circulaire sur la table et en palpa les côtés pour trouver un petit bouton d'activation.

— Les implants de l'Alliance ne servent pas uniquement à la défense, dit-il en tentant d'atteindre les fonctions, trop petites pour ses gros doigts.

Il fit signe à Nikka d'activer un petit bouton enfoncé sur l'arête de l'implant.

— Ils utilisent une série de photons accélérés suspendus dans une matrice de gravité concentrée pour créer des boucliers défensifs, expliqua le scientifique en reprenant le disque, mais avec un peu d'habileté…

Il fit tourner la lucarne du disque en tenant la base dans l'autre main.

— … on peut également s'en servir pour afficher des images.

Une petite projection holographique bleutée apparut quelques centimètres au-dessus de l'implant, et Stavros redéposa le disque sur la table pour mieux l'observer. Une série de chiffres et de lettres, petits et encodés, flottèrent en tournoyant au-dessus de l'implant. Les deux brigadiers gardèrent les yeux braqués sur l'apparition fantomatique, leurs visages illuminés par l'hologramme bleuté.

— Qu'est-ce que c'est ? demanda Nikka.

— Des coordonnées, répondit Stavros, fasciné.

Quelques instants plus tard, une image plus concrète se matérialisa sous leurs yeux, un objet plat et long, aux dimensions assez imposantes.

— Un trésor ? demanda Nikka sans comprendre. Une carte au trésor ? Mais pourquoi nous laisser cela, au juste ?

Comprenant ce que l'implant venait de projeter, Stavros afficha un large sourire complice.

— Bien mieux que ça, Nikka.

Il indiqua la plate-forme translucide qui tournait en flottant devant leurs visages.

— C'est notre drakkar, souffla-t-il, émerveillé. Et les coordonnées pour nous permettre de le retrouver !

Chapitre 21
LA DÉCOUVERTE D'ADLER

— Tu ne crois pas aux fantômes, Éric ? demanda Jenny en sirotant son thé ; depuis qu'ils avaient marché main dans la main, elle avait cessé de le vouvoyer.

Assis sur une des banquettes de l'auberge des Trois-Rois, là où travaillaient Simon et Ridley, Jenny et le Trench s'étaient installés à l'écart des autres clients. Ce n'était qu'une question de temps avant qu'ils se fassent poser des questions, et Éric souhaitait le plus possible minimiser leurs interventions à cette époque. Jenny avait revêtu un pantalon et une chemise qu'elle avait empruntés au propriétaire, un gros Irlandais bourru nommé O'Connell. Les cheveux remontés et dissimulés sous un bonnet de fourrure, la journaliste ressemblait à un garçon d'écurie mal nourri, mais cela leur permettrait au moins de prendre un repas sans trop se faire dévisager.

Éric manipulait une seringue hypodermique spécialisée qu'il avait ramassée sur Lody avant leur départ, ainsi que quelques ampoules contenant un liquide verdâtre. Fait en méthanium, l'aiguillon avait été conçu pour percer un instant les écrans protecteurs des brigadiers et faciliter l'injection de médicaments.

Quelques jours avaient passé depuis leur arrivée, quelques mois dans le cas de Simon et Ridley, et, face à l'inévitable, il avait décidé de sortir les antitoxines.

Leur situation semblait plutôt désespérée ; ils ne pour-raient pas quitter cette époque facilement. Éric avait déjà commencé à faire des recherches sur quelques-unes des fermes de la Rive-Sud et il espérait y trouver du boulot, assez pour payer des repas et des chambres à ses hommes.

— Au cours des années, j'ai vu la mort de près, répondit le Trench en insérant une des ampoules dans l'aiguillon. J'ai vu des choses qui… semblaient mortes, mais qu'on avait réanimées. Ce n'est pas vraiment la mort, ça. J'ai perdu des amis… des amis proches. Mais je n'ai jamais vu de fantômes, Jenny. Dans tous mes voyages, je n'ai jamais eu de preuve que la mort n'était autre chose que finale.

— Alors, tu ne crois pas à ce que les gens disent avoir vu dans la région ?

Éric enfonça la seringue sous son oreille et s'injecta une dose d'antiradiation. Il fit la grimace en sentant le liquide brûlant parcourir les veines de son cou.

— Nous le saurons bien assez tôt, rétorqua le Trench en faisant signe à Ridley de venir recevoir son injection. Le professeur Adler est en train de terminer son analyse du morceau d'armure que Ridley a découvert, mais je peux t'assurer que ces lumières qui apparaissent tard la nuit dans les parages ne sont pas des fantômes ; les morts ne reviennent pas d'outre-tombe, Jenny.

Au bar, Ridley s'excusa mielleusement auprès de la serveuse à la généreuse poitrine et vint rejoindre le Trench. En entendant les dernières paroles de leur échange, il s'esclaffa.

— Tu veux rire ? dit-il à la reporter en lui faisant un clin d'œil.

Il souleva le col de son manteau pour exposer son cou au Trench et se pencha pour recevoir l'injection essentielle à sa survie.

— Tu as déjà été mort toi-même, Éric !

— Je n'ai jamais été mort…, répondit sèchement le Trench en enfonçant solidement la seringue dans le cou du rouquin.

Ridley serra les dents en inspirant profondément et replaça aussitôt le col de son manteau avant de se relever.

Jenny observa l'échange, amusée.

— Tu veux dire que tu as déjà eu ton moment de résurrection, Éric ? dit-elle. Et que je l'ai manqué ?

— Je n'ai jamais été MORT ! rétorqua le Trench avec acharnement.

Il éjecta l'ampoule vide et en fit glisser une nouvelle dans l'aiguillon argenté.

— J'ai simplement… j'ai fait la même chose qu'avec toi, Jenny. Je veux dire, quelqu'un l'a fait pour moi… quelqu'un est revenu dans le temps pour m'éviter le pire, pour me sauver.

— Qui ? demanda Jenny, curieuse.

Mais en remarquant que le Trench ne répondait pas, elle comprit.

— Mary Jane, dit-elle. Cette fameuse amie dont tout le monde évite de me parler.

Éric hocha la tête.

— Je comprends, ajouta la reporter.

— Elle m'a fait parvenir un manteau de la Brigade, le manteau que je porte encore aujourd'hui…

Il fit la moue.

— Elle est retournée dans le temps et a réussi à contourner ma destruction… la fin de mes aventures.

— C'est pour ça que tu lui voues tant d'affection ? demanda Jenny, mais elle le regretta aussitôt ; elle devait avoir l'air d'une fillette jalouse.

— Mary Jane m'a fait parvenir ce manteau sur le corps de son frère, répondit Éric. C'était la seule manière d'altérer le cours du temps. Il était mort, Jenny, et *lui*, il n'est pas revenu.

— Son frère?

Jenny baissa les yeux, gênée de s'être emportée.

— Je… je suis désolée, je ne savais pas.

— Je lui dois ma vie.

Éric baissa les yeux, perdu dans un autre moment.

Adler entra dans l'auberge en courant. Il semblait excité par la découverte qu'il venait de faire.

— Les fantômes! dit-il, essoufflé, le gantelet sous le bras. J'ai découvert ce qui hante les lieux!

Les clients du début d'après-midi levèrent la tête en l'entendant passer. Le Trench lui fit signe de baisser le ton et fit une place pour le petit homme à ses côtés. Adler se hissa sur la banquette et déposa le gantelet crotté au beau milieu de la table. Jenny souleva sa tasse de thé à temps, avant qu'elle ne soit renversée.

— Ne nous laissez pas en suspens, professeur, dit-elle.

— Sur le gant, j'ai trouvé des traces d'écorchures plasmiques, déclara Adler en indiquant des balafres noirâtres dans le méthanium terni du gantelet. Tu avais raison, Éric: les fantômes que les gens voient depuis quelques années… ce sont des projections défensives! Ce sont de vulgaires programmes de protection qui surveillent la région.

Ridley les écoutait distraitement et se permit de lancer quelques ordres à Simon, qui essayait de répondre de son mieux aux demandes des clients. Vêtu d'un tablier sale, le cameraman jeta un regard sombre au rouquin avant de débarrasser les tables.

— Quoi? lança distraitement ce dernier par-dessus son épaule. Le gant rouillé que vous avez trouvé, il est encore utilisable?

— Oui, répondit Adler. Je suis allé dans le bois pour faire quelques essais, lorsqu'une des lumières est réapparue. J'ai enfilé le gant, et cette rune s'est illuminée, dit-il en indiquant une petite gravure au poignet du gantelet, à peine visible sous la terre séchée.

— Et qu'est-ce que c'est? demanda Jenny.

— C'est le symbole de Van Den Elst! répondit fièrement le petit historien.

— Le baron exilé? fit Jenny. Mais qu'est-ce que son symbole fait sur le gantelet d'un magistrat?

— Ce devait être un de ses gardes du corps. Cela veut dire qu'il travaillait exclusivement pour le baron! s'écria Adler, jubilant.

Ridley observa le tout d'un air détaché.

— Hnn, fit-il. Et qu'est-ce qu'il fait, ce gant?

— Vous ne comprenez pas, enchaîna rapidement Adler. Ce gant est peut-être enterré ici depuis des siècles! Le magistrat doit s'être écrasé dans le lointain passé de la Terre à bord du vaisseau de Van Den Elst, lors de son exil. Cela veut dire qu'ils sont passés dans la région!

Adler devint songeur.

— Imaginez: son propre magistrat! La richesse astronomique de cet homme… Mais c'est tout ce qui en reste, maintenant. Il a disparu, lui aussi, comme le baron.

— Hnn, répéta Ridley. Et qu'est-ce qu'il fait, alors?

Adler poussa un petit soupir d'impatience.

— Ces lucioles qu'Éric et moi avons vues doivent être des organismes semi-conscients conçus pour surveiller et protéger la propriété du baron, des programmes de défense automatisés. Elles doivent sommeiller sous cette île depuis des siècles et ressortir lorsqu'un des citoyens s'approche trop près du repaire.

Le petit professeur semblait estomaqué par ses propres révélations et contemplait le gantelet avec émerveillement.

— Après tout ce temps, c'est encore beau que ces petites lucioles plasmiques soient encore en état de marche !

— Des chiens de garde ? tenta Jenny.

Éric hocha la tête.

— Certains scientifiques de l'Alliance utilisent des programmes d'intelligence artificielle pour surveiller leurs investissements, dit-il. Cela donne des projections lumineuses, des bruits étranges, généralement centrés autour du même endroit. Mais je ne croyais pas qu'il en existait sur Terre.

— Ce sont des projections d'énergie programmées, dotées d'une portée limitée, expliqua rapidement Adler. Elles ne doivent pas pouvoir aller bien loin, c'est pour ça que les gens ne les ont vues que dans les parages.

— Les fantômes du Nouveau Monde, murmura Jenny en repensant à l'expression employée par Adler. Alors, le magistrat a été tué par une de ces… boules de plasma ?

— J'en doute, répondit Adler avec empressement. Le magistrat devait être immunisé contre les effets de ses propres défenses. Voyez-vous…

— Mais à quoi sert ce foutu gant, enfin ? interrompit Ridley.

Adler enfila le gros morceau d'armure sur sa petite main et le brandit fièrement devant eux.

— Lorsque j'ai enfilé le gantelet dans le boisé, la sentinelle lumineuse s'est retirée de mon chemin pour me laisser passer ; ce gant nous donne le droit de passage ! Je crois qu'il est muni d'un système de repérage, et, même après toutes ces années, il semble encore fonctionner.

Le magistrat devait être le seul autre à part Van Den Elst à pouvoir la retrouver !

— Professeur, demanda le Trench, à bout de patience, retrouver quoi ?

Adler sourit.

— Mais… la navette du baron, évidemment !

Éric et Jenny le dévisagèrent.

Chapitre 22
LE HANGAR SECRET

— Ils s'en viennent !

Eketerina Pletiouk dévala la grande pente glacée en suivant les rails qui sillonnaient le tunnel. Ses compagnons et elle s'étaient écrasés contre la surface de la lune de Sialus Secundus quelques heures plus tôt, et la couche de glace s'était effondrée sous le poids de leur navette. La jeune femme avançait maintenant au cœur d'un complexe souterrain à peine chauffé par des génératrices désuètes.

À la surface, les brigadiers du campement semblaient hésiter à pénétrer dans le complexe. Eketerina faisait le guet depuis une bonne demi-heure aux étages supérieurs et n'avait vu que de la poudrerie et de la glace éblouissante ; aucun soldat ne s'était encore aventuré jusque dans la grotte. Peut-être avaient-ils été aussi surpris qu'eux d'apprendre qu'une base secrète était enfouie sous leurs pieds.

Dans les tunnels renforcés de poutrelles, la jeune Russe enjamba rapidement plusieurs rails qui se croisaient et qui menaient pour la plupart vers de grands hangars abandonnés. Les étages du complexe militaire étaient tous reliés par un système de voies ferrées assez larges pour porter un train, et pourtant, elle n'avait toujours pas remarqué de locomotive ni de wagon dans les hangars. Elle se demanda si les ingénieurs de la base avaient abandonné l'endroit avant d'y installer les trains qui relieraient les étages, ou si le complexe avait été conçu pour que des transports dimensionnels viennent un jour y décharger du matériel militaire.

Selon Mary Jane, l'endroit n'avait pas été utilisé depuis des décennies, et Eketerina en déduisit que le complexe n'avait probablement pas été construit dans l'intention d'héberger des hommes pour bien longtemps ; l'air au-delà de son masque respiratoire était vicié et sentait la stagnation des recycleurs. N'eût été son masque, elle aurait perdu connaissance depuis longtemps. Elle commençait à avoir froid et n'était pas fâchée de pouvoir enfin rejoindre ses collègues.

La petite blonde dévala la pente jusqu'au niveau inférieur, celui qui semblait le plus important selon Mary Jane, en faisant attention de ne pas trébucher contre les rails glacés. Elle traversa rapidement une immense caverne de glace et de béton renforcée par des poutrelles à peine oxydées. Les lumières qui sillonnaient les voûtes brillaient d'une lueur jaunâtre ; même après toutes ces années, elles s'étaient allumées du premier coup. Quelques embranchements plus petits, plus sombres, menaient à des salles utilitaires où étaient entreposés des pièces de rechange et divers outils d'entretien. Mais la plupart des autres pièces, dont les salles de communications et le centre de commandement, gisaient sous d'épaisses couches de glace, complètement inaccessibles. Les hangars inutilisés demeureraient à jamais enfouis sous la surface de la lune creuse, abandonnés.

Au niveau inférieur, Pylmer et Mary Jane tentaient de forcer les systèmes de sécurité d'un immense hangar scellé depuis un bon moment déjà, mais sans succès ; les portes ne pouvaient être déverrouillées que grâce au code d'accès d'un membre haut placé de l'Alliance, comme le baron Gaurshin, par exemple.

En arrivant dans le grand hangar souterrain, Eketerina demeura un instant décontenancée.

Face aux immenses portes renforcées, le duo paraissait minuscule. Mary Jane avait relié une manche de son long manteau noir à un panneau d'accès encastré dans le mur du hangar, mais comme le froid lunaire avait gelé chaque recoin des cavernes et des tunnels, la double porte en béton était entièrement glacée. Mary Jane avait donc enflammé le bout de ses doigts pour faire fondre la glace autour du panneau d'accès. Elle appliquait présentement de petites flammes vertes contre la glace, mais l'eau gelait de nouveau presque aussitôt. Et comme le panneau était encastré dans le mur à deux mètres du sol, Pylmer devait soutenir Mary Jane par la taille pour qu'elle puisse l'atteindre.

Eketerina retint un élan de colère ; elle n'aimait pas voir Brian si près de cette femme. La pilote avait passé quatre ans de sa vie dans un camp militaire en compagnie du grand homme chauve, et en était venue à tenir leur proximité pour acquise. Elle connaissait le capitaine Pylmer comme le dos de sa main, et savait aussi ce qu'il ressentait pour l'aventurière aux cheveux roux. En les voyant ensemble, elle sentit une pointe de jalousie grandir en elle.

— Est-ce que vous m'avez entendue ? s'impatienta la blonde après un moment. La base a envoyé des hommes. Ils vont passer par le trou que l'on a fait dans la glace. Ils s'en viennent !

Pylmer tourna la tête dans sa direction, distrait. Ancien brigadier, le capitaine Pylmer se trouvait dans une forme physique exemplaire, forgée par des années d'entraînement intensif, mais il commençait visiblement à se fatiguer ; il tenait Mary Jane à bout de bras depuis plusieurs minutes déjà pendant que la grande aventurière entrait patiemment des données à l'écran mural, du bout des doigts.

— Encore un instant, Brian, dit celle-ci en se concentrant.

Après avoir dégagé de son mieux le panneau d'accès, Mary Jane enfonça quelques touches de l'autre main. Elle tentait de retirer chacun des gros verrous qui renforçaient les portes du hangar en contournant les systèmes de sécurité. Quelques instants plus tard, grâce aux programmes d'infiltration sophistiqués du manteau expérimental que lui avait remis le Conseil gris, Mary Jane parvint enfin à ouvrir une porte d'entrée dans le système informatique du complexe. Un des verrous hydrauliques coulissa dans le mur en poussant un chuintement strident, faisant craquer la glace qui le recouvrait en plusieurs endroits.

— Brian ! lança Eketerina au grand homme. Tu peux me dire ce que vous faites ?! Il y a des soldats en haut qui arrivent !

Les verrous du hangar se retirèrent un à un dans le mur en fracassant bruyamment la couche de glace qui recouvrait l'immense double porte.

— Qu'est-ce qu'on attend, au juste ?! lança Eketerina une fois la poussière retombée.

Pylmer déposa Mary Jane avant de se retourner vers elle.

— Ket ! lança-t-il en se massant les épaules. Je suis désolé, mais le système de sécurité ici est très compliqué…

— Oui, répondit la jeune femme en baissant le regard, je vois ça.

— Nous sommes dans un complexe militaire secret, expliqua Mary Jane en ramassant la petite mallette noire qu'elle avait déposée près d'elle avant que Brian ne la soulève dans les airs.

Le câblage à la manche de son manteau reprenait lentement sa forme habituelle.

— Au-dessus de nos têtes, 500 hommes sont établis en permanence depuis des années pour protéger cet endroit. Je suis convaincue que la plupart d'entre eux ne connaissaient même pas l'existence de ces tunnels avant que nous venions nous y écraser.

Elle alla déposer la mallette sur une petite table improvisée, un caisson vide.

— Nous n'avons rien vu ici d'important jusqu'à maintenant, alors je suppose que ce que protège ce campement est caché dans ce hangar, dit-elle en pointant la double porte. C'est le seul endroit scellé.

Eketerina contourna Pylmer et alla dévisager Mary Jane, qui avait une tête de plus qu'elle. La jeune femme tenta de son mieux de se rendre intimidante.

— On ne s'est pas écrasés ici par erreur, lança Ket sans préambule. Vous connaissiez l'existence de cet endroit. C'est à cause de *vous* que nous sommes arrivés ici.

Pylmer mit sa main sur l'épaule de son amie pour tenter de la calmer.

— Ket…

Mais la jeune Russe ne l'écouta pas et continua de s'adresser à Mary Jane sur un ton accusateur.

— Pourquoi ne pas vous être tout simplement téléportée ici avec votre manteau ? poursuivit la pilote. Pourquoi faire écraser Bath ?

— Ce complexe est blindé contre la technologie de la Brigade, Ket, répondit Mary Jane sans la regarder. Aucun porteur de manteau ne peut accéder à cet endroit ; c'est une mesure de sécurité du baron Gaurshin. D'ailleurs, c'est pour cette raison que les brigadiers à la surface ne peuvent pas tout simplement apparaître ici et nous arrêter. Le complexe est protégé contre les sauts de téléportation; ils vont devoir faire comme nous et trouver une manière de descendre à pied.

— Je croyais que vous cherchiez à retrouver votre ami, le Trench, ragea Ket. Et vous nous apprenez quand on s'écrase ici que vous travaillez en fait pour le Conseil gris. Vous êtes une espionne, madame Rosencraft, et vous avez fait exprès de nous faire tomber ici! Vous n'aviez aucunement l'intention de retrouver le Trench!

— Ket! lança Pylmer. C'est assez!

La jeune femme se retourna vers lui.

— Et qu'est-ce qui te prend de la défendre, Brian? dit-elle d'un ton glacial.

Ses paroles sortaient en petits nuages de vapeur condensée près des soupapes expiratoires de son masque.

— Tu ne sais même pas ce qu'elle cherche! Tu la suis aveuglément, comme un chien de poche, et tu...

Des bruits d'éboulis interrompirent leur dispute, et le trio d'aventuriers figea aussitôt. Quelques étages plus haut, de petites charges bien placées venaient de faire éclater les derniers débris qui recouvraient l'entrée du complexe. Les brigadiers du campement de Sialus Secundus allaient bientôt descendre dans les tunnels pour les pourchasser. Mary Jane profita de l'interruption pour mettre fin à la discussion.

Elle se leva et agrippa Ket par la nuque en serrant doucement, mais fermement. Enragée, Eketerina tenta de se déprendre, mais la poigne de fer de Mary Jane la maintint bien en place.

— Écoute-moi bien, Ket, dit calmement Mary Jane, car nous n'avons plus beaucoup de temps.

Son ton contrôlé tranchait avec la prise solide au cou de la jeune femme. Eketerina retint son souffle, fascinée par cette espionne plus grande que nature.

— Je travaille pour le Conseil gris, c'est vrai. Je suis donc au courant de détails que tu ne connais pas encore. Des détails qui vont s'avérer très importants pour des milliards de gens. Et je tiens toujours à retrouver le Trench, mais je lui fais confiance. S'il veut être retrouvé, on va se rejoindre quelque part dans le milieu, en temps et lieu. Mais avant toute chose, j'ai du boulot à faire ici.

Du pouce, elle indiqua la gigantesque double porte renforcée du hangar. Deux rails disparaissaient sous le seuil ; la voie ferrée devait se poursuivre à l'intérieur.

— Tu te souviens des planètes dévastées que nous avons croisées avant d'arriver ici ? Des mondes entiers réduits en ruines radioactives ? La dévastation que tu as vue n'est rien en comparaison de ce qui se cache derrière cette porte. Alors, fais ce que je te dis, car beaucoup de vies dépendent de ce que nous allons accomplir aujourd'hui.

La grande brigadière la relâcha. Eketerina voulut la frapper, mais elle se retint ; quelque chose dans l'attitude de Mary Jane l'avertit que ce ne serait pas une très bonne idée.

Mary Jane se rassit devant la mallette et sortit de son manteau l'émetteur qu'elle avait retiré de la console de Bath avant d'abandonner la navette au fond de son trou, quelque part au-dessus de leurs têtes.

— Vous avez pris un communicateur de Bath avant de partir, constata Eketerina sombrement ; elle observait les moindres gestes de Mary Jane. Pourquoi ?

— Nous allons en avoir besoin. Nous devons arrêter les brigadiers avant qu'ils ne nous rejoignent. Nous devons leur bloquer le passage, les retarder un instant, le temps qu'on accède au hangar de Gaurshin.

Son pouce flotta au-dessus du bouton de l'émetteur, et la petite Russe comprit soudainement ce que planifiait la brigadière.

— Non! Attendez! Mary Jane, vous ne pouvez pas faire ça!

Eketerina devint presque hystérique.

— J'ai investi quatre ans de ma vie dans cette navette! Je ne veux pas que vous m'arrachiez Bath!

Mary Jane lui indiqua la mallette déposée sur le caisson.

— J'ai emporté la personnalité de Bath avec nous, Ket. Je sais que vous l'aimez beaucoup, Pylmer et toi. Des intelligences artificielles de qualité, ça ne se trouve pas à tous les coins de rue. Pour ce qui est du reste, c'est comme une carrosserie. Tu trouveras bien un autre véhicule pour elle.

Eketerina était stupéfiée par la froideur de Mary Jane. À ses côtés, Pylmer ne répondit rien, préférant fixer ses bottes enneigées. Il avait pourtant investi autant qu'elle dans cette navette, ce vaisseau qui leur avait permis de parcourir le Multivers. Mais le vétéran à la peau sombre demeura silencieux.

— Vous ne pouvez pas faire ça…, gémit de nouveau la petite blonde, les larmes aux yeux.

— Je suis désolée, répondit Mary Jane, mais nous sommes venus ici pour découvrir ce qui se cache derrière les portes de ce hangar. Nous devons réussir notre mission, Ket. C'est la seule manière de retarder les brigadiers.

Sous les yeux horrifiés d'Eketerina, Mary Jane enfonça le bouton de l'émetteur.

Au même moment, quelques étages plus haut, emmitouflés dans leurs capuchons thermiques et leurs masques respiratoires, une dizaine de brigadiers enjambaient prudemment les débris qui ne cessaient de rouler sous leurs pieds. À quelques mètres d'eux, ils pouvaient deviner la présence de la navette ennemie qui s'était écrasée sous la surface de la lune. Elle était renversée sur le côté, enfouie sous des blocs de glace, dans un des couloirs métalliques du complexe.

Ne voulant prendre aucun risque, le capitaine Yaavik avait envoyé une lame complète de brigadiers aguerris chasser les intrus. Il leur avait ordonné de retrouver les espions coûte que coûte et n'avait offert aucune explication quant à l'existence du complexe secret à ses hommes. Les soldats ne prirent pas la peine de se demander bien longtemps où ils avaient abouti et titubèrent maladroitement vers la navette.

Celle-ci semblait déserte. Le sergent-médico du peloton allait signaler aux recrues qui attendaient à la surface que le site était sécurisé, mais les immenses moteurs de la navette se mirent soudain en marche. Les réacteurs s'allumèrent sans prévenir et éclaboussèrent d'énergie atomique propulsée les blocs de glace autour des soldats. Sans la présence de l'intelligence artificielle de Bath, la navette à la renverse ne disposait d'aucun moyen pour contrôler le flot d'énergie de ses réacteurs coincés. Le cycle de refroidissement des moteurs ne put s'activer et, quelques secondes après que les réacteurs se soient allumés, le métal de la navette était déjà brûlant. Le sergent-médico comprit trop tard qu'ils venaient de tomber dans un piège.

Le *Bathlopin* explosa en emportant la lame de brigadiers avec elle. La détonation fut tellement puissante que la surface de la lune, au-dessus de l'épicentre de l'explosion, s'effondra en un immense cratère. Lorsque la glace et les débris cessèrent de retomber, le cratère devait mesurer au moins deux kilomètres de diamètre.

En faisant exploser la navette, Mary Jane venait de bloquer la seule issue. Mais elle avait pour l'instant empêché les brigadiers de les rejoindre, et c'était ce qui comptait. Les prochains soldats envoyés à leurs trousses ne pourraient pas descendre dans le complexe avant plusieurs heures ; ils devraient d'abord creuser dans les débris du cratère avant de pouvoir les rejoindre. Car des soldats, il y en aurait d'autres ; Mary Jane en était certaine. Ce que renfermait ce hangar était beaucoup trop important pour qu'on les laisse sortir vivants, tous les trois.

L'explosion du *Bathlopin* devrait leur donner juste assez de temps pour forcer les immenses portes qui protégeaient le hangar secret du baron Gaurshin.

Chapitre 23
LE TOMBEAU DE LA ZIGGOURAT

Au creux de la forêt tropicale de la péninsule du Yucatan, dans la région située au sud de l'État de Campeche, un vent chaud traversa les palmes alourdies par la pluie et fit frémir les sapotiers avec le bois desquels les menuisiers de la région construisaient les demeures des villageois. Les singes hurleurs déguerpirent en entendant la tempête s'approcher, un orage-surprise qui mit la jungle en état d'alerte.

Quelques instants plus tard, une série d'éclairs, accompagnée d'une forte déflagration, ricocha entre les arbres ; une implosion violente aspira l'air environnant et recracha deux formes vêtues de longs manteaux. Le grand homme et la petite rouquine semblaient poursuivre une conversation amorcée avant leur départ. La tempête se résorba presque aussitôt après leur apparition.

— … comprends pas, dit Nikka pendant que le tonnerre s'estompait.

Autour d'eux, le calme commençait à revenir, et les animaux de la jungle tentèrent d'éviter les intrus qui venaient de s'immiscer sur leur territoire.

— Je croyais que nous n'avions pas assez d'énergie pour utiliser nos manteaux. Pourquoi ne nous en sommes-nous pas servis plus tôt ?

Stavros observa la jungle autour d'eux, fasciné. À ses côtés, Nikka s'épongea le front; leurs manteaux possédaient des climatiseurs pour leur permettre de survivre aux changements de température radicaux, mais la chaleur soudaine la prit par surprise. Ils venaient de quitter les premières neiges de Montréal, et son manteau mit quelques instants avant de s'adapter.

— Nos manteaux, expliqua Stavros en faisant apparaître la carte holographique de Morotti au-dessus de sa main gauche, sont conçus pour naviguer dans l'espace-temps, Nikka. L'espace-*temps*. Nous ne pouvons plus voyager dans le temps pour l'instant, cela demanderait trop d'énergie, et nous devons la conserver si nous voulons survivre, mais un petit saut de quelques milliers de kilomètres ne devrait pas trop drainer nos réserves.

— Tu veux dire, tenta Nikka en arpentant le sol jonché de racines et de végétation colorée, que nous sommes toujours en 1931? Nous n'avons pas changé d'époque, mais nous avons voyagé jusqu'en Amérique centrale?

— Tout à fait. Nous sommes à une trentaine de kilomètres du Guatemala, à la même époque.

Stavros observa la carte lumineuse avant de choisir une direction, semblable à toutes les autres, dans le fouillis vivant de la jungle.

— Il y a des centaines d'années, cet endroit était réputé pour être un centre d'activité pour les Mayas, ceux qui ont retrouvé Morotti et l'ont momifié.

— Il y a des centaines d'années, peut-être, grommela Nikka, mais à cette époque, ça semble inhabité. Risquons-nous d'avoir des problèmes?

— L'endroit est plutôt sauvage. Si nous évitons les villages, qui sont plus achalandés, nous ne devrions pas rencontrer beaucoup de gens.

Nikka chassa quelques moustiques à la taille démesurée; leurs manteaux les rendaient peut-être invulnérables, mais cela ne repoussait pas les bestioles volantes pour autant, et elle en écrasa quelques-unes par plaisir.

— Tant mieux. Je veux retrouver le drakkar au plus vite…

— Oui, acquiesça Stavros en enjambant un serpent qui glissait entre ses pieds, je suis d'accord. J'aurais aimé passer beaucoup plus de temps ici. Les dossiers d'Éric et d'Adler sont exhaustifs; cette peuplade semble fascinante. Mais nous avons un boulot à faire.

Ils avancèrent en silence pendant quelques minutes, chacun observant la nature étouffante dans laquelle ils venaient d'apparaître. Lorsque le chemin devint impraticable, Stavros fit surgir une longue lame de machette à sa main et débroussailla un sentier devant eux. Nikka semblait de plus en plus émerveillée. Elle notait autour d'elle la présence d'une faune et d'une flore qu'elle n'aurait jamais pu imaginer. Elle avait passé sa vie enfermée, ou à errer dans les rues d'une Rome dévastée par la guerre, et elle ne put s'empêcher d'admirer la jungle à l'état pur.

En suivant les indications de la carte laissée des siècles plus tôt par Morotti, ils se dirigèrent vers deux collines rendues émeraude par les arbres gonflés de soleil entre lesquelles se dressaient les ruines d'une cité.

— Nous cherchons quoi, au juste? demanda la rouquine après une longue marche.

Ses yeux recommençaient à luire et elle semblait épuisée.

— Dans quelques semaines, raconta Stavros, l'explorateur Cyrus Longworth Lundell va découvrir une ancienne cité maya nommée *Calakmul*.

— *Calak… mul*?

— Oui, euh…

Stavros consulta rapidement les dossiers de Xing-Woo dans les banques de données de son manteau.

— Le *ca* veut dire « deux », *lak* signifie « avoisinantes », et *mul* veut dire « collines », ou « pyramides ».

Il pointa du doigt les deux monticules de terre, encore à quelques kilomètres de marche d'eux. À en juger par les douzaines de ruines visibles à l'œil nu, étranglées par la végétation dense de la jungle, cette cité perdue avait dû jadis être une des plus grandes de la région.

— Tu vois ? Deux collines avoisinantes. Nous y sommes presque. Encore un effort, Nikka.

Ils se tenaient tous les deux face à de gigantesques ruines, couvertes de lianes et décolorées par le soleil au cours des siècles, mais dont la forme était encore précise.

— Une ziggourat, déclara Stavros en reprenant la marche dans cette direction.

— Une quoi ? demanda Nikka, qui s'appuyait à une branche de sapotier pour s'aider à marcher.

— Une ziggourat, une espèce de pyramide.

— Comme en Égypte ?

Nikka observa le monticule formé de quelques gradins de pierre brune.

— Je croyais que les pyramides étaient pointues ?

— Elles le sont. Les Égyptiens croyaient que la forme pointue de leurs pyramides leur permettait d'attirer l'énergie céleste et de la conserver pour leurs besoins.

— Et tes Aztèques, eux ?…

— *Mayas*, Nikka, corrigea Stavros, pas *Aztèques*, Mayas.

— Tes Mayas, eux, ils ne croyaient pas aux astres ?

— Bien au contraire : ils vouaient un culte aux phases de la Lune et du Soleil… et, si on se fie à la momie de Morotti, aux serpents aussi, semble-t-il. Encore une chance qu'il n'ait pas porté de plumes lorsqu'ils l'ont retrouvé, ils auraient pu croire qu'il s'agissait de l'incarnation même de Quetzalcóatl.

Ne comprenant pas la référence, Nikka ignora la remarque et s'approcha à son tour de la base des ruines de la ziggourat. Les gradins formaient un escalier qui montaient vers le sommet plat de la pyramide.

— Il va nous falloir escalader tout ça ? On ne pourrait pas faire une petit bond dans « l'espace non temporel » pour arriver en haut plus rapidement ?

— Ça ne devrait pas être nécessaire, répondit Stavros en observant la base des ruines. En haut, sur la plate-forme, les Mayas exécutaient des rites sacrés, des sacrifices d'animaux au nom de leurs divinités.

— Des sacrifices ?

— Les Mayas projetaient parfois des chiens en bas de la ziggourat pour ensuite leur arracher le cœur, en offrande à leurs dieux. C'était un genre de lieu de rassemblement ; ils n'auraient pas enterré Morotti là-haut. Sinon, les explorateurs russes l'auraient trouvé bien avant. Non, selon le codex de Dresde, c'est sous la ziggourat qu'il nous faut aller.

Le grand homme chauve se dirigea vers les ombres sinistres qui s'étendaient tout autour de la base de la pyramide. Nikka, heureuse de pouvoir enfin trouver un endroit plus ombragé, poussa un soupir de soulagement et le suivit jusque dans les ruines.

Ils descendirent quelques marches avant d'arriver dans un labyrinthe de murs en terre cuite, rendus rouges par le temps.

— Tu sais où on va ? demanda la jeune brigadière.

— Suis-moi, répondit simplement Stavros.

Il se fiait aux banques de données exhaustives de son manteau et fouillait de fond en comble les documents répertoriés par l'Alliance. Cela représentait des informations recueillies sur des centaines d'années, qu'il tentait de déchiffrer le plus rapidement possible. Ils marchèrent ainsi en silence, revenant parfois sur leurs pas lorsqu'ils se retrouvaient dans un cul-de-sac. Leurs efforts les menèrent enfin à un caveau sombre et humide, en bas de quelques marches usées par les nombreux fidèles qui les avaient foulées au cours des siècles passés.

Seuls les cris d'animaux sauvages leur parvenant de l'intérieur les prévinrent que l'endroit n'était pas complètement désert. Nikka modifia l'implant chromé à sa main gauche et fit apparaître un faisceau bleuté qu'elle braqua dans les recoins du tombeau.

— C'est charmant comme endroit, mon gros. Je crois que je préférais tes films en noir et blanc.

Stavros ne répondit rien et ouvrit la marche.

— D'après le codex de Dresde, cet endroit a été construit à la gloire du seigneur Itzamna.

— Nous ne sommes pas les premiers à mettre les pieds ici, signala Nikka. Les explorateurs russes ont trouvé Morotti dans les parages; ils ont sûrement dû passer dans le coin. Tu crois qu'il y a encore quelque chose à trouver?

Stavros suivit le faisceau lumineux de Nikka jusqu'à ce qu'il atteigne les murs du caveau. Plusieurs runes étaient gravées dans la roche, mystérieuses, illisibles.

— À cette époque-ci, les explorateurs n'ont pas encore tout déchiffré des runes mayas. Ils n'ont que quelques dessins pour les aider, mais le sens leur échappe toujours. S'il y a quelque chose à trouver ici, il y a de bonnes chances qu'ils soient passés à côté. Tiens, regarde. Il lui fit signe d'approcher sa source lumineuse. Nikka put discerner des bas-reliefs gravés dans les parois rocheuses du tombeau, représentant des hommes-animaux, des piliers, des jaguars, des sarcophages transportés par des soldats garnis de plumes et… un homme-lézard.

— Ici! s'écria-t-elle, excitée. Morotti!

Stavros observa les gravures, l'air songeur.

— D'après le codex…

Nikka poussa un soupir d'impatience.

— Oh, pardon, se reprit Stavros. Le codex de Dresde, c'est un livre maya qui a été retrouvé il y a longtemps. D'après le codex, Itzamna s'entourait de quatre puissants fidèles, des hommes sacrés que l'on nommait des *Chac*.

Nikka répéta le mot sans comprendre.

— Des… Chac?

— D'après le mythe maya, les Chac supportaient les quatre coins du monde sur leurs épaules.

Nikka eut un rire moqueur.

— Les quatre *coins* du monde? Ce qu'il faut être primitif…

— Ne ris pas, Nikka. Cela a pris des centaines d'années à nos propres ancêtres avant d'accepter le fait que la Terre tourne autour du Soleil, et non le contraire. Et je ne parle même pas du temps qu'il leur a fallu pour découvrir l'existence de la quatrième dimension…

Nikka attira son attention sur une série de bas-reliefs gravés sur les murs au fond du caveau, près de l'endroit où elle avait aperçu l'image de Morotti. Elle parcourut les runes de son faisceau lumineux.

— Stavros, par ici!

Elle lui montra les figures de quatre hommes musclés qui enjambaient des rivières, tenant des arbres de la jungle sur leurs épaules.

— Les quatre coins du monde?

— Hmmm, peut-être bien. Laisse-moi examiner les runes.

Il effleura les gravures du bout des doigts et parvint à discerner quelques plaquettes en pierre dans les parois grises du tombeau.

— Un code à déchiffrer… Selon le livre maya, il existe une chanson, un hymne en hommage aux valeureux Chac et à Itzamna. Je vais essayer de trouver les autres passages.

Nikka préféra s'asseoir sur le sol pour reprendre son souffle. Elle laissa le grand scientifique poursuivre les recherches sans elle.

— Stavros, dit-elle après quelques instants, tu crois que… je veux dire, si Morotti avait vraiment un œuf dans son ventre, tu crois que…

Stavros lui demanda de lui faire plus de lumière tandis que, de temps à autre, il enfonçait les plaquettes de pierre couvertes de runes du bout des doigts.

— Tu te demandes s'ils ont gardé votre enfant ?

Nikka haussa les épaules.

— Non, Nikka. Je crois que l'œuf de Morotti n'a pas survécu à son extraction. Et c'est peut-être mieux ainsi. J'ai tenté de nombreux croisements au cours de ma carrière de xénobiologiste, et crois-moi, cela ne fonctionne pas aussi souvent que les gens le craignent.

— Des croisements ? Avec des humains ? fit Nikka, surprise.

Stavros ne répondit rien.

— Ce n'est pas…

Nikka chercha ses mots.

— … ce n'est pas un peu amoral, ça ? Hmm, docteur Frankenstein ?

— Ah ! dit enfin Stavros. Je crois que j'ai trouvé.

Il marmonna un air inventé pour l'aider à remettre les runes dans le bon ordre et enfonça les plaquettes une à une. Un tremblement fit lever Nikka de terre.

— Qu'est-ce qui se passe ? Tu as trouvé quelque chose ?

Devant eux, les quatre Chac frémirent, mus par un mécanisme conçu et construit des siècles auparavant par des gens à la foi inébranlable. Le mur de pierre couvert de runes se sépara en deux sections qui glissèrent lentement sur le sol, libérant quantité de poussière et d'insectes qui s'étaient réfugiés dans la pénombre humide. L'ouverture révéla un espace secret, un caveau enseveli que personne n'avait encore découvert.

— Ils ont dû emmurer les « objets magiques » de Morotti dans cet endroit sacré, expliqua Stavros, tentant de se faire entendre au-dessus du tumulte.

Quelques instants plus tard, le grondement cessa et la poussière retomba doucement.

— Ils ne devaient pas vouloir que quiconque les retrouve. Recrue, par ici !

Il fit signe à Nikka de braquer son faisceau à l'intérieur du caveau secret, et la lumière bleutée fit briller un morceau métallique.

— C'est de l'or ? demanda la rouquine.

Elle ajusta l'implant de sa main gauche pour agrandir le faisceau et plongea la grande salle dans une lumière aveuglante ; un objet métallique y gisait.

— Oh non, bien mieux, répondit Stavros en faisant quelques pas dans la pièce.

Ses yeux brillaient ; il semblait fier de leur découverte.

— Il n'y a qu'une seule matière qui brille ainsi, même après des années sans voir la lumière du jour !

Le brigadier fit un large sourire.

— Le même gaz métallisé grâce auquel les manteaux de la Brigade sont conçus… le méthanium.

Nikka retint son souffle : devant eux, à la lumière de son implant, se dessina une immense plate-forme argentée, munie d'un guidon à l'avant et de puissants réacteurs à l'arrière. Elle avait jadis dû reposer sur une large base en pierre, un socle gravé de runes servant à soutenir l'étrange appareil, mais le poids de l'engin avait finalement forcé le socle à céder. La plate-forme gisait présentement sur le côté, mais semblait de prime abord en parfait état.

— Le drakkar ! souffla Nikka en tapant des mains, faisant osciller la lumière dans tous les sens.

Dans l'obscurité, elle sauta dans les bras de Stavros et lui colla un baiser sur la joue.

— Nous avons retrouvé notre navire !

Elle hurla de joie et Stavros lui tapa jovialement dans le dos en acquiesçant d'un signe de tête.

— Ce n'était pas trop tôt, dit-il avec fierté. Maintenant, nous allons pouvoir tenter de retrouver Éric et le reste de la lame.

Il reposa Nikka par terre et se dirigea vers le drakkar, espérant qu'il était encore en état de marche. Tout comme leurs manteaux, le drakkar de la Brigade carburait au nucléaire et, même après toutes ces années, ses réserves seraient peut-être encore suffisantes pour leur permettre de retourner dans les lignes du temps et de les parcourir en toute sécurité.

— Lorsque l'orage a frappé Montréal…, dit Nikka fébrilement en faisant le tour du navire. Dans le futur, avant notre départ… le professeur Adler a dit qu'il avait réussi à réparer le drakkar ! Tu crois qu'il fonctionne toujours ?

— Difficile à dire, répondit Stavros, mais il semble intact.

— Peut-être que Morotti a suivi le drakkar jusqu'ici ? demanda Nikka en observant la plate-forme. Le drakkar aurait pu tomber à n'importe quelle époque. Peut-être qu'il a demandé aux Mayas de l'aider à le retrouver ?

Stavros fit la moue.

— Je pense plutôt que Morotti l'aura emprunté pour venir jusqu'ici…

Nikka sembla songeuse.

— Nous allons vraiment retrouver les autres ? demanda-t-elle discrètement.

— Je ne sais pas où ils sont, mais nous allons pouvoir commencer les recherches.

Stavros inspecta d'abord le guidon, puis les moteurs. Rien ne semblait endommagé.

— Peut-être qu'il existe un moyen de les repérer, une manière d'aller les rechercher plus rapidement…

Stavros se retourna vers Nikka, qui n'avait rien dit depuis quelques instants.

— Nikka ? demanda-t-il. Tu n'es pas d'accord ? Nous allons retrouver nos collègues !

Mais Nikka semblait peu enthousiasmée à l'idée de revoir certains membres de sa lame. Elle observa Stavros un long moment avant de dire :

— Si nous utilisons le drakkar pour aller rechercher les autres… Ridley et Éric… Xing-Woo et… et Lody…

Stavros attendit la suite, intrigué. Mais Nikka paraissait résolue, elle avait quelque chose à lui demander.

— Si nous devons retourner dans l'armée, Stavros, je veux que nous y soyons tous… nous ne laissons personne derrière, compris ?

Stavros demeura perplexe.

— Qu'est-ce que tu veux dire? Nous allons rechercher tout le monde, recrue, sans exception. Et ensuite, nous allons terminer cette mission et sauver la planète, d'accord?

Nikka hocha la tête.

— Je veux Morotti.

Stavros la regarda longuement.

— Après avoir retrouvé Éric, nous allons…, commença-t-il.

— Non, Stavros. Pas après. Maintenant. Nous allons emprunter le drakkar et retourner quelques siècles en arrière à partir de ce point. Nous allons recueillir Morotti avant qu'il ne meure. D'accord?

Stavros demeura silencieux un instant.

S'ils essayaient de retourner dans le passé pour sauver Morotti avant sa mort, le lézard n'aurait pas le temps de révéler l'emplacement du drakkar dans l'implant qu'ils trouveraient sur sa dépouille en 1931; ils ne pourraient jamais retrouver Lody et les autres.

— Les lignes du temps ne pourront pas s'aligner autour de nous, Nikka. Nous risquerions de devenir nous-mêmes une anomalie et d'être effacés de l'espace-temps…

— Nous sommes *déjà* une anomalie, Stavros; c'est Éric lui-même qui l'a dit! Une de plus ou de moins, ça ne changera probablement rien. Le temps est complètement bousillé de toute manière…

— Il le sera dans 60 ans, Nikka, il ne l'est pas encore! Et si nous retournons en l'an 600, nous risquons d'emmener la déformation de l'orage temporel avec nous et de créer des anomalies à cette époque-là aussi. Nous pourrions altérer le temps de cette planète au complet, pas juste celui de l'île de Montréal. Et ce, de façon irréparable.

— Je m'en fous! cracha Nikka. Je veux Morotti, ou alors je ne viens pas!

Stavros réfléchit un instant. Il observa Nikka: des larmes de rage perlaient dans les yeux de la soldate. Il ne put s'empêcher d'admirer sa détermination, son dévouement au pugiliste reptilien. Personne d'autre n'avait jamais été proche d'elle de toute sa vie, et il comprit à ce moment les liens qui les unissaient. Stavros poussa un long soupir.

— D'accord, ma petite. Nous irons d'abord rechercher Morotti, puis nos compatriotes. Mais nous devons faire vite, alors plus de sornettes, d'accord?

Nikka serra les mâchoires et hocha la tête, satisfaite.

Chapitre 24
LE GANTELET DU MAGISTRAT

— Tu y comprends quelque chose ? demanda Simon en regardant le Trench tendre un petit tournevis improvisé au professeur Adler.

C'était l'heure du dîner. Ridley haussa les épaules et se leva, préférant aller parler avec la serveuse de l'auberge.

Sur la table, entouré de gros verres de bière forte et de carcasses de poulet, reposait le gantelet noirci du magistrat que Ridley avait trouvé sur un des neveux de l'aubergiste. Adler tentait de comprendre le fonctionnement de l'appareil en fouillant ses entrailles électroniques au niveau du poignet rembourré. Tandis que le professeur travaillait avec acharnement en pleine heure de dîner, le Trench prit la seringue en méthanium qu'il avait trouvée dans l'équipement de Lody et l'enfonça dans l'épaule d'Adler, s'assurant de bien la planter dans une des veines du manteau ; cela permettrait à la dose d'antiradiations d'être diffusée plus rapidement dans le corps du petit homme. Adler grogna — il détestait tout traitement médical moderne qu'il n'avait pas lui-même approuvé —, puis se remit à l'ouvrage.

La serveuse, dont la voluptueuse poitrine était à peine voilée par son corset défait, se dégagea doucement de l'étreinte de Ridley avant de se rendre à leur table.

— Vous allez prendre autre chose? demanda-t-elle en observant ce qu'ils manigançaient tous les quatre.

Sur la table, les instruments improvisés d'Adler étaient étalés autour d'une grosse main métallique guère rassurante. Leur conversation s'était animée au cours des dernières heures, et leur attirail prenait de plus en plus de place; les clients qui venaient terminer leur journée à l'auberge commençaient à poser des questions.

— C'est déjà le début de la veillée? demanda Adler, distrait.

— Nous allons te prendre un autre poulet, répondit Ridley en revenant près de leur table. Et quelques bières de plus, d'accord, ma belle?

Pendant que Ridley tentait d'attirer l'attention de la serveuse, Adler activa discrètement quelques runes lumineuses.

Une raison de plus pour trouver un endroit où se réfugier, se dit le Trench. *Le professeur va avoir besoin d'espace pour terminer ses expérimentations, et il va devoir faire ça ailleurs que sous les yeux de la populace locale.*

— Qu'est-ce que vous faites, au juste? insista la jeune serveuse.

— C'est un bibelot de famille, improvisa le Trench en tapotant le gant sombre, puis il regretta sa réaction; ceci n'allait aucunement les aider à passer incognito.

La serveuse lança un regard méfiant vers la main aux allures sinistres, et le Trench lui adressa un sourire radieux. L'explication ne valait rien, mais la serveuse s'éloigna sans commenter.

— Je ne comprends pas, dit Jenny plus bas, afin de ne pas éveiller plus de soupçons dans le bar enfumé par les pipes des bûcherons. C'est un bout d'armure d'un des… juges de l'Alliance? Qu'est-ce qu'il faisait avec Van Den Elst? Ils se sont écrasés ensemble dans la navette du baron?

Ridley suivit l'arrière-train de la serveuse des yeux et avala une autre gorgée de bière.

— Certains barons engagent parfois des magistrats pour les protéger lors de conflits territoriaux, expliqua-t-il à la reporter, même si leurs services sont en général hors de prix. Après tout, si je devais m'exiler sur Terre, je crois que je préférerais emmener des renforts, moi aussi.

— Et vous croyez que la navette de Van Den Elst est enfouie quelque part ici, à Montréal? demanda Jenny.

— J'en suis convaincu, rétorqua Adler.

Il activa à nouveau quelques voyants et fit jaillir une petite lame argentée du poignet, juste au-dessus du dos de la main renforcée, une lame bordée d'or.

— Ils sont plutôt coquets, les magistrats, souffla Ridley en admirant la lame de plus près.

— Dorée, et tout, commenta le Trench. Ça ne passe pas inaperçu. Rangez ça, professeur.

— Mais qu'est-ce qu'elle a de spécial? insista Ridley.

— Eh bien, répondit le petit historien, d'après ce que j'ai lu, la lame est censée être indestructible, pouvoir passer à travers n'importe quoi.

Ridley fit la grimace.

— On peut déjà faire ça!

— Non! l'interrompit Adler. Vraiment n'importe quoi: des champs de force, des écrans de camouflage, des boucliers temporels, n'importe quoi.

— Hunh, répondit de nouveau Ridley. Tu vas le prendre, ce truc? demanda-t-il au Trench.

Mais l'aventurier fit un signe de la tête.

— Pas trop mon genre, répondit Éric. Je préfère ma faux. Mais ce gant pourrait s'avérer utile…

— C'est Xing-Woo qui devrait l'avoir, lança Ridley en admirant les runes gravées à même le métal de la petite dague.

Adler la fit disparaître de nouveau dans le poignet du gantelet, au grand regret du rouquin en pâmoison devant l'arme princière.

— Elle est tellement fanatique de ce genre de chose, les épées japonaises et tout.

Adler dévisagea le constable.

— Japonaises ? Qu'est-ce que tu racontes, le jeune ? Ce gant est issu de l'Alliance !

— Bah, japonais, magistrat, répondit Ridley. Je me fous d'où elle vient, cette arme ; Woo aime tout ce qui est épée et ce genre de trucs médiévaux.

— Le sergent Tipsouvahn, répondit Adler en se faisant insistant, est un hybride parfaitement réussi, conçu en incubation, de diverses souches chinoises, vietnamiennes et laotiennes. Je ne comprends pas pourquoi elle porte ce bandeau, d'ailleurs, mais cette épée n'est pas…

— Parce qu'elle aime la culture japonaise, coupa Ridley. Vous n'allez pas lui reprocher de s'intéresser à l'histoire quand même, professeur ? Je suis certain qu'elle adorerait avoir ce machin.

— Alors garde-le, trancha le Trench. Tu pourras le lui donner quand on la reverra.

Ridley hocha la tête ; le lieutenant n'avait pas encore perdu espoir de retrouver les autres.

Adler voulut protester, mais retint ses paroles ; le gros gantelet métallique ne lui allait pas de toute manière, alors à quoi bon s'époumoner ?

— Bon, comme vous voudrez, lieutenant, mais avant toute chose, nous devons apprendre à l'utiliser.

Ridley enfila le gantelet.

— Je sens une pression à l'intérieur.

Il enclencha un bouton qu'il trouva dans le pouce et fit apparaître une petite carte holographique dans la paume de sa main.

— Cache ça! siffla le Trench en se servant de son manteau pour dissimuler l'apparition aux autres clients.

— Qu'est-ce que ça représente? demanda Jenny, intriguée.

Tentant de ne pas trop se faire remarquer, les brigadiers, la reporter et le cameraman examinèrent la carte topographique lumineuse.

— On dirait l'île, commenta le Trench en pointant du doigt. Regardez, nous sommes à peu près ici…

— Et ça? demanda Ridley en indiquant deux signaux lumineux, l'un plus gros que l'autre.

— Je crois que nous avons trouvé la cachette de Van Den Elst, répondit Adler, fébrile. Le gros point doit être son vaisseau. Regarde, Éric, ce n'est pas si loin, nous pourrions peut-être le retrouver!

Éric grommela en rangeant sa trousse d'antitoxines.

— Ça semble enfoui sous la terre. Je doute que nous puissions le sortir de là facilement, avec les moyens de cette époque…

— Et l'autre? demanda Jenny tout bas en indiquant le petit témoin, quelques centimètres sous le premier.

— Je ne sais pas…, répondit le Trench franchement. Une autre cachette?

— Ça semble enfoui encore plus profondément que l'autre, répondit Adler. L'écrasement a dû être violent; je doute qu'on retrouve quoi que ce soit.

— On peut toujours commencer par tenter de dénicher le premier, ajouta Ridley. On verra pour la suite, non?

Il éteignit l'holocarte et tint le gantelet devant son visage.

— Un beau gant en méthanium ; c'est Woo qui va être contente.

Jenny se força à avaler quelques haricots.

— Je suis certaine qu'elle va être ravie, constable, dit-elle, la bouche pleine.

— Néanmoins, je me demande bien ce qu'il fait ici, commenta Simon en repoussant sa carcasse de poulet ; il profitait du fait qu'O'Connell était occupé pour faire une pause et manger un morceau. Si le gant est abandonné ici depuis belle lurette, c'est que le porteur est mort. Vous croyez que ce sont vos lucioles qui l'ont tué ?

— Non, répondit Adler en faisant signe à Ridley de demeurer discret avec son nouveau joujou. Le gantelet sert à contourner les gardiens de la navette. Le magistrat du baron doit être mort d'une autre manière…

— Mais comment ? insista Simon. Vous avez vu des écorchures…

— Nous ne le saurons peut-être jamais, répondit le Trench en ramassant le matériel qui jonchait la table. Ce gant est peut-être ici depuis des centaines d'années, qui sait ce qui aurait pu tuer le magistrat. La maladie, une Banshee perdue dans le passé, peut-être… Combien de Banshee sont enfouies sous nos pieds depuis les derniers siècles, à la recherche du baron Van Den Elst ? Mais cela ne change pas vraiment notre situation présente, dit-il en se relevant.

— Qu'est-ce que tu veux dire ? demanda Jenny.

— C'est vrai, ajouta Simon, si nous avons la chance de retrouver un vaisseau qui pourrait nous permettre de quitter cette époque, qu'est-ce qu'on attend ?

— Ça ne serait pas trop tôt, lança Ridley en vidant un autre verre.

O'Connell lui permettait de boire autant qu'il le désirait, et Ridley en profitait. Son manteau avait la fâcheuse manie de filtrer les effets de l'alcool dans son système, et il lui fallait passablement plus de consommations qu'avant pour atteindre son état d'ébriété idéal.

Éric et Adler échangèrent des regards embarrassés.

— À ce propos..., dit le Trench, mal à l'aise. Même si nous réussissons à retrouver la navette du baron grâce à cette carte, nous allons quand même devoir attendre la prochaine vague temporelle avant de quitter cette époque.

— Quoi ? demanda Ridley. Pourquoi ne pas emprunter le vaisseau ?

Le Trench racla le fond d'une assiette avec sa fourchette et empila distraitement quelques os de poulet ; il n'avait pas faim, perdu dans ses pensées.

— Même si nous réussissons à trouver l'endroit exact où ce vaisseau est enfoui, il n'est pas garanti qu'il soit encore en état de marche, ou que ses moteurs temporels soient encore chargés. Mais surtout, avec les moyens dont nous disposons... ce serait une entreprise presque impossible. Cela nous prendrait des semaines pour le déterrer, peut-être plus...

— Mais vos manteaux ? demanda Jenny. Vous ne pouvez pas voyager dans le temps sans navette ?

Éric poussa un petit soupir.

— Nous avons épuisé presque toutes les réserves de nos manteaux en allant vous chercher tous les deux, Jenny. Avec le drakkar, nous pourrions peut-être les recharger, mais...

— Qu'est-ce que tu essaies de dire, au juste ? râla Ridley en s'essuyant les mains sur un des pans de son trench-coat.

— Parlez moins fort, constable, dit Adler doucement en tentant de calmer les esprits. Ne vous emballez pas tout de suite. Je ne suis même pas certain de la provenance de cette… chose. Nous faisons bien des hypothèses sans avoir de preuves. Je crois que je vais pouvoir retirer l'information de l'holocarte du gantelet, ajouta-t-il en examinant de plus près les circuits brûlés de la main métallique, mais nous ne sommes pas «sortis du bois», comme dirait Éric.

Jenny observa les hommes assis autour d'elle; ils semblaient tous anxieux.

— Et si on ne retrouve pas ce véhicule?

Le Trench évita son regard.

— Éric, si on ne réussit pas à déterrer la navette du baron, qu'est-ce qui va se passer?

Il la fixa dans les yeux.

— Le professeur a fait un petit calcul rapide pour moi. Si on estime la distance que la vague temporelle a parcourue pour se rendre jusqu'en 1791, le prochain orage qui peut nous sortir d'ici ne repassera pas avant… un bon bout de temps…

Jenny soutint son regard.

— Combien de temps?

— Six mois.

Ridley fut estomaqué.

— Six *mois*?! s'écria-t-il en se levant d'un bond.

Éric lui fit signe de se rasseoir. Il observa Jenny, qui soutenait bravement son regard.

— Tu voulais voir Mozart avant sa mort, dit-il, ce sera ta chance.

— Six mois…

Elle n'en revenait pas.

— Je vais manquer le bal honorifique des journalistes!

Éric ricana.

— Le temps est relatif, Jenny. Si tout va bien, on va trouver un moyen de rassembler nos hommes et on ira vous déposer à temps pour votre réception, toi et Simon.

— Et si tout va mal? demanda calmement Jenny. Qu'est-ce que nous allons faire dans ce cas-là?

Dégoûté, Ridley abandonna le gant sur la table et se leva pour aller faire ses rondes.

Adler haussa les épaules.

— Il me reste toujours mon «projet spécial».

Simon et Jenny se lancèrent des regards surpris.

— Votre «projet spécial»? fit la reporter.

— Plus tard, interrompit le Trench. Professeur, je vous laisse terminer ici. Dès que vous aurez du nouveau, prévenez-moi.

Il se leva de table, suivi de Jenny.

— J'ai parlé avec un fermier de la Rive-Sud, dit-il à Adler, monsieur Lauzon. Je vais aller voir s'il veut bien nous prêter son écurie pendant quelques semaines. Si nous devons être coincés ici, vous y serez plus à l'aise pour...

Il jeta un coup d'œil autour de lui dans la taverne qui commençait à être bondée.

— ... effectuer vos expériences... Professeur, termi-nez-moi ça en vitesse et sortez ça d'ici, voulez-vous? Les gens commencent à vous regarder...

Adler s'empressa de prendre le gantelet et l'enfouit dans son sac avant de ramasser ses instruments à la hâte.

— Simon! lança O'Connell du fond de l'auberge. J'ai des clients affamés, moi!

— J'arrive! lança le cameraman en s'excusant auprès des autres. Au fait, dit-il en ajustant son tablier, Ridley et moi sommes les seuls à avoir du boulot; comment allons-nous payer pour toute cette entreprise? Si nous devons demeurer en 1791 pendant plusieurs mois...

— Une sérieuse défaillance dans les plans de la Brigade, répondit Adler en plaçant sous son bras le sac qui contenait le gant du magistrat. Ils ne nous donnent jamais d'argent pour nous infiltrer dans les époques.

— C'est pour s'assurer qu'on revienne plutôt que d'y rester, expliqua le Trench. Sinon, on devrait travailler comme tout le monde, et à certaines époques, ce n'est guère motivant.

— Je vais voir ce que je peux faire à propos de ça, lança mystérieusement Ridley en nettoyant la table d'à côté.

Les autres le regardèrent d'un air inquiet.

— Holà, minute ! lança le rouquin. N'allez pas tout de suite penser que je vais faire un mauvais coup ; j'ai plus d'un tour dans mon sac, vous savez…

Éric hocha la tête ; il allait devoir faire confiance au constable.

— Allez, on sort, dit-il. Pas toi, Simon.

— Quoi ?

Simon resta pantois.

— Ridley a promis à O'Connell que tu resterais ici pour l'aider à faire le ménage avant la fermeture.

— Fermeture ?

Simon rageait presque.

— Il ne fait même pas nuit !

— Ah, ce sont les mœurs d'une autre époque, lança le Trench en lui tapant amicalement dans le dos. Il n'y a pas d'électricité, les gens se lèvent avec le soleil et retournent chez eux lorsqu'il fait noir. Ce ne sera qu'une question d'une heure ou deux, Simon, pas plus.

— Mais pourquoi moi ?

— J'ai pensé à Ridley, mais je lui réserve plutôt les écuries de monsieur Lauzon.

Le Trench se retourna vers le cameraman.

— À moins que tu ne préfères les écuries ?

Simon leva les mains en guise d'acquiescement.

— Non, ça va aller, le ménage sera pour moi, alors.

Il se dirigea rapidement vers la serveuse qui lui sourit platement en lui faisant signe de la suivre.

— Ridley!

Le Trench prit le constable par l'épaule. Absorbé par les formes généreuses de la serveuse, le rouquin ne semblait pas avoir entendu les dernières paroles du Trench. Éric lui fit un large sourire; Ridley sut tout de suite qu'il se tramait quelque chose.

— Qu'est-ce que je vais devoir faire, encore? demanda-t-il en détachant à regret son regard de la jeune serveuse.

— Constable, dit le Trench, moqueur, est-ce que tu as déjà travaillé dans une écurie, par hasard?

Jenny et Éric sortirent de l'auberge et prirent une bonne respiration, tandis qu'Adler effectuait quelques tests en marchant derrière eux. Le gantelet entre ses petites mains, il avait fait apparaître l'holocarte de nouveau et cherchait à trouver son chemin.

— C'est drôle, dit Jenny en empruntant un sentier de terre; il faisait nuit et les grillons se mirent à annoncer leur présence dans les champs environnants. On sent vraiment la différence, à cette époque. L'air est si… pur…

Ils marchèrent côte à côte. Adler les suivait distraitement, perdu dans ses savants calculs. En avançant, il tentait de retracer la signature énergétique du vaisseau de Van Den Elst sur le petit écran lumineux suspendu devant lui.

— Et comment donc, répondit le Trench. Ça va faire des mois que je respire l'air recyclé de bases spatiales et de camps militaires souterrains. Je n'ai pas respiré le fleuve, la terre depuis… trop longtemps.

Jenny lança un coup d'œil vers le Trench, cherchant à deviner quelque chose.

— Quel âge as-tu ? demanda-t-elle soudain.

Éric arracha une brindille de foin au passage et la mit dans sa bouche.

— C'est important ?

— Tu me sembles jeune. Plus jeune que moi, et pourtant…

Le Trench détestait ce genre d'interrogatoire. Il détestait devoir aider une personne curieuse à éclaircir ses idées.

— Et pourtant… ?

Jenny fit la moue, gênée.

— Tu dis avoir passé des années dans ton manteau, mais tu n'as pas l'air bien vieux. Pas plus de 25, peut-être ?

Éric ne répondit rien. Jenny changea de tactique.

— Depuis combien de temps voyages-tu ?

— C'est une interview, madame Moda ?

Jenny ricana.

— Tu ne peux pas me blâmer. Un grand homme mystérieux vient me sauver, une reporter s'en voudrait de ne pas y voir une histoire. Je fais mon boulot. Quand je vais revenir, je vais devoir dresser un portrait intéressant du fameux Trench. Le public veut savoir, après tout.

Elle baissa les yeux.

— Si nous revenons chez nous, évidemment…, dit-elle. Si même il reste un chez-nous…

— C'est ce que nous tentons d'arranger, rétorqua le Trench.

— C'est bien noble de votre part.

Il y eut un moment de silence entre les deux compagnons. On n'entendit plus que le son des oiseaux, les chansons des fêtards qui reprenaient de l'entrain dans la taverne au loin derrière eux et les commentaires qu'Adler poussait pour lui-même à chaque nouvelle découverte.

— Alors? insista Jenny.

Exaspéré, le Trench poussa un long soupir.

— Le temps dans mon manteau ne se déroule pas à la même vitesse qu'à l'extérieur, répondit-il après un moment. Si je parcours quelques siècles dans le futur, je ne vieillirai pas de quelques siècles. Le manteau possède son propre chronomètre interne.

— Ça me semble…, tenta Jenny, logique.

— En théorie, expliqua Adler en les rattrapant, nous devrions tous vivre quelques années de plus.

Il avait de toute évidence écouté leur conversation tout en examinant la carte lumineuse du gantelet.

— Nous sommes loin des drogues de jouvence de la Technence, mais les manteaux des brigadiers tentent de nous maintenir en santé, et cela nous permet de vieillir plus lentement, quoique de manière raisonnable. Moi-même, ajouta-t-il, enthousiasmé, j'aurai bientôt 80 ans!

Jenny resta bouche bée. Le petit homme sautilla devant eux et poursuivit son chemin, joyeux d'avoir créé un effet de surprise chez la reporter de 50 ans sa cadette.

— 80 ans? dit-elle en défaisant son chignon pour laisser ses cheveux reprendre leur allure naturelle. Je ne lui en aurais jamais donné autant. Et il se bat avec vous?

— C'est un des hommes les plus intelligents et les plus courageux qu'il m'ait été donné de rencontrer, déclara le Trench en regardant Adler les devancer; le professeur se dirigeait vers les barques amarrées au bord du fleuve.

— Et cela te donne donc… combien, Éric? enchaîna la journaliste.

— Je voyage depuis au moins dix ans… peut-être quinze, répondit le Trench, les yeux rivés devant lui. Il devient très difficile de se souvenir du temps réel qui s'est passé pour notre corps lorsqu'on visite toutes ces époques. Pour être bien franc, je ne m'en souviens plus…

Jenny demeura silencieuse. Elle savait bien qu'à l'aide de son chronomètre interne, il aurait probablement été facile pour Éric de déterminer son âge réel avec certitude, mais peut-être que le Trench n'avait plus le goût de s'en souvenir.

Il soupira de nouveau.

— Mon manteau…

Jenny leva les yeux. C'était la première fois qu'elle voyait Éric de la sorte ; il semblait démuni.

— Éric ?

— Lorsque j'ai trouvé mon manteau, dit-il en marchant plus lentement, il était endommagé, brûlé, presque détruit. Il ne fonctionnait pas très bien. Il ne fonctionne toujours pas très bien, d'ailleurs. Pas comme celui des autres brigadiers… pas comme il devrait. Le champ de force est défectueux, cela me demande un effort uniquement pour mettre ce brin d'herbe dans ma bouche, fit-il en mâchouillant sa brindille. Mais je… je vieillis pas mal à la même vitesse que tout le monde, Jenny. Je ne crois pas que je vais être aussi en forme qu'Adler quand j'aurai son âge.

— Tu continues de vieillir comme le commun des mortels ? demanda la reporter. J'y trouve là quelque chose de vaguement réconfortant.

— Tant mieux pour toi.

Le Trench semblait maussade.

— Moi, j'aurais aimé vivre plus longtemps.

— Tu mènes une vie plutôt dangereuse pour ça, commenta-t-elle.

Il hocha la tête.

— C'est vrai…

— Éric, dit Jenny.

Elle semblait de plus en plus reprendre son rôle de reporter, ainsi que son ton professionnel.

— Il y a quelque chose que tu ne me dis pas. Tu sembles inquiet, plus que d'habitude. Tu penses à Lody?

Le Trench sembla surpris par la question.

— Quoi? Non! Je veux dire, oui, bien sûr, mais je ne peux rien pour elle. Pour l'instant, tout ce qui se passe à une autre époque est en suspens pour moi, en attendant qu'on trouve un moyen de naviguer de nouveau... nous devons absolument retrouver notre drakkar.

— Ou alors, trouver un moyen de déterrer la navette de Van Den Elst..., renchérit Jenny.

Ils marchèrent en silence un instant. Quelques pas au loin, Adler les attendait. Il observait les barques le long du fleuve d'un air songeur, les sourcils froncés.

— Lody avait tort, lança soudainement le petit professeur, fébrile, comme s'il venait de trouver une réponse à toute cette énigme. Comprenez-vous? Elle croyait que nous allions retrouver le baron aux alentours de ton époque, Éric, car tous les problèmes ont commencé à partir de ce moment. Et comme elle était certaine que le baron s'était écrasé quelque part à Montréal en 1997, elle s'est fiée aux dernières émanations radioactives de sa navette pour essayer de retrouver une trace de sa présence sur Terre. Mais elle avait tort! Nous n'aurions jamais pu retrouver le baron en cherchant sa navette!

— Professeur? demanda le Trench, l'air troublé. Qu'est-ce que vous avancez, au juste?

L'ingénieur lui sourit.

— Allez, force-toi un peu, le jeune. Pourquoi les Banshee ne cessent-elles pas de retourner à Montréal?

— Parce qu'elles n'ont pas encore trouvé de trace du baron Van Den Elst, rétorqua machinalement le Trench.

Puis, il comprit.

— Vous avez raison… ça ne peut être une coïncidence !

Il posa sa main sur l'épaule du petit sergent.

— Bonne déduction, professeur !

— Quoi ? demanda Jenny. Qu'est-ce qu'il y a ?

— Les Banshee, répondit Éric. Elles doivent se fier aux mêmes émanations que Lody. Elles ne pourront jamais retrouver la navette du baron en 1997, elles non plus, car elle n'y est plus ! Elle a été déterrée par nous… en ce moment même, en 1791 ! La navette ne sera plus sur l'île en 1997, car c'est nous qui l'aurons retrouvée en premier !

— Et le baron ? fit Jenny. Où est-il ?

Le Trench haussa les épaules.

— Si nous parvenons à récupérer sa navette, dit-il, nous aurons peut-être une meilleure idée de l'endroit où il s'est réfugié.

Il poussa un soupir rempli d'espoir.

— Il ne reste plus qu'à la déterrer. J'espère que Ridley va nous trouver des sous pour payer des hommes de main, car ce sera un foutu boulot d'extirper ça du sol sans se faire remarquer.

Il se retourna vers elle, tout souriant.

— Nous allons compléter la mission de Lody, Jenny ! En commençant par déterrer le vaisseau du baron Van Den Elst !

Ils se remirent à marcher côte à côte, main dans la main.

— Et pour répondre à ta question de tout à l'heure : si tout va mal, comme cela semble m'arriver à l'occasion, nous tenterons de vous déposer aussi près de votre époque originale que possible, Simon et toi.

— Ne te presse pas pour moi, se moqua-t-elle. Quand même, cela me fera un congé forcé… dans la nature… avec toi.

Éric sembla mal à l'aise.

— Après tout, poursuivit Jenny, on risque de vieillir pas mal à la même vitesse, tous les deux, pas vrai ?

Le Trench grogna.

— Je blaguais ! rétorqua Jenny, tentant de le rassurer. Je suis certaine que tu fais tout ce qui est en ton pouvoir pour nous sortir d'ici. Je dois même admettre que, jusqu'à présent, je suis passablement impressionnée par ton courage.

— Tu ne me trouveras pas aussi sympathique quand nous manquerons de doses d'antiradiations.

— Vous n'en aurez pas assez pour six mois ?

— À trois ? Nous n'en aurons pas assez pour six semaines…

Jenny se mordit la lèvre.

— Qu'est-ce que vous allez faire ?

— Nous allons devoir rationner les doses, répondit le Trench, l'air triste et distant. Je vais devoir me passer de mon manteau pendant un bon moment, semble-t-il.

Épilogue
DANS LES ABÎMES

— Sergent !

Une voix bourdonna comme un insecte à son oreille, la forçant à sortir de sa torpeur. Xing-Woo ne voulait que dormir, et pourtant cette voix agaçante ne cessait de la tenir éveillée. Elle se tourna sur son flanc et se roula en boule au creux d'un siège moelleux pour essayer de se rendormir, mais quelqu'un lui secoua les épaules. Elle voulut s'asseoir, mais son corps refusait de coopérer. Elle était épuisée, empoisonnée par les radiations accrues de son manteau.

Une lampe fut braquée directement sur son visage, et un homme se pencha au-dessus d'elle, une silhouette tenant un objet à la main.

— Non…, tenta de protester Xing-Woo, à bout de forces.

L'intrus enfonça un aiguillon en méthanium dans l'épaule de la soldate avant de se retirer. Quelques instants plus tard, elle sentit un liquide chaud parcourir l'engin qui recouvrait son corps, puis s'infiltrer jusqu'à ses veines.

— Votre vision va s'ajuster dans quelques instants, lui dit la silhouette en retirant la lampe de son visage. C'est ce qui m'est arrivé à mon réveil.

— T'Gan? demanda faiblement Xing-Woo, étourdie. Mais que s'est-il passé?

Dans la pénombre, la brigadière put deviner les traits de l'anthropologue caché derrière le halo aveuglant de la lampe de bureau. Ses moustaches s'agitaient nerveusement et il tentait d'éviter son regard. Sensible à la lumière, T'Gan portait habituellement ses lunettes d'aviateur en tout temps, mais elles pendaient présentement autour de son cou. Dans la semi-obscurité de la pièce, le Déternien voyait probablement mieux qu'elle.

— Ohhh, maugréa Xing-Woo en reprenant ses esprits. Où sommes-nous au juste?

T'Gan ne savait pas comment la jeune communicatrice allait réagir en apprenant qu'ils s'étaient retrouvés coincés ensemble après le passage de l'orage temporel, et il préféra garder ses distances.

— Moustaf?…, marmonna Xing-Woo tandis que ses yeux s'habituaient à la faible lumière ambrée qui inondait son champ de vision. Constable?

Non loin d'elle, T'Gan afficha un sourire qui exposa quelques dents pointues.

— Ça va aller, sergent. Nous sommes… nous sommes en sécurité pour l'instant.

Xing-Woo s'assit brusquement. Elle était dans une chaise rembourrée, au centre d'un petit bureau étroit décoré de panneaux en faux bois beige. Toutes les commodités modernes semblaient avoir été réunies pour donner à la pièce un aspect confortable. La jeune femme remarqua une écoutille à chaque bout de la salle encombrée; les plafonds bas étaient parcourus de longs tuyaux alignés, et des boîtes de dossiers jonchaient le sol près des cloisons. Au loin, elle put entendre un vrombissement étouffé, comme le bruit d'un rotor, ou d'une turbine, accompagné de quelques échos sonores. L'endroit sentait la transpiration et le renfermé.

— Un sous-marin, annonça-t-elle après un moment. Nous sommes dans un sous-marin !

— Selon ce que je comprends, répondit T'Gan en rangeant la seringue dans une boîte en métal, nous sommes à bord d'un navire de guerre.

— Et vous savez ça comment, constable ? demanda-t-elle, sur ses gardes.

— Je ne connais peut-être pas très bien l'histoire de la planète d'Éric, expliqua T'Gan patiemment, mais je sais que les hommes ne se déplacent pas souvent au fond des mers, à moins qu'ils soient en guerre. Le Trench ne m'a jamais parlé d'une flottille aux alentours de son île, alors je suppose que nous sommes tombés au moment d'une bataille historique…

Xing-Woo regarda le mobilier autour d'elle ; la plupart des sous-marins qu'elle avait vus sur des holovidéos étaient étroits, avec à peine assez d'espace pour laisser passer deux matelots côte à côte. Les hommes devaient vivre enfermés sous l'eau pendant des semaines, entassés comme des sardines. Mais ce navire-ci semblait immense, au moins trois fois les dimensions d'un sous-marin typique ; il avait dû coûter une fortune.

— T'Gan ? Depuis combien de temps êtes-vous réveillé ? demanda-t-elle.

Xing-Woo détestait être coincée avec ce traître et le soupçonnait d'être debout depuis un bon moment déjà.

— Je viens de vous injecter une dose d'antiradiations, répondit le Déternien en évitant la question. Éric possède encore les codes de désactivation de nos moteurs, j'en ai bien peur. Nos… hôtes ont eu la gentillesse de nous fournir quelques doses pour nous permettre de survivre aux prochains jours. J'ai pris soin de m'en injecter une avant de vous réveiller.

La sergent cligna des yeux et remarqua alors que les pupilles de T'Gan ne brillaient plus. Elle commençait elle-même à se sentir plus calme, engourdie.

— Vous êtes sûr qu'ils ne nous ont pas plutôt drogués ?

Mais T'Gan haussa les épaules.

— Vos yeux ne brillent plus, Woo, et je me sens mieux pour l'instant, c'est ce qui compte.

Elle sentit sa tête bourdonner et éprouva de la difficulté à se concentrer.

— Et qui sont nos hôtes, au juste ?

— Les bannières qui arborent la plupart des centres de commande de ce navire portent une croix noire sur fond blanc et rouge, si cela peut vous aider.

Xing-Woo hocha la tête, à peine surprise.

— Des croix gammées… des nazis.

Elle poussa un juron. Comment s'étaient-ils retrouvés dans un U-Boat allemand en pleine guerre ? N'étaient-ils pas censés être confinés aux abords de l'île, quelle que soit l'époque ?

— En quelle année sommes-nous, T'Gan ? Réellement ?

— Il semble que nous soyons à bord d'un navire nucléaire, autour de 1940, expliqua froidement T'Gan. En 1942, si ça peut vous dire quelque chose.

Mais Xing-Woo ne l'écoutait plus. Elle cherchait déjà des réponses dans sa tête et n'aboutit qu'à d'autres questions impossibles.

— Comment des Allemands de la Deuxième Guerre terrestre en seraient-ils venus à connaître assez de choses à propos des brigadiers pour pouvoir nous guérir aussi facilement ? Et un sous-marin nucléaire, constable ?! Ça n'a pas de sens, les applications concrètes du nucléaire ne seront réellement découvertes que dans trois ans… Ce navire est beaucoup trop moderne pour correspondre à ce que j'ai lu de cette époque.

— Venez avec moi, sergent. Ce que je vais vous montrer répondra peut-être à quelques-unes de vos questions.

— Si vous savez ce qui se passe, T'Gan, je vous ordonne de m'en informer immédiatement !

T'Gan la prit par le bras et l'aida à se lever. Elle voulut le frapper, le forcer à lui donner des réponses, mais ne s'en sentit pas la force. Ils se dirigèrent vers l'écoutille du bureau.

— Ces matelots peuvent nous être d'une certaine utilité, sergent. Après tout, ce sont eux qui nous ont fourni les doses d'antiradiations, ils peuvent peut-être nous aider à sortir d'ici.

— J'en doute… et de toute façon, ce qui vous intéresse vraiment, Moustaf, c'est de prendre la fuite avant que je ne vous ramène pour vous traîner devant un tribunal de l'Alliance. Ne vous en cachez pas, je sais très bien ce que vaut ma peau pour vous en ce moment…

— Pouvons-nous oublier notre différend pour l'instant ? demanda-t-il. La situation est plus complexe que cela, maintenant. Vous allez peut-être avoir besoin de mon aide. Alors, ne me lancez pas trop rapidement aux fauves.

Xing-Woo maugréa tandis que T'Gan ouvrait l'écoutille. Il lui lança un sourire nerveux et haussa les épaules timidement.

— Ils possèdent le moyen de nous guérir de notre dépendance à l'antidote, sergent. Ils ne doivent pas être si terribles que cela.

— Constable, maugréa la communicatrice en titubant à ses côtés, si j'ai appris au moins une chose des histoires abracadabrantes du Trench, c'est que les nazis détestent tout ce qui sort de l'ordinaire, sauf si cela peut leur donner un avantage sur leurs ennemis. Vous pouvez être certain qu'en tant qu'étranger venu d'une autre planète, ils vont vous disséquer de la tête aux pieds avant de vous jeter à la mer. Les traîtres ne font jamais de cadeaux sans attendre quelque chose en retour.

T'Gan demeura perplexe.

— C'est tout ce que vous avez retenu des histoires d'Éric ? Pourtant, il en a tellement raconté au cours des premières semaines de notre entraînement, il me semble que celles des pays fascistes de la Terre sont les moins…

— C'est une manière de parler, T'Gan !

Xing-Woo soupira.

— On ne peut pas faire confiance à ces gens, voilà ce que j'essaie de dire.

— Éric s'est peut-être trompé, tenta T'Gan. Après tout, il a dit que les, euh, Allemands ne disposeraient pas d'armements nucléaires avant quelques années encore, et pourtant ce navire immense existe. J'ai vu la salle des machines, sergent, elle ressemble beaucoup aux schémas que nous a montrés le professeur Adler. Et ils connaissent le moyen de nous guérir, d'épurer nos manteaux. Cela serait impossible sans technologie nucléaire.

— Les Allemands ont peut-être découvert le nucléaire, constable, mais les nazis n'ont jamais atteint Montréal. Nous n'étions même pas censés pouvoir quitter l'île, s'entêta Xing-Woo. La vague temporelle nous a donc projetés ailleurs… alors, où sommes-nous ?

— Non, nous sommes bel et bien toujours à Montréal, confirma T'Gan en s'approchant d'elle. Ou du moins, aux alentours.

La jeune femme fronça les sourcils, songeuse.

— Si les Allemands de la Deuxième Guerre terrestre ont la capacité de s'infiltrer en douceur sous les lignes ennemies avec de l'arsenal nucléaire… T'Gan, les lignes du temps ont probablement été altérées. C'est notre devoir de remettre les choses en ordre.

T'Gan faillit s'étouffer, mais retint son mépris en remarquant l'air grave de la communicatrice.

— Notre *devoir*?

Elle le dévisagea.

— Éric n'est pas ici, constable. Vous êtes encore sous mon commandement, et tant que nous serons forcés à travailler ensemble pour nous sortir d'ici, vous allez suivre mes ordres, est-ce clair? C'est le devoir de notre lame de rectifier ce genre de chrono-anomalie.

T'Gan ouvrit l'écoutille et aida Xing-Woo à enjamber la cloison. Il l'écoutait d'une oreille distraite.

— Oui, comme vous dites, sergent. On verra ce que l'on peut faire en temps et lieu, mais pour l'instant, laissez-moi vous montrer le poste de pilotage du navire.

De l'autre côté, une lumière vive éblouit la jeune brigadière et elle tenta de protéger ses yeux avec la manche de son manteau.

— Qu'est-ce que…

En entrant sur le pont, Xing-Woo fut submergée par les percussions rythmées du sonar et par la frénésie des matelots. Le pont de l'immense sous-marin était composé d'une salle circulaire encadrée d'escaliers en colimaçon. Des voyants clignotaient à toutes les consoles, et de nombreux soldats, vêtus du même uniforme de mécano beige, travaillaient avec zèle à leurs cadrans et à leurs sondes, un casque d'écoute sur les oreilles.

Le regard de la communicatrice se porta sur les signes évidents de l'allégeance de leurs hôtes: de chaque côté du pont, accrochées derrière les escaliers qui montaient vers une passerelle suspendue au-dessus d'eux dans l'obscurité, de grandes banderoles rouges comme le sang arboraient des croix gammées. Mais ce qui retint surtout son attention fut la paroi concave à l'avant du pont, une grande baie vitrée qui permettait de contempler les splendeurs des fonds marins.

Xing-Woo en oublia momentanément ses étourdissements et fit quelques pas vers le hublot qui accaparait le quart des cloisons du pont.

— C'est impossible ! dit-elle. La technologie n'existait pas, à cette époque, pour munir les sous-marins de parois vitrées de cette envergure. Encore moins d'une salle de pilotage si… extravagante. C'est impossible !

— Et pourtant…, rétorqua doucement T'Gan.

— Cette technologie est en avance de 50 ans sur son époque, au moins !

À l'extérieur, de puissants phares illuminèrent une vue majestueuse : des algues géantes filèrent autour du nez du navire, des bancs de poissons déguerpirent à vive allure sur leur passage et, loin sous la proue du monstre métallique, elle put deviner les abysses. Le hublot projetait un monde surréaliste devant ses yeux, mais son attention revint rapidement à l'activité frénétique sur le pont ; autour d'elle, les matelots affairés relayaient les derniers ordres lancés par le sous-commandant dans leurs casques d'écoute.

Xing-Woo hocha de nouveau la tête et se retourna pour dévisager le traître.

— Qu'est-ce que vous avez fait, T'Gan ? Comment cela est-il possible ?

Mais le Déternien haussa les épaules, faussement froissé.

— Je n'y suis pour rien, sergent, je vous assure. Ce sous-marin ultramoderne est présentement sous les abords de l'île de Montréal…

— *Sous* l'île ? Nous avons été projetés dans le fleuve ?

T'Gan hocha la tête.

— Nous avons été repêchés par ces matelots, sergent. Nous leur devons notre vie.

Xing-Woo se renfrogna.

— On me dit que la guerre prend une nouvelle tournure, poursuivit l'anthropologue, et que c'est la première fois que les forces allemandes réussissent à faire une percée en Amérique.

— Les Allemands n'ont jamais fait de percée au Québec, T'Gan ! cracha Xing-Woo. Ce qui se passe ici est une anomalie ! Si nous n'interférons pas, la face de l'histoire sera à jamais changée !

— Sergent…, tenta T'Gan en essayant de la calmer.

Après s'être assurée que les armements de son manteau fonctionnaient toujours, Xing-Woo fit apparaître la lame indestructible à son bras droit et s'avança au cœur du pont en activité, brandissant son épée au-dessus de sa tête. Elle était encore chancelante à cause du sérum d'antiradiations, mais elle tenta de ne pas laisser transparaître son malaise tandis qu'elle s'adressait aux matelots du navire dans un allemand impeccable. Elle haussa le ton pour être certaine de bien se faire comprendre :

— Au nom de l'ordre des brigadiers de l'Alliance intergalactique, je vous somme de cesser vos activités illégales, faute de quoi vous serez en état d'arrestation. Si vous refusez d'obtempérer…

— Sergent…, protesta T'Gan en se retirant furtivement de son champ de vision.

Une porte coulissante venait de s'ouvrir derrière lui et il céda le pas à l'immense soldat qui faisait une entrée théâtrale sur le pont. Emportée par son discours et encore étourdie, Xing-Woo ne remarqua pas la présence du colosse qui se pointait derrière elle.

La jeune communicatrice poursuivit, le poing levé :

— … vous serez aussitôt traînés devant un tribunal intergalactique pour faire face à des accusations de crimes temporels.

— Xing-Woo ! chuchota sèchement T'Gan. C'est assez !

— Vous serez jugés par le conseil des magistrats, poursuivit Xing-Woo, et vous risquez d'être sommairement exécutés !

Elle sentit une patte velue se poser sur son épaule et se retourna à temps pour recevoir un puissant coup de poing qui la fit voler contre une des consoles. Elle bascula par-dessus, roula sur le sol et tenta de son mieux de se relever, mais ne parvint qu'à retomber sur ses fesses.

Un immense soldat vêtu d'un long manteau noir s'avança vers elle, l'air menaçant, le torse bombé, les crocs en évidence. Il était couvert d'un pelage sombre et gris, et Xing-Woo reconnut immédiatement l'éclaireur de leur lame.

— Fünf ? ! s'écria-t-elle, les yeux écarquillés. Mais qu'est-ce que tu fais ici ?…

Mais l'homme-chien la releva par le col de son manteau et la gifla violemment. Elle se mit à saigner du nez et tenta de se dégager de sa poigne, mais Fünf la frappa de nouveau avant de la relâcher. Il se planta devant elle, les bras croisés sur sa poitrine, l'air invincible.

T'Gan se dirigea rapidement vers Xing-Woo pour l'aider à se rasseoir.

— C'est enfantin, ce que vous avez tenté de faire…, lui murmura-t-il à l'oreille. Nous sommes prisonniers ici, à bord de ce navire militaire. J'ai tenté de vous prévenir, mais…

Xing-Woo essuya une traînée de sang du revers de la main.

— Je désire parler à la personne responsable…

Au-dessus d'elle, Fünf poussa un étrange ricanement guttural, presque une plainte. Elle ne l'avait jamais entendu rire ainsi.

— Qu'est-ce qu'ils t'ont fait, Fünf? demanda doucement Xing-Woo.

Elle s'était inquiétée pour son ami, et maintenant qu'elle le revoyait enfin, il ne ressemblait en rien au fidèle compagnon qu'elle avait jadis connu.

— Un petit changement de comportement, déclara une voix du haut de la passerelle. Il nous est fidèle, maintenant.

Xing-Woo leva les yeux et vit une silhouette descendre l'escalier en colimaçon et se diriger vers eux d'un pas confiant. L'officier quitta les ombres d'une des bannières pour se révéler sous la lumière des lampes électriques de la salle de pilotage.

Xing-Woo resta bouche bée.

— Je vous l'avais bien dit, pourtant, marmonna T'Gan.

— On me dit que vous êtes sergent, maintenant.

Une belle grande femme aux longs cheveux noirs et soyeux s'avança vers Xing-Woo, un sourire aux lèvres. Ses yeux étaient sombres, froids. Son long manteau était noir comme une nappe de pétrole. Seule une croix gammée sur fond rouge et blanc à son épaule jurait avec le ton monochrome de l'uniforme.

— Lody?… souffla Xing-Woo en apercevant la revenante. Mais Éric nous a dit que…

Elle chercha ses mots, mais ne parvint qu'à maugréer quelques incohérences. Elle secoua la tête, confuse.

La grande femme vêtue de noir fit apparaître une longue seringue à sa main droite. La seringue semblait avoir été confectionnée à partir du matériel de son manteau, et Xing-Woo put apercevoir un liquide sombre dans l'ampoule.

Lody esquissa un petit sourire narquois et agrippa la nuque de la communicatrice. Prise de panique, Xing-Woo tenta de se libérer, d'activer son bouclier protecteur, mais Fünf se plaça derrière elle et la retint d'une poigne d'acier.

— Lieutenant…, parvint à gémir Xing-Woo.

— Chut, répondit Lody en enfonçant la seringue dans le cou de la brigadière.

Elle fit couler le liquide sombre dans ses veines.

— Je suis capitaine, maintenant, dit-elle en sentant Xing-Woo perdre connaissance. Et vous n'avez plus à vous inquiéter, sergent Tipsouvahn. Tout se déroule *exactement* comme prévu.